魅丽文化　花火工作室

姜之鱼 著

青梅
七分甜

广东旅游出版社
QUANGDONG TRAVEL & TOURISM PRESS
悦读书 · 悦旅行 · 悦享人生

中国 · 广州

图书在版编目（ＣＩＰ）数据

青梅七分甜 / 姜之鱼著． — 广州：广东旅游出版社，
2018.6（2022.1 重印）
ISBN 978-7-5570-1319-6

Ⅰ．①青… Ⅱ．①姜… Ⅲ．①长篇小说－中国－当代
Ⅳ．① I247.5

中国版本图书馆 CIP 数据核字（2018）第 093186 号

青梅七分甜
QING MEI QI FEN TIAN

出 版 人：刘志松
责任编辑：梅哲坤
责任校对：李瑞苑
责任技编：冼志良

广东旅游出版社出版发行
地址：广州市荔湾区沙面北街 71 号首、二层
邮编：510130
电话：020-87347732
印刷：湖南天闻新华印务有限公司
（湖南望城湖南出版科技园　电话：0731-88387578）
开本：880 毫米 ×1230 毫米　　1/32
字数：275 千字
印张：9.5
版次：2018 年 6 月第 1 版
印次：2022 年 1 月第 4 次印刷
定价：36.80 元

目录
C O N T E N T S

第一章 ○

一见到你，就像夏天打开冰可乐

1

距离英语考试开始还有五分钟的时候，"十五考场有人闹事"这个消息迅速在嘉水私立中学传开。教室里的大部分人躲到了后面，只剩下几个男生在那边劝架，现场气氛十分紧张。

喧嚣声渐涨时，一个篮球猛地从门口飞进来，高速旋转着，直直地砸向声音来源处。两个打得不可开交的男生立刻松开对方，往旁边一躲。篮球从两人中间穿过，砸到墙上，再落到地上，蹦来蹦去，最后停在讲台边缘。

"啧。"随着这一声，教室里顿时安静了。门口的人不知何时散开了，穿一身橘白相间校服的唐茵慢条斯理地走了进来，桃花眼眼波流转，似笑非笑地看着另一边墙角处的两人。

她扫了一眼教室，目光再落在他们身上："有病？"

两个人先是脸色难看，后又涨红了脸，此刻所有的恩怨情仇都已抛到脑后。停顿几秒后，他们终于齐齐开口："我们错了！"说罢，两个人抢着去捡篮球，再乖乖地递给唐茵。

唐茵接过篮球后径直走向了自己的课桌，把篮球放到地上，无聊地转着笔。

旁边刚到的于春拉了一把椅子凑过去，问："茵姐，二中放话说下周五要找咱学校麻烦，你去不去呀？"

半晌，唐茵答："不去。"

嘉水私立中学刚办四年，唐茵的爸爸是校长，教导主任又是个很势利的人，从来不会对唐茵要求太多。老师们对唐茵也是睁一只眼闭一只眼，久而久之，唐茵就成了学校一霸。

云海区的三所公办高中恰好在一条路上，有句话这么流传：一中，进去出来都是学霸。

二中建立几十年，原本是省示范高中，可惜后来一中被带起来，它就开始下落了。

原本三所高中距离都挺远，也就相安无事，但突然出现一所嘉水私立中学，和二中就隔了一条河，对于某些坏学生来说，"势力范围"划分就成了问题。于春不死心："可是茵姐，万一……"

唐茵看了他一眼："你打不过？"于春连忙摇头，这可是关乎学校尊严的问题。

"当然能，这不是想让他们见识一下咱茵姐的厉害吗？"

二中的那群人还真以为自己厉害得上天了，要不是学校实行住宿制，只有周五和周六晚上才能出去，还能让他们蹬鼻子上脸？

尤其是国庆节放假前，二中的两个人堵了一个柔弱女生，嬉皮笑脸，油嘴滑舌。当时幸好唐茵从那儿经过，看见这么多小混混欺负一个女生，练过武术的她挺身而出为女生解了围。。

事后于春咋舌，那些人真是脑子有坑，敢来招惹嘉水私立中学的人。

他想了片刻，再抬头时，唐茵已经趴在桌子上睡着了，长发散在肩膀上，看着就让人心猿意马。他不敢打扰，两只手抬着椅子回了座位。

这时，监考老师拿着一袋试卷走进来。

高三考试都成习惯了，而且监考的都是高一的老师，避免出现一些意外情况。

今天的监考老师是个女老师，名叫黄敏，戴着一副眼镜，长着一副倒三角眼，看着就十分严厉，打扮也一丝不苟。黄敏抬抬眼镜，扫视了一下整个教室，目光定在窗边睡觉的女生身上，冷哼一声。

这届高三学生果然不怎么样，连开学考试都这样，后面还能怎么样？还不是要看他们高一新生，进来时都是尖子生，离开时也只会是尖子生。

"现在把书放到前面来，不许留任何东西，草稿纸我也会检查。"黄敏说道。

试卷发下去，唐茵前面的男生看到她在睡觉，自觉地将试卷小心地放在她旁边，又去给后面的同学递卷子。

"现在开始考试，禁止交头接耳。"黄敏看着他的动作，拍了拍桌子，可惜那边没有任何反应。

时间一分一秒过去，于春时不时看一下还在睡觉的唐茵，有点担心。万一第一名的头衔被别人拿去，那可就糟糕了。他假装笔掉在地上，偷偷踢了踢唐茵的椅子。

黄敏一回头恰好看到，那个靠窗的少女和旁边的男生在对眼神，男生还装作捡笔的样子，这种小把戏她早就看过无数遍了。

但没有证据，她也不能说什么。考试还剩四十分钟时，她看到女生又将笔扔给男生，终于站起来，快步走过去："你们两个，不好好答题，净想着歪门邪道！"

说是两个人，可她的眼神一直在唐茵身上。唐茵勾唇，将桌子往前一推，发出刺耳的声音。

所有同学都不敢出声，黄敏看到她这个样子，再看教室里其他人噤若寒蝉，心下了解："我亲眼看到的，你和旁边的……"

唐茵不耐烦地打断她："我不需要作弊。"斜放在桌上的试卷上字体娟秀，若是一般人见到，恐怕还以为是哪个好学生的试卷。

"你就是这么跟老师说话的？哪个班的？"黄敏气得嘴皮子直哆嗦，她看了一眼桌子上贴的字条，"原来是十四班的，怪不得。"

高三一班到十四班是普通理科班，往后是重点理科实验班十五班，再往后的五个班是文科班。所以按成绩来，十四班就是全校高三年级最差的班。

唐茵"哼"了一声说："十四班怎么了？"

"自然只有十四班这样的差生，才能做出这种事情来。"黄敏脱口而出。

唐茵看了她一眼，然后拈起试卷，当着她的面，轻轻将试卷撕成了几片："十四班能做的可多了。"

碎片差点被扔到黄敏的脸上，于春叹气，站起来准备要说话，被黄敏抬起来的手不小心打回椅子上，疼得半天说不出话来。

因为未遵守校规，唐茵被勒令在家反省一星期，今天才来学校考试。她本身就十分不开心，老师还自己往枪口上撞。她怎么可能抄于春的？一看试卷答题就知道谁是学渣，谁是学霸。

黄敏气得发抖，她刚从一中转过来，对这所学校的学生知晓不深，但觉得肯定比二中和三中要好一点。可现在居然随随便便一个学生都敢这样对她，不仅不承认作弊，还这么对待老师，这学生的品质也太恶劣了！

"跟我去办公室！无法无天了你！作弊不认，还这种态度，你想干什么？是想上天吗？！"黄敏想要抓住她的手，没想到被她轻飘飘地挣脱了。

唐茵似笑非笑："老师是新来的吗？"

黄敏现在一身火，见她挑衅自己，又看到她轻飘飘地挣脱了自己的桎梏，朝外面走去，怒上加怒。

唐茵继续说道："老师您确定看清楚了吗？随意说人作弊可不是什么好事。"

十四班班主任叫林汝，是个年轻女老师，温柔得很，看到黄敏这架势也有些不明所以，只知道她是高一派来的监考老师。

黄敏到办公室后，立刻对着林汝将所有的事情都说出来："你看她，她还当着我的面把试卷给撕了，你看这是一个学生该有的态度吗？"

林汝听得一愣一愣的，自己这得意门生她是知道的。当初高一下学期分科时，她有两门主课缺考，于是才进了十四班。这次则是因为她国庆放假前不遵守校规而被罚，要是没缺考，现在肯定是第一。作弊？那绝对不可能，唐茵这丫头她很了解，虽然调皮了些，但是为人正直还很聪明，在学校人缘也很好。这次考试，最后一个考场有谁能比她的成绩还好？

唐茵懒洋洋地听黄敏添油加醋，时不时地哂笑一声，黄敏气得要命。

黄敏指着她："你看看，她还在嘲笑我！"

就在这时，门口传来一个声音："报……报告。"声音清冽但很低，唐茵心中微动，朝那边看去。

进来的人没有穿校服，白衬衫衬托出单薄的身形。长腿细腰，黑发略短，衬得皮肤净白，侧对着她，一副眼镜架在高挺的鼻梁上。

唐茵侧了侧身，入眼便是扣到第一颗扣子的白衬衫。看着他径直走到了实验班班主任的桌子那边，与她相对。实验班班主任她认识，是个爽朗的男老师，姓吴。

"陆迟，你提前交卷了？不过来得正好，这是你的校服。你转来也快一个星期了，适应得怎么样？"

原来他叫陆迟，唐茵的舌尖含着这个名字。

陆迟结结巴巴地回答："还……还可以。"他咬字有些不清，却意外地勾人，和外表形成了强烈对比，唐茵兴趣更浓了。

吴老师拍了拍陆迟的肩膀："继续回去准备下场考试吧，加油，这次年级第一估计是你，可不要让我失望。"

十四班是最差的班不错，但奇特的是，他们班和实验班是连在一块儿的。而现在，唐茵喜欢这种安排。

"唐茵？"林汝的呼唤让唐茵回神。

林汝正好也听到了实验班班主任的话，转而亲切地说："唐茵，你回去吧，我会和黄老师解释的。幸好你的答题卡还在，作文写二十分钟应该够了，待会儿重新拿一份试卷。安心考试，争取拿到第一哦。"

唐茵看着陆迟拎着校服袋子转身，他的手骨节分明，指骨修长，与之对应的是脸上透着紧张，耳尖微红。

唐茵边听着林汝的话，在心中吹了声口哨，觉得陆迟外表和性格反差得真是可爱。

2

听到"第一"这个词，陆迟抬头看了一眼。橘白相间的校服穿在对面少女的身上显得很宽大，微微敞开，遮不住不盈一握的腰身，他视线微定。

见他看向这里，唐茵意味深长地做口型：小结巴。

陆迟原本微红的脸更红了，后退一小步，像是有人在追似的，飞快地出了办公室。门关上的声音很轻，唐茵在心里喟叹一声，陆迟那模样真是让人回味无穷。

"这次应该只是个误会，唐茵平时成绩很好，作弊是不可能的。黄老师您不要放在心上，下次不会再出现这样的事情了。"温柔的林汝又看向唐茵，"唐茵，跟黄老师道个歉。"

黄敏也有些尴尬，第一次来就出现这样的情况："我也是看错了，不用道歉的，我理解。现在还是考试时间，快回去考试吧。"她虽然还在气头上，但她刚从一中转过来，所以不能闹得太僵。她看这个班主任对唐茵这么温柔，就知道这个女生肯定不一般。

两个人说来说去，互相恭维。唐茵的心早就飞了，心不在焉地想着事儿。

黄敏看她一脸淡漠，暗自咬牙，轻轻推着她出去："快回去考试吧，时间不早了，你的试卷我会迟点收的。"

回到教室后，考试时间还剩十几分钟，试卷很快被重新拿来，最后一篇作文不过是重写一遍而已。唐茵对着干净的新试卷，脑海里却都是陆迟害羞紧张的模样。真是太对她的胃口了，她觉得自己安静了十几年的心有点躁动。

要是她高一分科那次没有缺考就好了，那就可以和他一同在实验班了，多好的机会，近水楼台先得月。陆迟长得这么好看，肯定会有很多人看上他。

唐茵想得美，但接下来的一上午，居然连陆迟的人影都没见到，只好让别人去找他。很快，于春就献宝似的来报告："隔壁班的鹿野和我说，陆迟是从一中转来的，算上今天刚好一个星期，恰好是你在家反省的时候，还赶上了考试，得了全校第一。"他放低了声音，"茵姐，陆迟就在第一考场，不过他们说每次一考完人就跑了，还提前交卷。"

她在第十四考场，在三楼，而第一考场，在一楼。唐茵到一楼的时候，陆迟早就没影了，其他几个考场的人堵都堵不到。真想不到，这小结巴名字里有个迟，说话慢，但跑起来比谁都快。

有相熟的同学打趣道："茵姐，你真看上他了？"

唐茵说道："不然看上你？"

同学赶紧说道："哪能啊？我只是好奇嘛，一见钟情比较少见，哈哈哈！"

唐茵看上新转学生的消息像插了翅膀一样，不到半小时就在高中部传开了，尤其是对方还不会打篮球。

"你真看上那小结巴书呆子了？"有交好的男生过来打听消息，想起当时的情景，乐不可支，"是逗他玩的吧？应该挺辣眼睛才对啊。"不就长得清秀一点吗？还结巴，到底哪点让人看上了？

"小结巴也是你喊的？"唐茵淡淡地瞥他一眼。

男生惊觉自己说错话，立刻捂住嘴："我错了，茵姐。"

唐茵不耐烦地回："你很闲？这件事和你有什么关系？"

男生噎了一下，嬉皮笑脸道："我这不是关心一下嘛！对了，二中那伙人放了话，茵姐你不去给他们点颜色看看吗？"

二中的人嚣张得厉害，不记事。上一届的高三学生都领教过唐茵的厉害，轻易是不敢惹她的。

但领头人上学期毕业后，他的作风到了新人眼里就成了懦弱，新人开始处处挑衅，迫不及待想找嘉水私立中学的麻烦。

唐茵蹙眉："不去。"约架哪有看陆迟好玩。

男生抓了抓头发，眼神闪躲了几下，支支吾吾地说："那个二中的指名要……"

"指名我？"唐茵冷笑，眼尾泛出淡芒，"哪儿来的勇气？"

男生立刻同意地点头，压抑着内心的欣喜，嘴上附和道："就是就是，一群不知天高地厚的。"

监考老师快步走进教室，男生赶紧起身，丢下一句"茵姐，你可得好好考虑"后，赶紧从后门溜了。

唐茵最拿手的是化学和生物，物理虽然差了点，却也游刃有余。更何况是开学考，学校出的题并不难。

她支着下巴，嘴巴轻轻咬着笔，心想陆迟一定会提前交卷，她得比他提前才行。思来想去，唐茵甩甩头，将乱七八糟的想法甩掉，加快了速度答题，准备去一楼堵人。

看到她的动作，监考老师轻咳一声。唐茵直接将笔扔给边上的于春，理了理头发。

看她像是要交卷，监考老师又看了一眼教室里的其他人，走过去小声问："同学，你要提前交卷吗？"

唐茵随手捞起篮球，将试卷放到了讲台上。监考老师本来还皱眉头，等看到整张试卷就放下心来。

唐茵一路从三楼飞奔到一楼，飞扬的校服像向日葵一样夺目，长发飘动。她轻轻喘着气，停在了一楼。第一考场正好在楼梯边上，唐茵顺着窗口看过去，看清了整个考场里埋头苦写的同学们。靠近里面空了一个位子，很显然，陆迟已经先走了。

看到这种情况，唐茵心中突起一点不耐烦，手中翻转着篮球。篮球直接撞上楼梯间的墙，发出一声响，弹跳着回到了她脚边。

一转身，就看到陆迟抱着一本书站在旁边看着她。唐茵收回脚，拽了拽校服，冲他笑笑，三两步走过去："你好，我是唐茵。"

陆迟的视线往下移，然后掩饰性地收回来，扭头看向别处，慢吞吞地道："踢墙会……被罚。"他今天早上恰好看到一个男生被老师逮到，训了足足半小时，听说是学生会检查里有这一条。

唐茵眨眨眼："所以你是在担心我？"大概是这个答案太过匪夷所思，她亲眼看到他往后退了那么一点点，只有一点点。

陆迟没回答，转身就走。唐茵连忙跟过去，她可是好不容易才能和他近距离接触的，让人跑了那多亏啊。

可万万没想到，陆迟最后带着她来到了男厕所。

书呆子倒是挺聪明的，大概觉得女生肯定会不好意思吧。可唐茵不是一般人，又不是没进去过。唐茵趴在斜前方的栏杆处等着，她就不信陆迟会赖在里面不出来了。

陆迟刚推开男厕的门，一道刻意压低的声音就传到他耳朵里。

"哎，是真的，哥哥，唐茵真看上新来的那小子了，今天全校都知道了！"现在还是考试时间，男厕里很安静，他动作也很轻，里面的人竟然一点也没有察觉，还在说着。

陆迟的手放在门把上没动。

"他刚从一中转来，我只知道他成绩很好，整天拿着书，其他的都不清楚。"男声继续道，"哥，你带二中那些人要算计唐茵，可以从他下手呗，细皮嫩肉的，指不定唐茵就听你的吩咐，想干什么干什么，嘿嘿……"

听到这里，陆迟抿着唇，转身拉开门，没有发出一丝声音。出来后他看到背对着自己的唐茵，又想到了刚才那人的对话。

"你为什么不洗手？"唐茵刚好转过来，倚在栏杆上。

陆迟呼出一口气，拧开水龙头。

唐茵盯着那双淋着水的手，修长的五指反复交叉时勾人心魄，让她忍不住咽口水。水龙头被关了，那双手上还残留着水珠，晶莹剔透。

"你要……要看到……什么……时候？"陆迟皱着眉，艰难地问出口。

"如果你愿意，"唐茵耸肩，"看到地老天荒也没关系。"说完，她冲他挑眉，"如果你一直看我的话，我会很高兴的。"少女眉眼微弯，露出一丝甜美娇憨，流淌着令人愉悦的魅力。

陆迟定眼看了几秒，放在身后的手攥成一团。两人面对面站着，唐茵说个不停，他就像身处清晨的森林里，小鸟在耳边叽叽喳喳叫个不停。

她真爱说话，陆迟心想，清秀的眉皱起。蓦地，眼前又突然闪出那纤细的腰，不盈一握。他鬼使神差地张开手，又握拳。陆迟感觉自己的想法好像有点变态，脸也有点发热，连忙甩掉奇怪的想法，看她还在说话，忍不住叮嘱："二……中有人要……要找你……"

"找我麻烦？"唐茵应道，"还有呢？这是你在里面听到的秘密？"她似有感慨，"原来男生在厕所里也会八卦一些小秘密啊，陆迟你真可爱。"

可……可爱？被她这么一夸，陆迟突然涨红了脸，心跳也有些加速。他抿了抿唇，小声道："我要回……回去看书……书。"

唐茵戏谑地看着他，问："真回去？"

陆迟急忙点头，赶紧转身离开。

这么毫不留恋，唐茵觉得好笑。一看到他，她就有说不完的话，感觉自己长久以来的形象似乎改变了。然而根据陆迟的反应，她好像说得不怎么……得人心？

唐茵喊住他："陆迟！"

陆迟的脚步顿住，手指抖了抖，认命地转身，定定地看着沐浴在夕阳余晖中的少女，只觉得她腰真细。

出神间，她已经快步走到他面前，双手搭上他的肩膀，夏季单薄的衬衫丝毫阻挡不了柔软的触感。陆迟整个人都僵硬起来，难以言喻的感觉由胸口迸发，最终汇聚到接触点。

唐茵凑上去，略带叹息地开口："真想把你藏起来，不让任何人发现你，偷走你。"

陆迟目瞪口呆。

她居然说出这样的话，他突然觉得她脸好大。

"你……你……"几秒钟后，陆迟连着说了三遍，"不要……要这样，我……我要回去看……看书了。"他推开她，转身向教学楼外走去。

片刻，身后传来清脆的声音："哎，书呆子，你确定要这么同手同脚地走回去？"

3

同手同脚……陆迟彻底定在那里。他紧张地深呼吸，决定不理她。

等陆迟的身影消失在教学楼那边，唐茵终于止不住大笑，清爽的笑声让厕所里的男生愣是不敢出来。对于他说的二中那事，他想唐茵应该已经知道了。

恰好有个男生从教室那边过来，唐茵招招手："进去看看，里面哪个坑有人。"男生摸不着头脑，但还是听话地进去了。

不消片刻，男生跑出来，惊慌地道："茵姐，里面就一个猥琐男在那里转，看见我还用那种眼神看我！"

"哪种？"

"就是那种眼神啊！"

唐茵深吸一口气，止住自己想抽人的想法："谢了。"说完就走了进去。

几分钟后，等在外面的男生迟迟听不到动静，又按捺不住好奇心，就偷偷地走过去。还没等他碰上门，唐茵就自然地走了出来。

等唐茵离开，他立刻推门进去，看到歪在那边的猥琐男不断地发出细碎的声音，再看到一张不忍直视的脸。

嘉水一姐，果然不同凡响。

星期一，阳光明媚，是学校举行升旗仪式的日子。早自习刚下，班里人就都勾肩搭背地去了操场。

唐茵想着陆迟，还没等她磨蹭到实验班门口，从后门冒出来的鹿野就"嘿嘿"笑："陆迟被教导主任叫走了。"她点点头，转而去了操场。

进了嘉水私立中学的校门，走几十米就有一个交叉路口，往右是高中部，往左是初中部，中间这条道通的则是两栋行政楼，中间由天桥连接。从天桥下一直往前奔，经过食堂门口的大广场往左是宿舍楼，往右就是操场。绿色的铁网围住了操场。

操场上都是假草，空旷寂寥，此刻站满了一排排的学生。阳光从散开的云层间打下来，一束束光线交错，映在橘白相间的校服上，越发明亮，鲜红的旗帜飘在空中。

"同学们，金秋十月，丹桂飘香，在这个秋高气爽的季节里，我们迎着初升的太阳，伴随着阵阵花香……高三生活不仅仅是为了自己，还为了家人……"年级教导主任拿着话筒，唾沫横飞地手口并用。

操场铁网有一张后门，坏了一直没修，周围又种满了香樟树，有一大片阴影，正好给了她方便。后门那边是第二十班，她从队伍最后一列慢慢走过去，沿途和认识的妹子们打招呼。路过实验班的时候，她往里瞅了好几眼。

陆迟也不在里面，不然以他的个子，肯定得站后面。他要是在，唐茵觉得自己第一眼就能看到他。不知怎么的，她想到了第一眼的意中人。

升旗仪式上前三名轮流演讲已经成了固定模式，唐茵从高一开始就一直是第一名，第一个演讲的理所当然就是她。可那唯一一次的演讲她只说了三个字：没话讲。

当时下面的同学们都看呆了，教导主任更是哆嗦了半天也说不出话，最后还是温柔地请她归队。后来这种演讲就会主动跳过她，直接到第二名和第三名。每周听一次他们演讲，底下的同学们都快要疯了。

演讲期间，二十个班级队列中又出现了骚动。等上面两个人下来，唐茵却突然小跑离开了。她穿过队伍，来到了第一排。教导主任刚好在第一排那里，看到她跑过来，问道："怎么了？哪里不舒服？"

唐茵笑得明媚："我要演讲。"

教导主任的脸色有些怪异，当初高一那次"没话讲"的演讲他还记得呢，这次怕是又要出什么幺蛾子。

"唐茵啊，你确定这次不讲三个字吗？"他满怀期待地问。唐茵的眼睛一直盯着往实验班队伍后面走的陆迟，说："不会只有三个字。"

教导主任点点头，长舒一口气："那你可要给同学们好好传授一下学习方法，这是个难得的机会，让他们提高一点成绩也是好的。"说完，他就将手中的话筒递了过来。

唐茵勾唇，拿着话筒站上了台，发丝都被吹乱。她看着那边的人，轻声开口。教导主任满脸期待，同学们也很期待。

"从今天开始，我要和实验班的陆迟一起，好好学习。"余音绕梁，回旋在操场上方。满操场的学生齐齐转头看向教导主任，看到他快要石化的表情，心里充满了同情。

这可比上一次的三个字演讲厉害多了，实验班更是轰动了。鹿野正好站在陆迟的前面，听到这么富有深意的一句话，差点没把大腿拍断，回头笑道："哈哈哈——唐茵真是什么都做得出来，陆迟，你小子真是……"

他的话堵在喉咙口，眼前的陆迟低着头，薄唇紧抿，黑框眼镜遮住了双眼，看上去十分冷情又淡然，似乎讨论的主人公并不是他。

鹿野忽然止住了话，在心里摇头晃脑。这个转校生陆迟不简单，唐茵恐怕没那么容易接近他。

片刻后，没人注意到陆迟唇色发白，手心被自己掐出了一道印子，但他的心跳得飞快。而主席台上，唐茵差点没被教导主任赶下来。幸好教导主任还注意形象，拿过话筒又上去讲了好一段话，想着洗刷刚刚留下的恶劣印象。

结束后，每个班的班主任组织同学有序离开操场，最先离开的会是实验班，而后才是十四班。

"下节课是什么？课程表我还没看，一个假期过来全忘光了。"

"数学课吧，我早上才看的。"

"最烦数学课了，看到题目头都疼还不能不写。我这次数学成绩肯定下降了不少，希望排名没降。"

陆迟的身影已经消失在前面，周围簇拥着几个人。其他人渐行渐远，声音却准确地落入唐茵的耳里，她忽然有了个主意。

操场距离高中部有点远，等班上的同学磨磨蹭蹭回到教室，上课铃恰好响起来。唐茵想到刚刚听到的对话，再想到陆迟的可爱反应，便从桌上摸出一本书，朝教室外走。

她拿着书大摇大摆从实验班的后门走进来，实验班很安静，不像隔壁班，上课了还要喧闹一阵。

陆迟坐在最后一排靠窗的位子上，正在专心地写东西。实验班的人数原本是奇数，他新转来就搬张桌子与一个同学拼桌。可同桌的身体不好，回去吊水了，所以就成了他一个人坐，唐茵不用打听就能知道。

"喀喀。"坐在门边上的鹿野先发现了唐茵，腿一伸，压低声音，"这是实验班，你别是走错了吧？"

"陆迟。"唐茵面不改色。

鹿野一直憋着笑："咱班可艳福不浅啊，连唐大小姐都来了……"他话还没说完，唐茵就已经越过了他。

陆迟前面的男生听到动静，一转头就看到唐茵往这边走，瞪大了眼睛。他不停地拿笔戳着陆迟的书，可陆迟一点动静都没有。

陆迟微微皱眉，正要推开他，就感觉旁边突然坐下个人，一抬头，嗯，又是唐茵。他默默低下头，写自己的试卷。

"陆迟，我这么个大美人坐在你边上，你就不抬头看一眼？"唐茵凑近了点，小声道。

陆迟几不可见地往里缩了点，唐茵眯眼，又凑过去一点，还把椅子也拖过去："陆迟，上次回去后有没有想我？"话音刚落，老师就进来了。

他先点评了这次的考试成绩，实验班大多是年级前五十名，很多都在为了一模后进零班而努力。对于这样的班级来说，普通内容不用过多讲。

陆迟面无表情，一言不发地订正试卷。这次考试他写错了一道选择题，是他自己的失误。

唐茵歪着头，手撑着脸，就看着他不说话。被这么灼热的目光注视，陆迟是想忽略都不行，落笔时一个公式还差点写错。他微微抬头看了一眼唐茵，刚好与她对视，轻声道："你……你能不……不能转……转过去？"

唐茵小幅度地摇头："不能，谁让你长得这么好看。"

前面听壁角的两个男生对视一眼，都看到了对方眼里的震惊，小声讨论："感觉受到了暴击。"

同桌附和："真想不到平时冷冷清清的唐茵居然喜欢这类型的。"

他们声音虽小，却仍清楚地传到了后面。唐茵也不恼，笑盈盈。

陆迟一瞬间有点吃惊，而后故作淡定地翻着试卷。

良久，唐茵终于看不下去了："这道题是最简单的排列组合，你已经看了两分钟……"

她的话还没说完，讲台上就传来另一道声音："唐茵？你怎么在这个班，还坐在那里？"闻言，全班同学立刻回头，目光紧紧盯着那角落，八卦的心几乎要飞出来。

唐茵后知后觉地站起来，发现这个老师有点眼熟，但又好像没见过。实验班的老师有几个不是这边办公室里的，而是从楼上的高复办公室下来的。唐茵从来不去上面，所以有些老师唐茵并不认识。

老师疑惑地问："我记得这节课隔壁班没有放假吧？你怎么来这里了？"

虽然成绩好，但也不能逃课吧。

唐茵看向陆迟手上的试卷，试卷上熟悉的数学图像映入眼帘，遂开口道："老师，我久仰您的数学课很久，是来旁听的。"

教室里一瞬间安静，之后有男生实在忍不住了，笑着捶桌子，教室里的气氛立刻变得诡异起来。

课代表刚走到陆迟面前，手中的试卷发也不是，不发也不是，整个人差点憋出内伤。

唐茵环视一圈，看到他们的神色有些怪异。

讲台上问话的男老师也忍不住笑出来："真的吗？原来你这么喜欢我的数学课，那可真是我的荣幸了。"他站在上面，心想以前怎么没发现十四班的唐茵是这么活宝的一个人呢，怪不得班主任天天捧着。

唐茵扭头："陆迟。"

陆迟停笔，犹豫地开口："是物……物理课。"

唐茵一脸震惊地看着陆迟，物理课订正数学试卷？很好，很科学，果然清新脱俗不做作。

4

唐茵嘴角抽搐，面不改色地重新开口："老师您物理课教得太好了，我就过来听一下。"

这次教室里的同学是真忍不住了，纷纷笑出声。

"安静。"说完，老师自己也忍不住笑，"我和张老师可是认识的，你先坐下吧，反正两个班都是讲试卷，也没差。"十四班物理老师姓张。

教室里终于恢复正常，唐茵坐下来，戳戳旁边的人："你的良心不会痛吗？"旁边的人没回答。

她又问："陆迟，你是不是故意的？"

过了一会儿，陆迟闷声道："不……不是。"

"你就是故意的。"

"不是……是。"

唐茵失笑，这卡壳还带变的："明明刚刚上课时你拿的是物理书，后面就换成了数学试卷，你还说你不是故意的。"

"好……好吧。"

"看吧，你承认了！"少女仿佛赢了一般，雀跃的声音带着独有的爽朗清脆。

陆迟忍不住偷偷看过去，她趴在桌上，细白的胳膊枕在脸下，微眯着眼看他，浓密的睫毛轻轻颤动，似乎上面停了只蝴蝶，染了胭脂色的嘴角露出清浅的笑意。

"哈，逮到你偷看我！"唐茵揪着他的衣服。

闻言，陆迟快速移开视线，脸颊透着红色，小心翼翼地用手拉出被她揪住的衣服。

有时候她真厚脸皮，昨天那句话又突兀地冒出来。陆迟踟蹰了一下，很快摒弃毫无营养的想法。

唐茵忍不住伸手摸摸自己的脸，光滑细腻，依旧美丽。她有些挫败，除了昨天因为肢体接触让陆迟有明显的变化外，其他时候他根本没半点反应。

难道他真的眼里只有书？唐茵抽走他的试卷："陆迟，书比我好看？"

这下陆迟终于抬了头，墨黑的双眸盯着唐茵看了几秒，隔着镜片依旧幽深。然后他慢条斯理地拿回试卷，继续画函数图。

小结巴还有这一面呢！唐茵撑着脸想，这次的动作太有意思了。陆迟的脸实在让她看不够，侧脸拥有完美的弧度。这边背着光，阴影落在上面，唐茵不自觉就入了迷。

没过多久，下课铃响了起来。老师精准地将粉笔扔进粉笔盒："试卷先讲到这里，下节课继续。有问题的，课间去楼上找我，下课。"

他教高复两个班和实验班，所以办公室在五楼。陆迟收起试卷，酝酿了半天后开口问："你不回去……去上课？"

唐茵眯着眼，将他放在最下面的理综试卷拿出来："陆迟，我物理成绩不好，借我看看。"陆迟没说话，唐茵以为他不同意，戳戳他放在桌上的手，曲起的手指真是好看到让她想来回抚摸。

"明天……天……天还回来。"

"好的，迟迟。"唐茵特意没说姓氏，观察他的反应。他只是脸红了一下，其他倒没什么。唐茵无奈，拿起试卷起身朝后门走去，想着不急于一时，反正还有高三一年的时间。

陆迟捏了捏耳朵，又想起当初班上同学嘲笑自己的画面，脸瞬间白了几分。他鬼使神差地朝后门看去，唐茵正站在那里和鹿野说话。宽大的校服穿在她身上，更衬得她的双腿修长笔直。

唐茵侧着头，半边脸白皙干净，五官精巧，秀气的鼻尖似乎可以透光。她将长发绾起，校服的橘色衬着一段雪白天鹅颈，纤细的手指捏着一张试卷，微微翘起的唇一开一合。此时的她面色冷静，和刚刚调皮的样子截然不同。

陆迟随意一瞥，看到某处，一瞬间愣住。突然，他脱下自己的校服，一言不发地站起来。

有同学看到他突然站起来还不知道怎么了，等看到接下来的一幕，互相对视一眼，心想这陆迟不会是沦陷了吧！

唐茵还没反应过来，腰间就突然出现两条胳膊。她微微有些迷茫，属于陌生人的气息侵入，让她忍不住竖起汗毛。

陆迟微微弯了背，下巴快要挨到唐茵的肩膀。离近了才发现她的肤色近乎瓷白，耳垂小巧可爱，少女独特的气息从颈肩传到他鼻尖。

男生大号的校服径直从后兜住了她的下半身，两条袖子被他拽到了她腰上。鹿野在边上瞪着眼，喃喃道："我没看错吧？"

班上的人大多出去上厕所了，剩下的也是在看书，并没有多少人注意到后门这里的情况。

唐茵站在那儿没动，低着头。陆迟的双手穿过她的腰，就像是抱着她似的，修长的手交错几下，将两条袖子在她腰间打了个结。

腰骤然变细，纤柔细腻，而现在就在他的掌握之中，他好像又想到了不该想的。他仿佛被火烧一样抽手，猛地后退一步。

唐茵看了一眼腰间打结的袖子，蓦地转身，直勾勾地看过去。

陆迟低垂着头，沙哑着嗓子结结巴巴道："不……不要解开。"这句话很有歧义。

唐茵却听得很开心，饶有兴致地问："为什么？"

陆迟抬头看她，视线落在水光透彻的眸子上，又转移到红润的唇瓣上。然后，他再次挪开了眼。

唐茵没得到回答，抬头看向陆迟。他鼻梁上的眼镜此刻遮挡了一切，看不清他的神色。有那么一瞬间，她真想把这眼镜取下来。

陆迟一言不发地回到了自己的座位上，唐茵看着他的背影与放在身侧攥紧的手，勾了勾嘴唇。她琢磨了几秒，手搭在腰间校服上，咧开一个浅笑，离开了实验班。一定是他害羞了，书呆子爱害羞，没毛病。

第二章 ○

> 跨过山，漂过海，带着情书走向你

1

等唐茵离开，鹿野迫不及待地蹭到陆迟旁边："兄弟啊。"

陆迟头也没抬："嗯？"

"你不知道唐茵这人，平时没什么特别喜欢的东西，你是我见到的第一个。"

陆迟后知后觉说道："我是东……东西？"

鹿野噎住："我口误，学霸真是的，我就是表达一下她很喜欢你。"智商高的人思维都这么奇特？

陆迟垂眸，没再看他。

鹿野敲了敲桌子，好奇道："你怎么突然把校服给唐茵了？课间学生会要来检查的，你要是被逮到就要扣分。"虽然不扣班级分，但个人分扣多了的话，对班主任的工资也有影响，所以班主任在一般情况下都会让扣分的人罚站或者打扫卫生。

"鹿野，让让。"突如其来一道声音。

鹿野抬头："哟，赵大小姐也要坐这儿？"

赵如冰站在过道里，没穿校服，仅穿一件短袖，外面是细白的胳膊。

鹿野看不惯赵如冰，以前她是他们班第一，年级第二，平时跟谁都不对付，和唐茵的无视别人完全是两个样，她是打心底看不起人。

"干什么啊？我先来的，先到先得。"鹿野漫不经心地道，"赵大小姐还是另找位子吧。"

赵如冰微微瞪大眼："你！"

奈何鹿野不让位子，一点都没有面对女生的谦让，赵如冰就只能坐在他们前面。赵如冰摊开试卷，翻到自己错了的那道题。

"陆迟，物理老师说你物理满分，最后一题我不会，可以请教一下你吗？"赵如冰将碎发别到耳后，轻声说，一双丹凤眼盯着写写画画的陆迟。看他上节课和唐茵相处的样子，应该挺好相处的吧。想到唐茵，赵如冰在心里冷笑一声，真是恬不知耻，当着全校人的面什么都做得出来，真当这儿是她自己家呢。

鹿野嗤笑一声，赵大小姐居然还会主动问人问题，还这么温柔，这其中要是没猫腻，打死他都不信，想来怕是也看上陆迟了吧。

陆迟愣了半天，曲起手指捏着笔："老师……师说下节课……课会详解……解。"赵如冰的脸色一瞬间变化，但很快便恢复正常："我……只是想快点知道怎么解。"

陆迟还没说话，鹿野就笑出了声："哎，赵大小姐，陆迟都说了待会儿上课老师会讲，难道你觉得老师会比学生讲得还要差吗？那物理老师可要哭了。"

赵如冰在桌子底下踢他一脚，语气微冷："我又没和你说话，不要多管闲事，有那个时间不如去做张试卷。"她的声音有些刻意压低。

陆迟的表情有点不自然，看到周围人都盯着这边，他脸色微微发白，心里有一点烦躁。鹿野和赵如冰还在吵，一点也没有停下来的迹象，他索性直接站了起来。

赵如冰愣神："你要去哪儿？"

"出……出去。"陆迟推开椅子，从后面离开了教室。

鹿野看了她一眼，幸灾乐祸地道："哦耶。"随后也跟着离开了这里。

赵如冰猛地收回试卷，看着两个人离开的背影，忍不住咬牙，脸色有点难看。

唐茵带着一阵风回到十四班，想起陆迟别扭的样子，她的嘴角扬起："哎，迟迟真是可爱。"

苏可西一脸冷漠地道："哦，还晓得回来啊。"

唐茵捞起篮球，秀了个球技，看得班上的男生眼花缭乱，心生佩服，掌声与欢呼声响起。

"陆迟亲手给我系的。"她到现在还能想起他矫健的胳膊穿过自己腰间的感觉，每一次回想，心都会一阵酥麻。安静这么多年的心，就这么被俘虏了。

"行行行，我知道了。瞧，就一个动作让你迷恋得……你要系，我能天天给你系，一直系到你吐血。"苏可西笑着捂嘴道。

陆迟打的结很整齐，和他的性格很像。唐茵伸出一根手指，围着结转了一个圈，恋恋不舍地轻轻解开，将校服放到鼻尖。如她所想，一股清香弥漫其中。

苏可西简直不忍直视："你看看你痴汉的样子！"

唐茵不理她，转过身去弯着腰在桌肚里找东西，身后的牛仔裤上隐隐透出一小块鲜红。

苏可西大吃一惊："搞半天是你'大姨妈'来了，我还以为是陆迟被你攻下了呢。"

唐茵来月经一向不痛，好在有规律。如果不规律，那她就不知道什么时候来。

闻言，唐茵皱眉，伸手摸了摸，指尖有轻微的血腥味。她脱下校服，让苏可西用镜子照，果然晕染了一点血迹。仔细一想，好像日子还真是这两天。

怪不得陆迟突然给她系校服，明明之前对于她的接触还难以接受，身体僵硬。这样想着，唐茵皱着眉去了厕所，幸好离教室并不远。

等脱下裤子才发现这次比较严重，量很多，唐茵不可能让陆迟的校服也弄脏，索性直接脱了裤子。幸好校服够大，直接落在膝盖上方几厘米处，拉链拉上就跟连衣裙似的。学校允许穿裙子，但不允许穿膝盖以上的短裙，要是没人注意还是可以挡挡的。

两条光溜溜的细腿就这么露在外面，她的小腿笔直，看上去异常白皙。再次回到教室后，唐茵安静了许多，将两条腿蜷在椅子上，闲适地翻着试卷。

陆迟的字和他的人不一样，字迹有棱有角，下笔适中，有些潦草，却又能让人一眼看出来是什么。

最左边的姓名则端正工整，每个字之间的差距似乎都是算好的，刚劲有力。唐茵的指腹在上面摩挲几秒，拿起铅笔在上面临摹一遍，一笔一画写着，感受到自己心如小鹿乱撞。而后她才看题目，试卷上没有任何多余的空白，每一道答题的每一个步骤都完美无缺，改卷的老师还圈出了比较好的地方。

苏可西又凑过来："这谁的？你把陆迟的试卷要来干什么？"

唐茵没说话，继续翻看着陆迟的试卷。理综考试，他居然就化学扣了点分，其他两门都是满分，怪不得考第一。光凭物理这一门就甩开了很多人，人与人之间的差距怎么就这么大。唐茵一边哀叹一边看下去，翻到物理试卷的答题部分，看到最后一题的答案，她支着下巴，嘴里嘟囔着："明明考试的时候我觉得我算得是对的……可还是错了。"

苏可西笑得贼兮兮，伸手摸摸她的头："瞧你那委屈的样子，我好开心。"

唐茵小声"哦"了一句，然后撑着脸发呆，突然走神想到了陆迟，也许下次就可以找借口让他给自己补习物理了。没想到，下一刻陆迟的身影就出现在窗前。

唐茵歪着头喊："陆迟！"

窗户是开着的，声音很容易传出去。陆迟转头，眼神落在她的身上，几秒后小声问："什……什么？"

唐茵将试卷摊在窗台上："这道题为什么这么写啊？我感觉我写得挺对的。"她顺手把自己的试卷也放在边上，最后一题只得了几分。

只是问问题……陆迟放松下来，定睛看了几秒，手指在某行，老老实实地讲题目："第三……三个公式错……错了。"

唐茵认真地听他讲完，没有丝毫不耐烦。陆迟有点不好意思，以前好多人都是听他说几个字就打断了，或者直接不想听，久而久之，他也就不怎么喜欢说话了。

"明明很对。"

"你……不要插……插嘴。"陆迟胆子大了点，等说完这句话，他又反应过来，脸突然变白，刷了漆的墙壁似的。

唐茵被他的反应吓了一跳，放软了声音安抚："你继续说，我不打断，没事，随你怎么说。"

陆迟慢慢缓了过来，隐在镜片后的眼睛微微瞪圆，有点不好意思，但仍尽力为她讲解题目。走廊上的脚步声、说话声，似乎都变成了模糊的背景。

唐茵捏着耳朵，陆迟的声音清冽低沉，下雨似的坠在她的心上。看她在走神，陆迟倾身小声问："你……你在听……听吗？"

唐茵回神："就是不小心用错了，其实我很聪明的。"

赵如冰刚出教室准备去打水，一转身就看到陆迟站在十四班的窗边。她不动声色地装成经过那里，听到了不大不小的对话声——

"陆迟，你是不是早就预料到了？"

"什……什么？"

"不然你怎么会这么巧出现在窗边？难道不是故意的？"

唐茵把手撑在窗台上，余光看到隔壁班的赵如冰盯着这里出神，就对她挑眉。赵如冰扭头，拿着水杯离开。

唐茵勾唇，视线回归到面前的美人身上："给我讲题有没有感觉很美好？有没有很棒棒？"

"没……没有。"陆迟结结巴巴地说。

"骗人，你耳朵尖都红了。"

2

陆迟一离开，唐茵就恢复了往日的高冷。没过多久，物理老师背着手走进了教室，一眼就看到后面的唐茵，故作严肃。唐茵在实验班闹笑话的事情整个办公室都知道了，他也知道，所以现在忍不住了："某人可算是回来了，别人讲的课比我讲的课好听呢……"他酸溜溜的语气让班里的同学忍不住拍桌子笑。

物理老师就是个活宝，尤其是对唐茵。唐茵抿着唇笑，也不反驳，漂亮的眼睛弯成月牙，灿若星辰。

物理老师接下来也没有为难她，尽职地上课，只是没一会儿又扯开了：

"这节课讲大题，全校物理平均分才六十八分，你看看你们多少分，我改卷的时候都不想再看到你们。"

有人反驳："可老师还是来了啊。"

物理老师嘴皮子哆嗦了一下："你们真是我带过最差的一届，没有之一！"

班上同学忍不住笑，这真是每个老师都会说的一句话，到了下一届，台词都不变。老师敲了敲黑板，总算是唤回了大部分人的注意力。

两节课后是大课间，足足二十分钟的活动时间。一下课，同学们就欢呼几声，三三两两地结伴去了小超市。

小超市开在行政楼那边，在寄宿学校里，拥有各种零食和水果的小超市就成了风水宝地，初中生和高中生都会去买东西。

苏可西拽着她："不去买东西吗？你这可是我借的啊。"

唐茵恹恹地："不去了。"

"也是，你现在这个样子出去，就跟羊进了狼圈一样，太危险了。我去给你买。"说着，她一阵风般地离开了教室。

苏可西刚到小超市门口，就遇见了熟人吕秋秋，问她："文月呢？"

吕秋秋摇摇头："文月昨天生病回家了，请了几天病假。她妈妈带她回去的，好像要下星期才能来上课。"

"生病？"

吕秋秋挠挠头："我也不是很清楚，昨天考试不在一个考场，我还是昨晚看到她和她妈妈一起离开的，应该下星期才来上课吧。"说完，她摆摆手，"我先走啦。"

文月也是转学生，不过是高二转过来的，剪着简单的学生头，戴一副眼镜，略开朗的小女生，和文科生的身份很搭。

文月的家住在三中旁边，但她妈妈工作的地方在二中边上，并且上晚班，平时她不会去那边。高一下学期分科期末考期间，她因为生病所以走读，恰巧碰上妈妈落下了东西，她去送，结果就被堵了。

对于一群流里流气的混混来说，长得清秀又文静的小女生看上去就像好学生，很容易激起其他的心思。

唐茵刚好下午考完试就逃了去二中找人算账，凑巧看到这一幕。幸好人并不多，就几个，压根儿就没有实力，三两下就被揍跑了。

事后，二中的人向学校告状，这事就被校长知道了，愣是弄了个警告，要不是有人拦着，就得变成留校察看。不过从那以后，文月和唐茵的关系就突飞猛进了。

文月和唐茵虽然属于两种极端的性格，但意外相处和谐。因为文月身体不好，所以办了走读，每次大课间，她总会带好吃的早点给唐茵和苏可西，两个人自然被牢牢抓住心。

和吕秋秋分别，苏可西拎着黑色塑料袋回了教室，将事情复述给唐茵听。

"文月瘦瘦小小的，本来身体就不好，生病很正常。"唐茵直起身子，"我们星期五去看看，她身子太弱了。"

"嗯。"苏可西突然开口，"我想要去那边剪头发，你也要去那边，正好星期五放了学一起吧。"

唐茵偏头："你养了很久的。"

苏可西的面色淡淡的："陆宇喜欢长发，既然他走了，也就没有留的必要了。"陆宇这个人已经很久没有出现在两人的对话中了。自从上学期期末那阵，陆宇毫无缘由地转去了三中，她们每次谈话便刻意地绕过了他。

他们俩的事，唐茵最清楚："剪了也好。"

上午最后一节课下课铃声刚响，唐茵和苏可西就跟离弦的箭似的，眨眼间就消失在门外。

老师还保持着拿粉笔的姿势，呆了一会儿，无可奈何地下课了。

高中宿舍楼在学校最里面的拐角，那边人少，不过五分钟就可以跑回宿舍。寝室阳台安了面镜子，唐茵一进门就小跑去了阳台。看着镜中的自己，她脸上缓缓现出一抹诱人的笑容，一闭眼，当时的情景就浮现在脑海中。

唐茵伸手摸上脖子，那时候细细的呼吸就在这里，温热酥麻，就像前一刻留下的。小结巴撩人还挺厉害啊，不动声色，她分分钟就被他拿下了。

寝室里还没人回来，唐茵双臂一张，躺倒在床上，一种想打滚的感觉突如其来。她明明以前很矜持的，可自从遇到陆迟，她就变成了爱幻想的小花痴。

实验班下午是生物课，生物老师是个女老师，一向风风火火，一进门就说个不停："这次的生物试题这么简单，你们居然比之前考得还差，拿什么去拼高考？"她四下扫视，"国庆节过后你们真是把学的都还给我了是吧？班上居然还有六十分的！实验班就是这个水准？

"有空多向新同学陆迟学习，人家怎么就能考满分？你们呢？"她虽然不负责改卷，但高分卷会集中到一起看，中间就有一张让她很欣赏的，所以记住了名字，后来从吴老师那儿得知是新来的转学生。

同学们立刻低下头，伪装成鸵鸟，乖乖挨训。在她的课堂上最好别贫嘴，否则她一节课能讲个不停。

生物老师不理他们，继续说："这次生物试卷，全校就两个满分的，看看人家是怎么做的。陆迟，把你的试卷借我用一下。"她看向最后一排，半天没得到回应。

生物老师皱眉，重复道："陆迟，把你的试卷借我用一下。"

陆迟恍然回神，面无表情地解释："被别……别人借……借走了。"

生物老师皱眉："借走了？"她有些不悦，刚发下来就被借走了，难道不知道下午是她的课吗？还是说对她不满意？但考虑到他生物考了满分，也不好多说，便让他坐下。

"要是你们都像陆迟这样，就都不用上课了，我也可以直接退休了。"

教室里一直很安静，生物老师一直说到现在，夸得也太厉害了。这人是新转来的，还结结巴巴，哪有那么好。有人心里不悦，扭头看向后排。

从前面看只能看到陆迟低着头，一个人坐在角落里，不知道是在走神还是在思考。眼镜遮住了大半张脸，过分白的肤色，小白脸似的，几个女生都将目光定在那完美的下颌线上。

3

晚上的时候，唐茵下晚自习后将校服洗了晾在阳台上，放在白天阳光最足的地方。嬉嬉闹闹没过多久，宿管阿姨便在外面吹哨子了。

嘉水私立中学想出成绩，对学生管理也就有些严，其他学校的晚自习也就上到九点多，之后学生就可以回寝室了。可嘉水私立中学晚自习结束已经是十点四十，所以学生回到寝室后都特别忙，稍微洗洗弄弄就到十一点多。

熄灯过后没多久，没关的阳台门外面就传来噼里啪啦的声音，下雨了。

第二天一起床，看到校服还带着湿气，唐茵的心情很不好。雨连着下了好几天，唐茵的心情也阴郁了几天。从《五年高考三年模拟》《王后雄系列分析手册》，附带几张试卷，数套题目做下来，还真遗忘了不好的事情。

"唉，学霸心情不好就做题。"苏可西无聊地捧着脸。

这节是语文课，语文老师最啰唆，两节课一起上，他废话能扯一堆，比班主任还像班主任，每每到了最后的十几分钟才开始讲题目。

看自家同桌一脸认真的模样，苏可西也不敢打扰她，往前看了一眼，就看到了奇怪的画面。她用笔戳前排同学："张梅，你在做什么？"

前排的张梅猛地坐直，而后心虚地拍胸口，掩着嘴翻白眼："你吓我一跳，我还以为班主任从后面进来了。"

唐茵也看过去，只见她的桌肚里没放书，倒是乱糟糟地放了小剪刀和长长的吸管："那五颜六色的东西是什么？"

"折五角星的。"张梅脸色微红，小声解释，"就是折五百二十个，意思不用我多讲吧？"说着，她偷偷从桌子底下递过来一个东西。

唐茵伸手接过，和苏可西一起观察。小巧的玻璃瓶口有木塞，里面装满了五彩缤纷的五角星，都是用一根根小吸管折成的，像装满少女的心事。

张梅暗恋班长的事情是公开的秘密，大家有时候在寝室里也会调侃她。可她平时大大咧咧，遇到暗恋这事，竟然半年也没敢开口，有时候她们还会帮她制造机会。

没过一分钟，她又偷偷递给唐茵几根浅绿色的吸管。唐茵放下笔，突然兴致上来，盯着张梅的动作，自己也折了个小巧的五角星，然后放在笔袋里，眼里不自觉地溢出浅浅的笑意。

隔天晚自习时，实验班去吊盐水的同学回来了："报告。"

老师挥挥手，男生笑嘻嘻地往后排走，和边上的几个男生打手势，然后才坐下来。

陆迟多看了同桌几眼，可能是因为生病，所以他的脸色不是太好。

"新同桌，你好啊，我叫唐铭。"唐铭笑眯眯地打招呼，"我听说你是年级第一呢，以后不会的可就请你多帮忙了。"

陆迟微微点头："你……你好。"

唐铭有些吃惊，没想到这同桌是个结巴。只听说他成绩很好，很少说话，还没人和他提过这个。不过他以前接触过同类人，好歹知道该怎么和人相处。

因为上面有老师，他没敢大声说，只是介绍了自己，然后快速地收好自己的书和试卷。昨天刚考完，晚自习要从寝室搬书到班上，他的书还是室友帮忙搬的，到现在还全部堆放在桌上。

快要第一次模拟考试了，往后的试卷只会更多，必须隔几天就整理，不然都分不清了。才整理到一半，他就愣住了，翻了翻，挠挠头，推推同桌："哎，这是你的书吧？"

陆迟茫然："不……是。"

"怎么不是你的？上面还有你的名字。"唐铭将数学书递给陆迟，"看不出来啊，你的字居然这么秀气，我的字就跟狗扒的一样，都不忍直视。"

扉页上斜写着"陆迟"两个字，铅笔写的，很轻。陆迟微愣，右手接过书，盯着看了几秒，结结巴巴地开口："可能是……是不小心写……写上去的。"他隐在头发里的耳朵尖微微发红发热。

"没事没事。"唐铭也不在意，"估计是我这儿太乱了，不小心混入的。"对于这个新同桌，他可是十分敬佩。他虽然在家待着，却也知道陆迟的成绩。这次联考，一中第一名的分数还比陆迟低十分。

这概念可就不一样了，嘉水私立中学是民办的，在几所公立学校眼里属于外来者，现在第一被它拿走了，还是高三年级的。如果以后的状元出自嘉水私立中学，传出去生源肯定都会往这边跑。

不过真正的考试未到，现在的分数还不是最终成绩。理科和文科不同，理科试卷写对一道大题就可以提高十几分，所以每一次模考都是一次新的成绩。唐铭还在想着，抬头就看到同桌安静地把名字擦掉，然后轻轻递回来。

"哎，你擦掉做什么？"他压低了声音，"你这擦得可真干净。"

老师在讲台上看着大家自习，唐铭耐不住寂寞，又忍不住小声说话："要是留着签名，指不定高考后我还可以拿出去炫耀呢，嘉水私立的第一，未来H市的状元，还是我同桌！"他好像有说不完的话，浑身有使不完的活力。

陆迟忍不住询问："你们姓……姓唐的人都……都喜欢说……说话？"

闻言，唐铭摸不着头脑："姓唐的人？咱实验班不就我一个姓唐的？还有谁姓唐，介绍给我认识认识，说不定五百年前是一家……"

同桌却没有再回复。

4

之前雨一直下，校服一直挂在阳台上没干，还有一股难闻的味道。第五天终于出了太阳，不烈，暖洋洋的。唐茵重新洗了校服，也晒干了，衣服上还带着淡淡的薰衣草的香味。

下午上课前，她将校服叠好放进袋子里。第一节课下课后，她路过办公室，听见实验班生物老师的大嗓门。

"前两天我就想从陆迟那边借试卷，结果他说被借走了，这都几天过去了，我再去借，居然还没拿回来，也不知道是哪个人借了。"

"你问他不就行了？"

"我问了，你猜他说什么？他说他不记得了，你说他是不是……算了，说起来就气。"

唐茵听得嘴唇微勾，吃了颗糖似的。

下节课是语文课，老师在上面讲解着文言文。苏可西用手肘碰了唐茵一下："看，这小说里面有三行情诗，让我饱含深情地念给你听。"

"苏可西！你干什么呢？"语文老师眼尖地打断了她，然后苏可西很不情愿地站起来。

语文老师早就注意到她了，走过来拿走她压在资料书下的言情小说，花花绿绿的封面让他脸色难看："这都什么时候了还在看闲书，还想不想考大学了？"

苏可西默默地道："想。"

语文老师恨铁不成钢地说："那就好好学习，别搞歪门邪道，书等高考完再拿回去。坐下吧，好好听课。"

眼睁睁地看着心爱的小说飞走，苏可西捂着嘴哀叹一声。今天真是时运不济，想她看小说多年，居然今天被发现了。

唐茵做口型：什么情诗？

提到这个，苏可西又来劲了，在草稿纸上写完递给她：如果人可以长尾巴，会觉得有点难为情呢，因为和你在一起，我总会忍不住摇尾巴。你看这是不是你的真实写照？纸上只有短短的两行字。

唐茵凝神看了许久，终于冷静道："不是。"她不会对人摇尾巴，不喜欢就是不喜欢，喜欢就是喜欢，不会放弃一些基本原则。

苏可西撇撇嘴，收回草稿纸，在语文老师的眼神扫射下坐着乖乖听课。

唐茵再次摊开陆迟的试卷，视线定格在最后一道物理题上。她还记得当时他略带凉意的手指点在上方的画面，就跟戳在她心上似的。

她捂着脸，一股热气冒上来。看周围没人注意这里，唐茵故作淡定地拧开水瓶灌了一大口。

下课铃声一响，唐茵提着装衣服的袋子就去了隔壁班。

"唉，这么大的雨，晚上回去身上恐怕都得淋湿。"鹿野忧郁地说道，转身就看到了唐茵，"又找陆迟？"

唐茵："嗯。"

唐铭正好从边上走过，张大了嘴巴看着唐茵向着陆迟那边走去。要不是膀胱要炸了，他铁定要留下来偷看。可里面的陆迟毫无动静，低着头在认真地写东西。

唐茵站在边上欣赏了那么一小会儿，走过去，用手指戳了戳他肩膀，凑近了小声提醒："书呆子，喏，你的校服，我已经洗干净了。"陆迟看了唐茵一眼，接过袋子后放进桌肚里。

离得近，头顶上的白炽灯照得人轮廓分明。唐茵的目光落在他的侧脸上，在她说那句话的时候，即使是戴着眼镜，她也能看到他的耳朵分明动了动。

看他反应剧烈，唐茵笑笑，将试卷放到桌上："还有试卷，谢谢。"

大概是难得听到后两个字，陆迟愣了愣。

想到前几天的事情，他眼里闪过一丝窘迫，与她隔开了距离，轻声道："没……没关系。"

唐茵盯着他，这副小可爱的样子可真让她着迷。

"对了，"唐茵停顿片刻，将他从头到尾打量了一遍，走之前丢下一句话，"试卷不许借给别人。"

没过多久，唐铭和鹿野勾肩搭背地回来，看到同桌桌上摆着试卷，惊喜地叫出声："哎，试卷终于被不知名人士还回来了！"生物老师那充满怨恨的神情，他到现在可还记得呢。

"借我欣赏一下满分卷子啊！"他伸手去拿。只是他的手还没碰到试卷，陆迟就用书盖住了试卷，瞥他一眼："等……等。"动作快得让唐铭有点尴尬。看他脸色不对，陆迟又补上一句，"我还没……没订正。"

"噢噢噢。"唐铭了然，就说他肯定不是故意的。

几分钟过后，下课铃声一响，陆迟刚离开教室，鹿野就跑了过来，坐在陆迟的位子上，对唐铭笑道："和学神一起坐感觉如何？"

"酸爽！我看到他的英语试卷，就想起我那惨不忍睹的英语成绩。他怎么门门都这么厉害！看他数学错了一道题就一副苦大仇深的样子，我就更心塞了。"

"以后更加酸爽，怎么就不安排给我？班主任肯定对我有成见，不爽。"鹿野随意吐槽一句，眼尖看到那露出边缘的卷子，伸手就去拿。

唐铭笔毫不留情地敲上去："可别动。"

"咋啦？不就试卷嘛。"

"我刚刚要都没成功，他说还没订正，估计是不喜欢别人碰他的东西。"

鹿野不服气："都是借口，你不懂，知道他试卷前两天在谁那儿不？"

唐铭一脸茫然："谁啊？我估计是外班人。"

"唐茵啊！"

"你不要逗我。"

"我逗你干什么！唐茵就坐在你这里，和他聊了一节物理课。"

唐铭对于前几天的事情也知道，但此刻听他这么一说，还真觉得有点意思。他贼兮兮地小声说："前两天我数学书上不小心被写上了他的名字，他擦得一点痕迹都看不到，那字就像个女孩写的。"

鹿野摊手："大概是唐茵写的吧。"

"那陆迟还说是他不小心写上的。"

"这你就不懂了吧，那叫情趣。"

两个人对视了半天，发现这事还真不简单，虽然对试卷的好奇心更重，但真不敢去拿。鹿野早就观察过陆迟这人，虽然性格内敛，但估计真火起来没那么容易放过人。

再说，好奇心害死猫，还是憋着吧。鹿野还想说什么，就看到讨论的主人公进教室了。铃声响起前，唐铭终于忍不住想问，可话到嘴边，看到陆迟认真写试卷的样子又忍住了。

他硬生生转了个话题："这两天虽然没检查，但我听说明天放假前学生会要检查，你最好穿上校服，不然肯定要扣分。"

闻言，陆迟对他轻轻点头，声音放低："我……我知道。"提到这个，他从桌肚里摸出叠得整整齐齐的校服，展开后套上。

他左手习惯性地放进口袋里，立刻就察觉到口袋里有个棱角分明的东西，摸上去小小的，可以夹在两根手指间。陆迟眉心一跳，掏出来放在手心。

一看，是一颗浅绿色的五角星。

小小的，就跟一颗糖果似的。陆迟捏了捏，有点扎手。

"哇，谁给你的五角星？"唐铭夸张地问。

陆迟疑惑道："嗯？"

唐铭拿书挡住脸，悄悄地说："傻啊，兄弟，现在小女生间可流行折五角星送喜欢的人了。我妹妹在家就天天折，说是要送给她男神。"

现在这些小女生啊，不知道怎么想的，五角星有啥用啊。唐铭对他挤挤眼："才来学校一星期吧，居然就有人送你了。我在这儿都快三年了，还没牵过女生的小手呢。"

陆迟泛白的指尖捏着五角星放回口袋里，片刻后，又忍不住拿出来。

5

周五下午最后一节课固定的是班主任的课。十四班班主任林汝教数学，耐心起来连她自己都害怕。虽说十四班的总体成绩差，但数学成绩还算可以。

唐茵将数学试卷摊开，对苏可西说："今天下午放学后我要去三中，你去不去？"

"不去，不想去。"苏可西慢吞吞道，显然是忘了自己要去三中那边剪头发的事。

"行。"

半响，苏可西搭上唐茵的手腕："我还是去吧……但我不进去，就在外边。"

唐茵假装不知道，说："随你。"

苏可西觉得自己被看穿了，脸有点发热，忙不迭地拿出资料书，装出好好学习的样子。

看她的动作就知道她心虚了，唐茵无言地笑笑。

嘉水私立中学半个月放一次假，周五下午放学，周日下午回来上自习。满打满算，其实也就一天半的假。可是就这一天半的假期，大家也十分开心，恨不得回校的第二天就是放假那天。

临近下课，大家的心思都不在学习上了，林汝也不继续讲试卷了，让他们上自习。片刻后，她将唐茵叫到了外面。

"茵茵，再过不久就期中考了，这次还是和一中他们联考，你一定要好好考。"林汝叮嘱，"可千万别调皮了。"

唐茵严肃地敬礼："收到。"

林汝笑："你就贫吧，实验班的那个陆迟物理成绩很好，我知道你最近在干什么，不过不能过界。现在正是关键时刻，不管是你还是他，学习才是最重要的。等毕业了，那岂不是更好？"

陆迟长得清秀，成绩又好，有小女生喜欢是正常的，她当初上高中时也曾经历过春心萌动的时期，只不过现在成绩才是首要的。林汝温声道："你这么聪明，应该明白我的意思吧？"

唐茵转了转眼珠子然后点头。

"那就好。"林汝满意地点头离开。

实验班后门处传来细碎的说话声，唐铭正巧瞅到唐茵和十四班班主任，忍不住瞪眼，推了推同桌："看外边。"

陆迟看向外面，双眸微眯，只看到她的背影，还有被风吹起来的长发。片刻后，他低头想了想，犹犹豫豫地打开了唐茵还来的试卷。翻开后并没有什么特殊的，他默默地往后翻，直到看到最后一道物理题的边上，几行字映入眼帘。

你来的那天

海棠也开了

风景正好

——想你的小仙女

字迹娟秀，铅笔写的，轻轻的，和上次的名字字体一模一样。不知怎么的，前面她低低一句"不要借给别人"的话还响在耳边。陆迟看得耳根泛红，脸色都有些不自然。

他修长的食指压在试卷上，咳嗽一声，半天不知该做何反应。现在的女孩都这么直白？

○ 你来的那天

海棠也开了

风景正好

——想你的小仙女

青梅
七分甜

希望
你能梦见我，
如你所愿。

"怎么了？"唐铭感觉奇怪，凑过来看。

陆迟猛地将卷子盖住，几秒后吐出两个字："没事。"这话说出来他自己都震惊了，眼里闪过惊喜，居然没有结巴，他的心几乎激动得蹦出来。

唐铭也吃了一惊，不过看他一脸高兴的样子也就不再打扰。这时，他听到不爱说话的同桌问了句："学校……校有海……海棠？"

"有啊，咱们高三这栋楼和实验楼公共区域中间那块花坛种的就是海棠。忘了你是刚来的。好像最近开了吧，没太注意。你不是坐在窗边吗？往那下面瞅瞅就能看到了。"唐铭说了一大段，接着好奇地问，"你问这个干什么？有谁送你了吗？谁会送海棠花？"

没人送他海棠，倒是送了一封情书。

嗯，应该是情书，陆迟垂眸，盯着试卷看了半晌，轻轻推开窗。现在正上课，楼下一个人影也没有。圆形大花坛内挤满了海棠花，白色、粉色簇拥在一起，阳光落在上面，还带有水珠折射出来的光。

没过多久，下课铃声终于响了起来，教室里几乎立刻响起欢呼声，只可惜讲台上的班主任还在讲题目。唐铭和鹿野带头拍桌子，不满班主任拖堂。

吴峰把一道选择题讲完，才慢悠悠地开口："下课，回去不要忘了看书，还有试卷要记得写，星期天回来交。"他的话音刚落，欢呼声四起。放假才是正经事，试卷另谈。

鹿野早就收拾好了东西，拎着包就往外跑，转身看到边上的人吓得倒退了一步。唐茵就等在门外，走廊上偶尔有一阵风吹进来，打在脸上，不冷不热的。

越靠近陆迟，她就越心动，就好像一种诱人的毒药，上了瘾，让她越来越沉沦，无法戒掉。

鹿野"嘿嘿"笑了两声，退回教室后门，先是对唐茵眨眨眼，而后冲着里头喊："陆迟，有人找你！"

陆迟抬头，朝门口瞄了一眼，并没有看到什么，不过还是轻轻回应了一声。

鹿野笑嘻嘻地对唐茵说道："我可是助攻，下次记得请我吃饭啊！"

唐茵点头："请，只要你敢吃。"

"那还是别了吧！"丢下这句话，鹿野飞快地跑没影了。

几分钟后，陆迟出现在门口。唐茵将长腿一伸，拦住他："小结巴，我有话和你说。"班里还没走的几个同学都伸长了脖子想要看戏。

陆迟挡住了些视线，慢慢地说："什……什么事？"他的语气有点硬，又有点奇怪。刚走到后门口的唐铭脚步一顿，他觉得自己待会儿可能会听到什么不得了的事情。

唐茵被他的反应逗笑，靠着边上的墙壁，歪着头，又连着叹了好几口气："一想到要连着两天见不到你，唉，我就难受。"

陆迟语塞。

"所以，不如把你的微信给我吧？"

6

唐茵收回腿，向他倾了倾上身："给不给？"刚才那一连串的茫然表情实在太可爱了，她真想把他搂到怀里揉一揉，可惜不能动手。

也许是因为今天有点热，陆迟的校服敞开着，一小半锁骨若隐若现。还有坚硬的胸膛，简直迷人得无可救药。唐茵舔舔嘴唇，他真是每天都在诱惑她，怎么就这么好看呢？

大概是她的动作太露骨，陆迟往后退了一小步，紧张了半天才开口说："没……有微信……信。"

唐茵可不信，继续饶有兴致地盯着他。

说完这句话后，陆迟的耳朵尖就变得微红。虽然加上这一次也才两次，但她摸清了，这样子就说明他在说谎，真是可爱得要命。

"你给不给啊？"唐茵追问，又嘟囔，"不给也没事。"

陆迟意外地看过去，看到她依旧自信的模样，估计下一刻她就能从别人那里拿到吧？

鹿野在后面憋着笑道："哎，大学霸，不给你就要走不出校门了，赶紧给了走人吧。"

唐铭也跟着凑热闹："是啊，反正加不加得上是另外一回事。"

两个人一唱一和，陆迟故作淡定地抬抬眼镜，终于松口："等……等会儿。"他的语气有些闷闷的。唐茵不在意，欢快地吹了声口哨，懒懒地靠在墙上。不少女生从这边走过，都和她打招呼。

陆迟转身回了教室，机灵的鹿野立刻递上笔和便笺纸。他顿了一下，接过来"唰唰"地写了一串数字，再撕下来飞快地塞进唐茵手里，抿着唇，道："加了也……也不会同……同意。"唐茵失笑："那你可不要自打脸。"她夹住字条，毫无顾忌地对着亲了一口。

才装完淡定的陆迟脸一下子变得通红，慌张地扭过头就走，回到自己的座位上，掩饰不到位地拿过一张试卷做题。

围观的群众也终于反应过来。

鹿野靠在门框上，顶着一张欠揍的脸："可以啊，唐茵，看好你，前途不可限量，咱们班的学霸就交给你了。"

唐茵将字条放进口袋里，看了他一眼，低声说："有件事请你帮忙。"

"说说说。"鹿野乐了，"啥事要我帮忙，义不容辞！"

唐茵挑下巴："没什么，就是盯着谁欺负他、嘲笑他，每一个人的名字都给我。还有，不要让我听到有人说他结巴。"

鹿野一愣，这才是他经常见到的唐茵。霸道，对自己人毫无保留，也许陆迟和她走得近，也不见得会是坏事。

"谁看上他也告诉我，尤其是你们班的赵如冰，别让她接近陆迟。"唐茵又补充道。

"好说好说。"一提到赵如冰，鹿野就知道唐茵肯定是知道了什么，不知道那讲题的事泄露没，他也觉得赵如冰人品不怎么样。

唐茵点头道谢后，转身进了十四班。她看上的人，别人怎么可以染指呢？

校门外熙熙攘攘，吆喝声不绝于耳。高中、初中一块儿放假，门口闻风而来无数小贩，沿着马路摆起了长龙，一些私家车根本没地方停。

唐茵站在原地仔细瞅了几眼，在马路对面发现了自家的车。她三两步跑过去拉开车门，和苏可西一起坐进去。

外面很吵，她按了按钮，车窗缓缓上升。正在这时，旁边走过一人。看到熟悉的背影，唐茵赶紧停手又往下按，并喊道："陆迟！"

蒋秋欢从后视镜看到女儿这么激动，忍不住问："陆迟是谁？瞧把你高兴的。"

唐茵转了转眼珠："一个只爱学习的书呆子。"

陆迟被叫得脚步停了一下，茫然地转头，就看到趴在车窗边的唐茵正笑盈盈地冲他眨眼。他犹豫了一会儿，迟疑地离开了原地。

看他都不给回应，一点也没有在学校里可爱，唐茵突然有心逗弄："哎，前面的，你东西掉了。"

陆迟的脚步顿了一下，不过几秒，又继续向前走。

唐茵转头继续喊："书呆子，你东西真掉了！"语气十分认真。

苏可西嘲笑："他不会转过来的，你的印象已经低破地心了。"话音刚落，就看到陆迟转了头，还伸手在口袋里摸了摸。

这打脸来得真快，陆迟怎么可以这么不矜持？

苏可西竖起大拇指，拿着烧烤袋子作五体投地状："佩服，佩服。"两个星期前她才说不可能，从今天这迹象看上去，有很大的发展啊，估计离如胶似漆不远了。

没发现掉了东西，陆迟显得非常不安："我……我掉了什……什么？"

唐茵没想到他会这么问，动了动："你把我丢掉了啊。"

他在原地呆愣了几秒，深呼吸几次，闷着头往前走，决定不理唐茵这个人。

唐茵眼里泛出笑意，这么认真，真让她喜欢。

车子又往前挪了一点，后窗这边正好和陆迟在同一处。陆迟走路有点慢，车子到边上也没意识到，不知道在想些什么，还停了下来。

这可是个大好机会，唐茵努努嘴，站起来凑近他，双手撑在车窗上，软着声音在他耳边低声道："回去记得想我。"

她突如其来的动作太过骇人，陆迟没预料到，往后退了一步。

可惜后面是绿化带，阻挡了他的动作。他看向别处，嘴上却说："你……你这样不……不安全。"车后有喇叭声，"走了。"蒋秋欢提醒。

　　唐茵缩回车子里，眼睛盯着定在那里的陆迟，看到他脸上泛出浅红色。

　　车子从陆迟边上经过，夕阳的余晖透过树叶的缝隙在他的身上染上一层煦暖的光，映出通透清澈的眼，如镜片背后两枚墨色琉璃。

　　唐茵看着他，恍惚了片刻。陆迟已经落在了车后，她靠回椅背上，眼睛弯成两道月牙儿，嘴角止不住上扬。旁边的苏可西已经没眼看了。

　　离得远了，唐茵还能从后面看到陆迟红着脸走路的样子，认真又带着些许骄傲。唐茵捂住脸，陆迟真是太吸引她了，怎么可以临到放假还这么吸引人，是想让她回去也想着他吗？

第三章 ○

满心欢喜

1

陆迟家是独栋别墅，距离嘉水私立中学有些远。

到家后，陆迟站在玄关处，犹疑地叫了声"妈"。家里没开一盏灯，窗帘全都被拉上了，很暗，似乎还有点压抑，像个囚禁人的牢笼。

陆迟有心理准备，一打开灯，果然就看见沙发上坐着的母亲，低垂着头，头发有点乱。亮堂堂的地板上有水和玻璃碴，还有摔碎的花瓶，家里到处都乱七八糟的。

"迟迟。"王子艳抬头，声音沙哑。

陆迟这才发现她脸上有血痕，惊了一下，熟练地跑到房间拿了医药箱，抿着唇给她消毒，上药，贴上创可贴。一系列动作行云流水，没有丝毫停顿。

"离……离婚！"陆迟第一次语气这么重。

王子艳愣神，半晌摇摇头，不能离，离了就什么都没了。她凭什么让那女人和她老公在一块儿？绝对不能离。

陆迟的脑袋几乎要炸，从小学到高中，父母整整纠缠了十几年，彼此都没有感情了还在一块儿磨，留着一本结婚证有什么用？

"迟迟，妈不能离婚！"察觉到陆迟的情绪变化，王子艳立刻开口，"是他对不起我在先，我不能就这么算了！我要让那个女人当一辈子小三！然后一辈子被人戳脊梁骨。"

陆迟脸色泛白，一直在心里告诉自己深呼吸，过了很长时间才终于缓过来，慢吞吞地开口："所以……以被打……打也没事？"

王子艳一僵，带动了伤口，还有点疼，讪讪地摸上去："迟迟，你外公家已经没了，离了婚谁养你？现在这栋房子还是你爸的。"

陆迟抿着唇，脸色难看到了极点。他不再说话，从客厅一路到厨房，将地上乱七八糟的东西全扫干净，再看了一眼沙发上的女人，没说话径直回了房间。门被摔得发出巨大的响声，震得王子艳一抖。

陆迟躺倒在床上，闭着眼睛。他不久前才知道，父母的婚姻只是形式上的，早在父母结婚两个月前，父亲的女朋友就怀孕了，他母亲却是借着醉酒和父亲发生了关系。

这桩婚姻从一开始就是个错误。以前他只知道父母两人感情不好，经常吵架，可他一出现，两个人就闭嘴，终于在上学期他听到了整件事的来龙去脉。所以他才去私立高中，选择住宿。

良久，陆迟翻身从床上下来，将书桌上的包打开，从里面摸出带回来的试卷，上面的文字还在。

手机摆在书桌上，他的目光移过去，伸手够过来。呆愣了半响，他点开了屏幕，登录微信，没有任何信息。陆迟抿了抿唇，转到浏览器上，快速点了点，一行字出现在搜索栏。再点击搜索，瞬间出现无数条信息，每一条都包含着不一样的答案。

陆迟的视线慢慢地往下滑，终于定在某处。

亦有人言海棠的花语为呵护、珍爱。

这边唐茵和苏可西先去了一趟理发店，等苏可西剪完头发，天已经暗下来了。

"变短了还真有点不适应。"苏可西摸着头发嘀咕，她以前也是短发，后来被陆宇用喜欢长发这个理由拒绝，就用了一个寒假留了起来。可才一个学期，陆宇不声不响就走了。

"过几天就好了。"唐茵摊在车里。

"也对。"反正现在自己又是一条好汉，苏可西想。

片刻后，蒋秋欢将车子停在三中这边。

"晚上记得早点回来，不然大闸蟹就没了。"她摇下车窗，叮嘱道，"天黑不安全。"唐茵挥手，慢悠悠地晃进了边上的巷子里。

三中建在一条胡同里，曾经也是一所省示范高中，可是后来不知道怎么变弱了，变成了差生聚集地。反倒是一中蒸蒸日上，名头渐响，家长们挤破了脑袋都想让孩子进去。

三中是公办学校，放学迟，晚上还有晚自习。校门对面的大院里倒是站了不少人在吞云吐雾，唐茵目不斜视地从边上走过。

文月家就在边上，走几步就到了。文月家境普通，住的房子也有点老旧，但布置得很温馨。而且这片过不久就要拆迁了，估计业主会拿到一笔钱或者新房子，总体来说，很划算。

文月的妈妈认识唐茵和苏可西，看到她们立刻迎了上来："茵茵和西西来了，这是阿姨新买的柚子，来尝尝。"盘子上摆了几瓣柚子。

唐茵随手拿了一瓣："阿姨，文月呢？我听说她生病了，好了没？"

文月的妈妈摇摇头，又点点头："烧了好几天，今天刚退，还需要再挂几次盐水，现在她在房间里看电视，你们进去找她吧。"上次那件事情她还有些愧疚，所以更加感谢唐茵，并且知道唐茵成绩好，性格也好，女儿和这样的人做朋友，她也很放心。

文月靠在床上，不停地转着台，看到房门推开，惊喜地道："茵茵姐、西西姐。"

唐茵走过去，手撑在床上："来，张嘴。"文月红着脸张嘴，一小瓣柚子被放进了嘴里。

苏可西叽叽喳喳地开口："我好久没来三中这里了，路过的那群人还是这么吊儿郎当。上次来的时候那群人不仅吹口哨，还差点动手了。"

文月笑笑："三中自从来了个陆宇，现在好了不少，没什么人敢随便乱来了。"

"陆宇？"唐茵重复着，并看了一眼苏可西。

"我也是上次趴在窗户边上看到的，两伙人围在大院里想闹事，我还看见有人手里拿了棍子。"文月想起那次还有点心惊胆战。

苏可西问："后来呢？"

"后来突然来了一个人，个子高高的，长得很好看。他一到，两伙人就都停了，还喊他'宇哥'。我在三中有好朋友，她跟我说他叫陆宇，是个刺头，三中原本乱糟糟的，现在全都怕他。"

说着没有看着可怕，当时她看到那些人带着工具，还以为要出事，谁知最后竟然就这样结束了。

文月又笑起来，嘴边两个酒窝："听说他是上学期期末转来的，才一天不到，桌肚里堆的就都是情书和小蛋糕、巧克力之类的。"苏可西听完后，一脸煞白。

陆宇在嘉水私立中学时，是年级前十名，标准的乖乖牌好学生，别说调皮了，就是骂人也基本没有。到了三中怎么会变化这么大？苏可西不敢深想。

唐茵握住苏可西的手，对文月道："不提他了，你什么时候回学校？我让司机来接你。"

文月觉得不好意思，白净的小脸上透着红："不用麻烦了，茵茵姐，我坐公交车回学校就可以。"

"就你这小身板。"唐茵挑眉，陪着文月说了一会儿话，就和苏可西一起离开了。

出来后，天已经黑透了，路上也没什么人，只亮着几盏昏暗的灯。

"茵茵。"苏可西忍不住开口，"陆宇他……"

"陆宇现在的事情我不清楚，你都不知道，我怎么会知道？"唐茵揽住她的肩膀，"别想太多，你们俩已经没有什么联系了。"

苏可西没说话，不自觉地摸了摸自己的短发。由于陆宇转学，他们连告别都没有就失去了联系。再后来，就成了如今这种关系。

路上安静得很，可就在这时，不远处的一幕让苏可西呆住了。她突然拽住唐茵的手："你家陆迟怎么会和陆宇在一块儿？"

她们来的时候走的是巷子头，现在回去走的却是巷子尾，边上分出了好几条小巷子，各自通往不同的地方。

唐茵看过去，只见陆宇被陆迟拽着，两个人走进了另一条小巷。

陆迟拽陆宇……这没倒过来？

2

没走几步，陆宇就大力甩开陆迟的手，慢条斯理地点了支烟，吸一口吐一口，呛了陆迟一下。

他伸手去拽陆宇手中的烟，陆宇扬手躲过去，再狠狠地吸了一口，漫不经心地道："你管我，以什么身份？"

陆迟的眉头皱在一起："我是……是你……"话未说完，就被嗤笑声打断。陆宇眼里翻滚着不知名的情绪，压低声音说："小三的儿子你也认，你妈知道吗？"陆迟微微僵了一下。

自从上学期事情被曝出来，陆迟才知道陆宇是他哥哥，比他大两个月，还是个好学生。但没过多久就听说他转学了，还逃课。

陆宇饶有兴味地盯着他说道："没话说了？别装好人，有那工夫不如回去照顾你妈。"

半晌，陆迟摇着头，急切地解释："这不……不是你……你的错。"

陆宇顿了一下，将烟头扔到地上，重重地踩了几脚。他皱着眉："陆迟你有点良心好不好？别再跟着我，不然别怪我不客气！"说罢，他就转身朝前方走去。

陆迟停在原地，长身玉立，更显孤独。

唐茵和苏可西跑过去的时候，陆宇刚刚转身。

陆迟背对着她们，单薄的身形映在昏黄的灯光下越发显得孤寂。

"书呆子。"唐茵叫了一声。

陆迟侧过身，看到唐茵有些吃惊，推了推眼镜，面上淡淡的，加快了步伐离开。

没想到陆迟居然还跑，唐茵暗骂一声，扬声道："你再走一步，信不信我在这里把你就地正法！"

这句话一出来，陆迟就僵在原地，转了过来，嘴角扯了扯。

大概是听到了她们的声音，在前头的陆宇回头看了一眼，微愣了一下，迅速扭过头就跑。

"陆宇，你站住！"苏可西忍不住叫道，径直朝那边追了过去。

陆宇转过身，整个人看起来嚣张又可怕，恶狠狠地说："苏可西，你再过来一步试试！"

苏可西停了下来，下一刻又继续跑了过去。

陆迟看着苏可西跑过去的身影有点担忧，唐茵说："放心，陆宇不敢对她做什么的。"话音刚落，陆迟就看到陆宇也跑了起来，苏可西追在后面，两个人在巷子里开始了一场拉锯战，他还是第一次见陆宇这个样子。

想到刚才的画面，唐茵有点怀疑，并且两个人是同姓，难道有什么关系？

她斟酌着问："你和陆宇是亲戚？"

陆迟沉默了片刻，低声回答："兄……兄弟。"他的声音有些低落。

唐茵微微瞪大了双眼，据她所知，陆宇的家境也算是小富，不过并没听说他有兄弟。苏可西接近他的时候得了不少信息，陆迟这个名字她是这学期才听到的。

看两个人刚才不怎么友好的画面，恐怕里面还有什么隐情。她没再问这个，而是转移话题："回去有没有想我？"

听到这句话，陆迟立刻摇头，眼里划过一丝窘迫。

唐茵若有似无地看着他的耳朵，吹了声口哨。

八点多的时候，唐茵接到了司机的电话。她给苏可西发了条短信，好在对方很快就回了，貌似心情还不错的样子。唐茵瞄了一眼，放心了。陆宇那个小子就算变坏了也不敢动她，除非太阳打西边出来。

"走吧。"唐茵扭头对陆迟说道。

陆迟面无表情，一言不发地站在她旁边。看他这表情，唐茵有点摸不着头脑，刚才还好好的，怎么一下子又沉默了？

见她盯着自己，陆迟皱眉说："我……我有人……人接。"

"我也有，不过我蹭你的车也可以。"唐茵挑眉，"你更喜欢哪一个？我喜欢第二个。"

陆迟哭笑不得。

天色已然黑透，三中的人都去上晚自习了，这条巷子里住的人也不多，所以此刻路上只有他们两个人。不过在快到巷子尽头的时候，又出现了人，应该是一对情侣。两个人站在墙根处接吻，吻得难舍难分。

陆迟移开视线，不巧刚好看到旁边低了他一个头的唐茵。昏暗的灯光下，她五官精致，还有那一抹细腰。

"看上我了？"唐茵戏谑的声音突然响在耳边。陆迟回神，轻咳了一声，抿着唇，不说话。

"你不说话我也知道，刚刚是不是在看我？"

"没。"陆迟轻声否认，脑子里有点乱。她要了他的微信，最后也没加。

他们到路边的时候，两家司机似乎吵了起来。两个年逾四十的中年人站着吵架，从这边看，画面还挺搞笑的。

唐茵瞅了一会儿，喊道："张叔。"张叔赶紧扭头应了一声，又回头瞪了一眼陆家的司机，对方也不甘心地瞪了过去。

陆迟对自家司机点点头，临出巷子口，唐茵忽然转头问："你知道别人现在叫你什么吗？"问完她自己倒忍不住笑出声，没过几秒脸上就浮现淡红色，衬托着艳丽的脸。

陆迟有点莫名，顺着唐茵的话问："什……什么？"

唐茵停住笑，舌尖动了动，声音带了些沙哑的诱惑："你对我说句甜言蜜语我就告诉你。"陆迟不理会她，转身就走，一点也没有等她的意思。

哎呀，调戏过头，害羞了。唐茵弯了弯嘴角，跟在他后面走，双手插兜好不自在。等陆迟的身影消失在车内，她才朝着自家的车走去。

就在这时，那边车窗突然摇了下来，陆迟冒出头来，细碎的黑发遮在额上，慢慢地道："晚……晚安。"然后又立刻缩了回去。

唐茵回过神来，大概这也算甜言蜜语，甜得人心发颤。

3

半道上，苏可西给她发来了微信：嘿嘿，陆宇送我回家了。

屏幕瞬间被一张缺了牙的表情包覆盖，满屏都溢出苏可西的与众不同。

唐茵还没回复，苏可西又发了一条过来：陆宇和你家陆迟什么关系？兄弟？

唐茵：答对了。

苏可西：我问陆宇了，他没跟我说，但我猜到会是这样。很大可能陆宇现在转学又学坏就是这个原因，他明明是独生子……

私生子这个词很不好听，苏可西也不愿意这样想。当初在嘉水私立中学时，陆宇的成绩就常居年级前十，并且长得好，是女生寝室晚上的话题人物之一。

苏可西认识他时才知道他的性格，骨子里很骄傲，有自己的想法，而且待人有礼，与现在的样子截然相反。

可是不管哪个方面她都喜欢。如他，就算变了也依旧放不下苏可西。

关于陆宇和陆迟的关系，唐茵没明确地回答她，岔开了这个话题，随口扯了几句，就将手机放进口袋里。

今天看到的那一幕还让她记忆犹新，陆迟能拽住陆宇，可见本身还是挺固执的。不过……这样她就更喜欢了。

片刻，苏可西又发来信息：我今晚不去你家啦，帮我和阿姨说一声。

等回到家里，唐茵才发现自己忘了加陆迟的微信。她从口袋里摸出那张纸，虽然写的时候急急忙忙，但上面的一串数字好看极了，和他人一样好看。

这样一想，陆迟的样子就浮现在脑海中。这串数字一看就是电话号码，这样也算间接要到电话号码，省事多了。

搜索过后，界面上出现了陆迟的信息。昵称叫陆陆陆，头像是一幅画，简单地勾勒出一棵树，没有上色，但画风很细腻，看得出来画技挺好。

唐茵放大了图片，在很难注意到的角落里发现了一个简单的落款，陆迟两个字写得极小。没想到陆迟还会画画，真是多才多艺。

唐茵勾唇，随即点了"添加"，结果卡在验证信息上了。随便发一个吧，不太符合她的性格，好歹可以说句好话，不然真被拒绝了怎么办。

她在床上打滚了半天，快速输入几个字发了过去，然后就等陆迟通过了。也不知道他到了没，耳边响起那声模糊的"晚安"，她感觉整个人都痒痒的，一下子咧开嘴笑了。

在家躺了一天，下午一点多临回学校前，唐茵又瞄了一眼手机，依旧没有任何信息。要拒绝就拒绝吧，没有回应是个什么情况？那张便笺还在桌上，她将那串数字存进了通信录，然后拨了过去。一阵机械式的嘟嘟声过后，终于有了变化。

"喂？"一个清冽微低的声音传过来。

唐茵的心情好了点，笑道："陆迟，你真不打算加我啊？"手机那边没了声音。

"你确定不加我？"唐茵忍不住皱眉，又幽幽地开口，"你还想不想知道昨晚那个问题的答案了？"

提到这个，陆迟沉默了一下，迟疑地开口："我不是说……说过了？"

"哦……"唐茵拖长了调子，"那句晚安？不算。"

陆迟抓着手机，觉得自己可能陷入了一个诡异的圈套，设套的人就是唐茵。

电话那头又继续说："在我这儿不算甜言蜜语，你重新说一句，我就告诉你答案。要很甜的，把我甜哭了，也许我还可以么么哒一下。"

陆迟哭笑不得。

他才不要什么么么哒。

4

唐茵没有再催促，安静下来后，陆迟反倒不知该怎么回应了。就在这时，身后又传来玻璃摔碎的声音。陆迟手顿了一下，低声道："挂……挂了。"说完直接挂断了电话，握着手机呆愣了几秒，点了几下，然后跑下了楼。

这头的唐茵却被他突如其来的低沉情绪弄糊涂了。她应该没说什么吧，还是哪里做得不好让他不舒服了？

她放下手机，仔细回想了一下通电话的情形，貌似没有特别的……等等，最后好像有什么声音。她琢磨了半晌，猜测可能是陆迟的家事。

依照昨晚得知的情况，这样的事情她是没有权利干涉的。于是唐茵随便收拾了点东西就离开了房间，走的时候却忘了关机。

学校是不许带手机的，虽然她可以偷带，也不会被逮到，但临近高考，还不如多做点试卷。孙阿姨上楼打扫房间："走了？"

"嗯。"

"路上注意安全。"

"知道啦。"唐茵的身影逐渐消失，孙阿姨这才开始收拾东西，一抖床，发现手机夹在被子里。刚拿到手上，手机忽然振动了一下，屏幕亮了，她随口念叨道："回学校也不记得关机。"便伸手直接将手机关了机，小心地放在桌上。

陆迟回到客厅的时候，果然看到父母站在那里一言不发地对峙。

陆跃鸣背对着他，所以没有看到陆迟，依旧对陆迟妈妈说："我劝你趁早签字。"

王子艳揪了一把头发，大叫："你做梦去吧！签了字好让你和那个女人在一块儿？想得倒美！"她随手又扔了一件小东西，发出清脆的声音。

他被她气得脸色涨红，转身就要走，恰好看到陆迟站在那里，神色有些尴尬。这个儿子他喜欢又不喜欢，和陆宇相比，陆迟的成绩更为出色，但性格实在让他很担忧，而且说话结巴……小时候明明不是这样的。

"迟迟，爸爸先走了。"纠结片刻，陆跃鸣对他说。

陆迟紧紧抿着唇，并没有什么反应，像是无视他一样，直接蹲在地上收拾那些碎东西。家里的阿姨早就自己走了，现在这里住的只有他和妈妈两个人。

陆跃鸣见他这副样子，心更是无意识地偏了一下，大步离开，关门发出响声。

"迟迟，妈妈只有你了。"王子艳低声道。她瘫坐在地上，神情哀戚，变得无精打采。

陆迟将碎片扔进垃圾桶，走到她边上，坐下抱着她，拍了拍，低声说："妈，离……离婚吧，我们两……两个人。"

王子艳没有说话，头搁在他的肩膀上。

唐茵到教室的时候是下午四点，离自习开始还有不少时间。班里大多数同学踩着点来，她反倒是比较早来的，就连苏可西也还没来。

唐茵心情不爽，一张试卷做了一半后，抱着篮球就去了篮球场。

篮球场在操场那边，星期天也有一些学习压力大的人在操场上散步，三三两两地。还有几个男生在投篮。

唐茵没打扰他们，站在边上，摆好了姿势投出去。篮球在空中划过一道完美的抛物线，精准进框。一个漂亮的三分球，让她心情好了不少。

那边的人看到唐茵后，都停下来讨论起来："茵姐的技术是不是又完美了？"

有一个男生观察细致，低声道："茵姐的心情似乎不好，我们过去和她玩一把，让她释放一下。"

唐铭正巧在校门口遇上了姗姗来迟的陆迟，他挥挥手："一起去宿舍啊。"陆迟抱着书，轻轻地点头。

走近了，唐铭才发现陆迟的手上贴了创可贴："怎么了？受伤了？"

陆迟曲起手指，淡淡道："没……没事。"

见他不想谈，唐铭也聪明地没再问。而且男生破点皮也不是什么大事，他就没想那么多，将这件事抛到脑后，两人一起朝着宿舍楼走去。

路过操场，看到打篮球的人，唐铭不自觉地停了下来，这一看就发现了个熟人。高三半个月才放一次假，学校里放松的机会太少了，男生平时也没有体育课可以打篮球，这时候就是唯一可以放纵的时间了。

他瞄到一个熟悉的身影，撞了撞陆迟："你家唐茵今天也在打篮球。"

陆迟看向那边，愣了愣。隔着绿网，橙黄的夕阳下，她一个人站在那边，长发如同锦缎柔顺，微微扬起的侧脸弧度精致，肌肤白皙，嘴角带着若有似无的笑。

"喂？陆迟？"唐铭挥了挥手，"你在看哪儿？唐茵？"他顺着陆迟的目光看过去，发现正是他刚说的活力四射的唐茵，立刻懂了，揶揄道："入迷了？陆迟你可是被她特殊对待的。"

陆迟忙收回视线，半晌后，摇了摇头。

唐铭把手搭上陆迟的肩膀，发现对方太高只好又收回手："唐茵的篮球打得比咱学校的男生还要好，她哥哥是市篮球队的，听说她从小就跟着他学篮球。"他促狭道，"你刚转过来可能不知道，高一时有个学长追她，唐茵拒绝都没用，就差上手揍他了。后来还是委婉了点，用得篮球比她打得好为理由才堵了回去。后来再遇到这种情况，她都直接不理了，所有人在她眼里都被归类为辣眼睛。"

只不过从高二起，她就变得厉害多了，每次成绩都是年级第一，而且能在联考中排名前十。唐茵非常自信，自信到有些目中无人的地步。

唐铭转过话题："你啊，看你这样子，估计也不会打篮球，这个世界果然是个看脸的世界。"他可是听说了之前的事情，同桌真是够厉害的。

陆迟又转过头，恰好看到唐茵闭眼亲吻篮球，带着莫名的虔诚，然后帅气地投出去。她的身上被镀上绚丽的色彩，熠熠生辉，亮眼夺目，陆迟的脸上似乎涌上一丝热气。

连续运动也出了汗，唐茵脱下校服，准备去旁边休息一会儿。她一抬头就发现了站在那边的陆迟，惊喜了一下。

她提高音量喊道："陆迟！"喊完后又发现嗓子有点干，幸好之前带了瓶酸奶过来。她掀开盖子就喝，根本不用吸管。

陆迟站的位置离那边不远，他甚至可以看到唐茵仰头时，奶白色的酸奶流溢出来浸润嘴唇，留下奶渍。一件简单的短 T 恤，随着她抬手的动作，隐隐露出纤细的腰，让人口干舌燥。

陆迟稍微移开了视线，再转头时，只看到她皱着眉，将酸奶盒投进了垃圾桶里。两只手插在网上，格子将脸印出小小的部分，眼睛越发明亮，偷偷做口型：小结巴。

唐铭在两人之间来来回回打量，就在刚刚那一瞬间，似乎看到陆迟好像笑了，但下一刻又是一副神情淡淡的样子，让人想打他。

唐铭摸不着头脑，难道是自己眼花了？他也看向篮球场，心里默默吐槽：

都看了这么久了，陆迟还没看够？他都不忍心打断了。

陆迟看到几个男生朝她走了过去，她跟他挥手后，转过身就和几个男生一起打球。动作快速流畅，透着一股轻松随意。

唐茵几乎每隔几秒就能投进一个球，然后会和他们来个击掌，笑靥如花。陆迟敛眉，眉眼变淡，扭过头径直朝宿舍楼走去。

等唐铭回神时，同桌已经走出了一段距离。

他追过去，叫道："你等等我啊！你叫陆迟不叫陆快，走那么快干吗？有双大长腿了不起啊！"

5

接下来的几天，距离期中考还有点时间，班里的人都有些浮躁。大课间时唐茵一个人晃去了小超市，整个人慵懒极了。

小超市的柜台和超市的不同，外面的货架放饮料、水果之类，柜台呈四方形，围住了里面的一些货架，所有付账的人都挤在柜台那里。她一出现，倒是就有高三的人主动让开了位置。

"茵姐，上次二中的人被我们教训了一顿，总算是认栽了。"于春正好在这边，主动凑过来。

"哦。"唐茵随意应了声，指着货架上的一袋薯片，让售货员拿了下来。于春也不气，看她这懒洋洋的样子，琢磨着她心情恐怕不太好，乖乖地让开位置。

几个男生等在她后面，有个人无意间往后看了一眼："那个人……是茵姐看上的？"

"不是他难道还是你？"于春拍了他一掌。

于春仔细瞧了一眼，促狭地低声说："乖乖让开位置，放他过去。"几个男生立刻懂了他的意思，不但让开，还挡住边上要上来的其他人。

于春突然叫道："茵姐。"

声音有些大，唐茵不耐烦地道："你吃饱了撑的？"却没有看见陆迟。

于春向刚才的地方望去，发现陆迟已经走到了饮料的货架旁，在另一边。

他纳闷，刚刚陆迟明明就是走向这边的。

于春"呵呵"笑，赶紧闪开了身子，过去道歉。唐茵没搭理他，目光落在货架上，琢磨着要买什么。小超市的大部分零食她尝过了，已经没什么新鲜感了。

"纸。"简短清冽的声音突然传入耳里，唐茵惊喜地转头，果然看到陆迟挺拔地站在她旁边，混合着熟悉的清香。

"陆迟。"她喊。果然没有任何回应，唐茵早就料到会是这样。似乎从前几天起就这样了，每次在走廊上遇到他连个表情都没有，和以前一点都不一样。貌似是从周日起，小可爱一点也不可爱了。难道是自己给他带去困扰了？唐茵无意识地揪着手里的薯片袋子，陷入迷茫中。她第一次想与人亲近，还真不知道该如何相处，也许她在某些地方做错了？

两人最近一次交流还是她从唐铭那里无意中得知他的手破了皮的事情，送了一盒创可贴，可第二天也没见他用。

不知道是哪里惹到他了，唐茵又开口问："陆迟你为什么不说话？不高兴？"

陆迟伸手将手中的酸奶递过去，和纸一起，一言不发地刷着校园卡付账。

"你也喜欢这个牌子的酸奶？"唐茵轻声问。她以前是不喜欢这个牌子的，但有一天忽然就迷恋上了那种味道。而且她查过，这酸奶是无糖的，运动后喝更利于吸收，所以她打篮球的时候也就更喜欢喝了。

久久没得到回答，唐茵心里有点空空的，微微低下头。在边上看了全程的于春真是气，这陆迟搞什么鬼，不是说脾气挺好的吗？怎么说半天了都不理人？他还是第一次见茵姐这样呢。

周边安静下来，陆迟侧脸看过去，唐茵眉目低垂，眼尾似带着委屈。他在心里叹了口气，将酸奶平推过去。

唐茵低着头，捏着那袋薯片，伸手刷卡。就在这时，眼前突然出现一盒酸奶。盒子上是她觊觎已久的那只手，纤细而修长，指骨分明，泛着白，仿佛是上帝最完美的艺术品。

周围的人都偷偷看过来，这段时间高中部这边谁不知道唐茵和这个转学生的事情？大家都抱着好奇心在看热闹。

借着眼镜的阻隔，陆迟敛眉。他收回酸奶上的手，拿着草稿纸，目不斜视地转身离开，仿佛做这件事的根本就不是他。当然，如果忽略他脸上若隐若现的微红会更有说服力。

唐茵勾起嘴角，她就知道，自己怎么会错呢？陆迟这时已经走到了外面，她拿起柜台上的酸奶追了上去，动作快得周围人都没反应过来。等她的身影消失在小超市门口，于春才揉了揉眼，问边上的人："茵姐是不是笑了啊？"

"笑了。"

"哟，那小子挺有一套啊，以后去取取经。"

"咱茵姐，人美路子野，一个整天看书的能不陷进去吗？"

小超市的人群已经散了，三三两两，成群结队，都走在这条路上。可唐茵一眼就能看出陆迟的身影，即使身着普普通通的校服，也别有一番味道。

"陆迟！"她在后面喊。

陆迟的身影疑似顿了一下，加快了步伐。

唐茵小跑上去，轻轻拽住他的胳膊。陆迟这才转过身，清亮的黑眸看着她，一言不发。

唐茵握着酸奶，笑盈盈："你是不是故意的？你之前为什么不理我？"

她笑起来的时候，一双靓丽的桃花眼会变成月牙状，非常讨喜动人。陆迟移开视线："没有……有为什……什么。"他磕磕巴巴认真解释的样子可爱极了。

她突然反应过来，收回手，在胸前环抱着胳膊，直勾勾地盯着他的眼睛。

陆迟后退一步，薄唇微动："我……我走了。"说罢直接转身准备离开。

唐茵仿佛福至心灵，开口问道："你是不是吃醋了？"

陆迟心头一跳，立刻否认："不知……知道你在……在说什么。"结结巴巴地说完，他侧头看了一眼眉开眼笑的唐茵，瞬间大步离开了原地，只留下一个背影。

唐茵并没有追上去，她捏着那盒酸奶，在道路中央咧开嘴，轻轻呼出一口气。

晚上第一节晚自习还没结束，苏可西和唐茵两个人就先后抛弃了试卷，去校外吃饭。

吃完饭后，两个人找了一家奶茶店，随意点了个小蛋糕以及两杯奶茶，就坐边上等着。她们靠着玻璃墙，看着远处的灯火通明，汇聚成点点星光。

等回去时，发现夜晚的教学楼十分安静。高中部的教学楼在最边上，每一层都被灯光点亮，从远处看有种别样的感觉。两个人才上到三楼，晚自习下课的铃声就响了，喧闹声渐起。

倒数第三节晚自习上到一半时，林汝突然来了。她温柔地道："今晚提前下晚自习，你们快点回去，这边要修东西，部分教室会停电。"

全班同学立刻欢呼起来，不到一分钟，教室里的人基本都跑光了。

"回去吗？"苏可西问。

唐茵看了一眼外面，实验班离开的人并不是很多，其中也没有陆迟，他肯定还在做题。她摇头说："你先回去。"

"那你早点噢。"

等苏可西走后，唐茵才拎着蛋糕去了实验班。果然前面的灯已经熄了几盏，还剩下两盏亮着。

鹿野恰好在和另一个没走的同学聊天，看到她进来，立刻挤挤眼，说道："你来得巧，班上就剩这么点人了。"言外之意显而易见。

其实唐铭也留了下来，因为下午语文课睡觉被老师叫去了，正好今晚又是语文老师的晚自习。语文课一向是他们理科生放松的时间，毕竟其他课程实在太累了。

鹿野起身吆喝着剩下的男生，和几个愿意回宿舍的人一起勾肩搭背地离开了教室，还贴心地关上了门。

唐茵朝那边走过去，陆迟正在看书。每次看到他，他似乎都在看书、做题。她凑过去，发现他这次居然在看小说，真是稀奇了，没想到书呆子也会看小说。

陆迟的脸很好看，唐茵一直很清楚。每次从后门进去，她第一眼注意到的总是他漂亮的下巴和高挺的鼻梁，过白的肤色冲淡了那些线条，清冷又诱人。红润的唇瓣微抿时，让人心动。稍稍露出点的耳朵白白的，怎么就那么可爱呢？

唐茵鬼迷心窍，偷偷伸手捏上去。还没等她怎么作怪，主人就发现了，修长的手攥住了她乱动的手，一股凉意顺势而上。

陆迟的声音有点含糊："唐……唐茵！"

见他的反应这么大，唐茵狐疑了一下，忽然就起了捉弄的心思，微微一笑。她清脆地应道："哎，臣在。"话音刚落，陆迟的脸瞬间就皱成一团。

6

看他这样子，唐茵被逗笑了。因为提前下晚自习，所以很多人早就离开了，实验班虽然还有人留下，可也就一半的人，都罕见地没看这里。仅余下两三个女生，其中就有赵如冰。

赵如冰恰好坐在前面几排，一回头就可以看到这里的一切。

而唐茵是站着的，余光很容易就能感受到她偶尔投过来的目光。

唐茵在心里冷哼一声，就在唐铭的位子上坐下。陆迟已经转过了身体，将书竖起来，仿佛两耳不闻窗外事，只可惜挡不住边上的人。

唐茵顺口问："你真的不加我微信？"随后，她将草莓小蛋糕推过去，又说，"请享受美食，我的陛下。"

陆迟微微张着嘴，被她这个称谓吓到，也忘了刚刚自己要说加微信的事。他犹豫了一下，打开包装盒，发现里面是个小蛋糕，上面点缀着几颗切好的小草莓，看着就十分诱人。

唐茵则盯着他修长的手，解开带子时勾起的指节，指骨精致得让她着迷。陆迟又推回去，磕磕巴巴地说："你……你吃。"其实他想说"你自己吃"来着。

唐茵摇头："你喂我就吃。"

这话让陆迟觉得脸颊有点热，连带着耳朵也热了起来，感觉怪怪的。他挖了一口蛋糕放进嘴里，感觉甸甜甸甜的。

唐茵注意到，他吃东西时好像都是闭着嘴咀嚼的，虽然不快，但带着优雅，更让她好感倍增。

她盯了一会儿，突然开口："陆迟，你把眼镜拿下来啊。"

陆迟的手停下来，勺子在蛋糕上转了转，最终还是摇头，镜片偶尔反射出一丝丝光。想到以前的事情，他的情绪稍微低落了一下。

唐茵敏锐地察觉到他的情绪变化，但什么也没有问。过了很久，实验班只剩下零星几个人。赵如冰看着桌上的草稿纸，全是乱涂乱画。她明明是在做物理实验题，听着后面的动静，只觉得耳边像是有蜜蜂在嗡嗡叫。

半晌，她深深地呼出一口气，猛地转头过去，对着后面的唐茵冷冷地道："能不能请你安静点，我们还要自习。"边上的陈晨被她的反应吓了一跳。

坐在最后面的唐茵大摇大摆地靠在唐铭的椅子上，淡淡地回应："不好，我也要学习，可巧，是请你们班学霸给我补习。"

赵如冰被堵得半天没说出一句话来，陈晨在下面拽她的衣服，小声道："别说了，唐茵打人好厉害的，咱们和她肯定杠不过。"

小蛋糕还没吃完，陆迟却停下了。他站起来，清淡的眉眼下有淡淡的阴影，居高临下地低声对唐茵说："我要……要回去了。"

唐茵也懒得搭理前面的赵如冰，跟着站起来，笑嘻嘻道："那一起呀，很顺路呢。"

两个人的宿舍楼分明在两头。

直到两个人出了教室，前面的赵如冰才反应过来。她又一次被直接无视了，气得推开桌子，发出好大一声响，陈晨没敢出声。

教学楼基本已经空了，只剩下一两个教室还亮着灯。楼道的灯并没有亮起来，看来是学校又在弄什么东西，所以这边的电都没了。

两人摸黑从楼梯走下去，唐茵跟在陆迟的后面，看他头也不回。在快到一楼的时候，她只顾着想事情，一脚踩空，直接坐到了地上，然后低呼一声。

前面的脚步声果然停了，下一秒，陆迟格外沉稳的声音在面前响起："怎么……么了？"

唐茵转了转眼珠，委屈地道："脚扭了，我走不了了。"黑暗里，陆迟看不到她摔伤了哪里，也不知道她是真摔了还是假的，只好开口询问："真的？"

"不然呢？"唐茵回。

两人沉默了一小会儿，陆迟又说："送你去……去医务室。"

"可我走不了了，怎么去啊，陆迟？"唐茵伸手摸了一小会儿，终于摸到他的衣角，默默地拽住。

片刻，唐茵就感觉自己被拦腰抱了起来，身后是坚硬的胸膛，几乎可以隔着校服触碰到皮肤，那熟悉的味道立刻充斥着鼻尖。

学校的医务室是到半夜才关门的，而且就算关了门也有人值班。陆迟虽然刚转来一个月，但也知道。

出了教学楼，路上就有路灯了，昏昏暗暗地照着。她窝在陆迟怀里，见他目视前方，紧绷下巴，面无表情，一双薄唇。她忽然伸手揪住他的衣领，贴在胸膛的头立刻就感觉到他浑身紧绷了一下，很显然，他对于这样的接触十分排斥。

但他还是没有丢下她，唐茵忽然有点不忍心。其实对她来说，这样的伤不算什么，而且只是踩空了两级台阶，疼一会儿就没事了，只是她贪恋陆迟的怀抱。

"不要……要掉下去。"陆迟忽然出声，淡淡地，却饱含着关心。

由远及近，路灯下是打转的小飞虫，留下一点点阴影，隐约能听见草丛中传来几声虫鸣。陆迟走得并不快，习习凉风从身边吹过，唐茵却感觉不到丝毫凉意，垂下来的长发荡在陆迟的胳膊外，轻轻地飘起来。

医务室在教师宿舍楼的边上，距离教学楼并不近。似乎高中这几年，唐茵只来过一次，还是因为苏可西痛经晕了过去。

就在唐茵走神时，陆迟已经抱着她到了医务室。医务室里的医生正在打瞌睡，门推开时发出不小的声音。医生一下子被惊醒，看到这画面愣了一下，随后起身问："怎么了？"

陆迟没说话，将唐茵小心地放在病床上，才慢慢说："脚。"

医生走过来看，唐茵穿了小白鞋，裤腿卷在脚踝上方，现在灯一照就能看到上面的擦伤。他检查了一下，松了口气："还好没扭到，只是破了点皮。"

不过受伤的是个小女生，不像男生那般粗糙，他消毒后上了药，才说："行了，少碰水，过两天就能好了。以后小心点，细皮嫩肉的，留下疤痕就不好了。"

陆迟在一旁看唐茵的反应，偏偏她坦坦荡荡的。应该没骗他吧……他又不确定了。

"想什么呢？可以回去了。"医生挥手，眼前的男孩看着清清秀秀的，老出神可不好，"把她带回去吧。"

陆迟回过神，看了一眼盯着自己看的唐茵，飞快地转移视线，应了声。

回去的时候变成背了，唐茵的个子在女生中间算高的了，幸好陆迟个子高才能背得起来。

一路上陆迟都安安静静的，整个人都僵着，全靠下意识的反应。

唐茵盯着他的后脑勺，搂住他的脖子，无聊地说着这段时间发生的事，声音细细碎碎的，伴着其他声音在他耳边响起。

陆迟没打断她，手下软嫩的触感让他难以适应，脑子里一会儿想这个，一会儿想那个，唐茵说了什么，他根本就回忆不起来。直到女生宿舍楼近在眼前，他才终于松了一口气。

他开口问："几……几楼？"

唐茵回神："二楼，你放我下来，我可以自己上去，已经不疼了。"

她原本就是装的，现在要上楼了，再让陆迟背着她也不大好。说着，她就要从他身上下去。没想到下一刻，陆迟反而禁锢住她的身子，一言不发地直接进了宿舍楼。

女生宿舍楼冷冷清清的，宿管阿姨在自己的房间里看电视，他们经过时甚至还能听到电视剧的对白。

唐茵终于反应过来，拍了拍他的肩膀："放我下去。"陆迟没半点反应。

"陆迟，你听到没啊？我自己能走。"她挣扎了一下，终于费力地从他身上跳下来。没想到陆迟力气还不小，看着清瘦……

两人就站在楼梯间的平台上，面对面，后面的门关着，没人注意到这里。陆迟看着她的脚没说话，门后有模糊不清的说话声传出来。

她微微仰着头，放低了声音："不早了，你赶紧回去，我自己可以的。"

"嗯。"陆迟也意识到不早了，沉着声音应了声，却没有动。唐茵还准备等他离开后再进去，看他这动都不动的样子，戳了戳他的肩膀，觉得要下猛药才行。

她动了动嘴唇："书呆子、书呆子，我跟你说。"

陆迟抬眼看着她。

唐茵继续说："你微信昵称叫陆陆陆，我叫唐唐唐，咱们俩天生一对啊！"

陆迟嘴唇动了动，下一秒转身就走了。

7

没过几天，期中考就结束了。成绩还没下来，最后一节晚自习，班主任林汝就宣布了秋季运动会的事情。对于高三生来说，这大概是唯一可以放松的时候了。

因为自高二开始后，他们的体育课几乎全都是自习，不然就被老师占了上课考试。

她拍了拍桌子："安静，运动会期间也不许离校，不然逮到了会有处分的，都高三了，你们自己也都清楚。"运动会一共有三天，这三天基本是停课的，不过晚自习还是要上的。

林汝继续说："报名事宜在班长那里，高三虽然没有体育课，但大家也要试试，重在参与。"高三早就没了体育委员，所以这些事只能交给班长来做。

旗手很快就定了下来，是班里个子最高的男生。反正他当过两年旗手，已经习惯了。

班长从林汝那里拿来了表格，站在讲台上公布项目："每一个项目都必须有一个报名的，最少一个，所以大家还是踊跃点吧，不然到时候咱们班没人多尴尬。"话音刚落，班里就嘘声一片。

"说好的重在参与呢？"

"每年都来这套，都快毕业了还这样。"话虽这么说，但还是有不少男生报了名。很快，男生的项目就只剩下了一两个，女生的项目则大部分空着，看着就尴尬。

理科班本来女生就少，还都不报名，那就更少了。

一连几节课的课间，班长都很忧愁。他这个班长容易吗？又干这又干那的。

看他实在为难，张梅慢慢举起手，红着脸报了个五十米短跑，心几乎都要跳出来。苏可西看着有趣，戳了戳唐茵："报名不？"她转了转眼珠，偷偷道，"想想陆迟在外面看你比赛的样子，为你加油，感觉多棒，也许他还会给你递水呢。"虽然每次去递水的人很多，但陆迟不一样啊。

"你总算有点用处了。"她很满意地点点头。苏可西就知道唐茵嘴里没什么好话，亏自己还为她着想！

一整天下来，名额总算是报满了，班长这才满意地将表格交上去。

期中考是全市联考，所以改卷非常严，和高考改卷有点像。不像之前简单的模拟考，都是自己学校的老师改卷，所以这次花费的时间很长。

运动会报名虽然结束了，但还有几天才开始。期中考的成绩出来了，一门门试卷在老师那里先登记好成绩，然后由课代表发下来。班里顿时哀声一片，也有激动的。

唐茵去了实验班，唐铭一看到她就自觉让开了位置，跑到鹿野那边，和他一起看热闹，说悄悄话。

鹿野本来还不觉得什么，这时突然想到了某件事，小声对他说："就上个星期，学校提前放晚自习的第二天，陆迟起得特别早。"实验班一共五个男生住宿舍，还有一个和十四班混住的，他和陆迟是室友。

"学霸起得早很正常。"唐铭不觉得哪里有问题。他们寝室也有一个起得早的，天天提前到教室上自习，争夺那十几分钟的时间，班主任还夸奖过一次。

鹿野拍着他："我说的可不一样，陆迟那天到班上的时间反而比往常还要迟，问他他也没回答。后来我才知道的，原来是唐茵的脚受伤了。"虽然他没看出来她哪里像受了伤的样子……

角落里，唐茵将试卷摊在桌上，坐在椅子上，软着声音喊："书呆子。"

陆迟随意看了一眼，最后一道题，上次她就错了，这次还是错了。

看着他看过来的眼神中透露着一种学霸的傲然，她理所当然："我不会啊。"

陆迟叹了口气，无奈地点了点某处，淡淡地道："这……这里。"唐茵仔仔细细看了几遍，是这个地方错了没错，但她写的时候还觉得很对。半晌，她看向陆迟的桌上，他手下就是这次理综的试卷。

唐茵眼睛一亮，伸手把它拽出来。陆迟没挡着，微微抬起了压着的手臂。依旧是简单却精确的步骤，她对照着试卷看了几秒，眼睛亮亮地说："我看不懂啊。"

陆迟沉默了一秒，随后将试卷拿回来，用笔在试卷上圈出了几个地方，又推了过去："你可……可以拿回……回去。"

唐茵一直等他说完，然后毫不客气地将试卷往怀里一揣。恰好赶上铃声响，几乎是几秒钟，她就连人带试卷消失在了教室门外。

陆迟好半天才反应过来，等上课了，这次换成物理老师没要到试卷了。

第二天，唐茵正趴在桌子上睡觉，头发扎成丸子头。

窗户突然被敲响，苏可西看到面无表情的陆迟，差点没把眼珠子瞪出来，连忙推了推唐茵："哎，你家陆迟来找你了。"

唐茵迷迷糊糊地坐直，往边上一点才看到陆迟。她还没回过神来，脸颊被捂出红晕，配上今天的发型，看着格外灵动。

陆迟把手掩在嘴边，轻咳一声，扭过头。

唐茵直接打开窗户："怎么了？你想我了？"

陆迟的耳朵尖渐渐染上一抹浅红，将手上的东西放在窗台上，离开了十四班的后门，一句话都没留。

唐茵好奇地拿回来。什么东西会让陆迟主动送过来？苏可西转过头一眼就看到了，凑过来问："日记本？"

"陆迟的。"唐茵回。

苏可西瞪大了眼睛："你们发展到哪一步了？陆迟刚刚是来送日记本

的？日记都愿意给你看了？"她不过是去了一趟洗手间而已，这世界就玄幻了。苏可西掐了掐自己，发现还挺疼的。还是她最近学习太刻苦，出现幻觉了？

唐茵几乎下意识地否认："不可能。"陆迟的性格就算是自己写日记，也不可能会给她看，不过这东西看起来似乎也不厚，就是不知道到底是什么。

上课铃响了，周围安静下来，她这才翻开本子。苏可西挤过来，盯着她的动作。等看清楚上面写的东西，苏可西惊呼出声："哈哈，本世纪最好的情书诞生了……唐茵你快唱《征服》吧，哈哈——"苏可西笑嘻嘻地说，"你怎么比得过人家？学霸独有的方式，哎呀呀，咱们唐茵茵的少女心是不是要波动了？"

唐茵左手撑着脸，接着翻，指腹与纸张摩擦，忍不住失笑。她抑制不住内心那种突如其来的欢欣，眼里化出一汪春水。居然能给她这个，也亏他想得出来。

陆迟真是认真得可爱，本子上写的都是物理题。往后翻，还分门别类，每一道题都延伸出了类似的题目，详细的解题过程放在下面，还有清晰易懂的备注。从相关的定理、图，再到公式……都和她做错的那道题有关。

第四章

书生也爱狐狸精

1

唐茵合上本子，认真地盯着看。笔记本明显是新的，而且是学校小超市独有的笔记本，她在外面很少见到。种种迹象都指向一个答案——是陆迟特地给她准备的。

唐茵又翻开，慢慢地从头看到尾。翻到最后一页时，她的指尖在空白纸张上转了转。高三的题多，要找同类型的不难，但像这样的肯定是花了不少时间的，更别提上面详细的备注解析了。

每次她逗他时，他总会沉默，却每次都迁就她，抱她去医务室，送她上楼，甚至第二天在外面等她……

因为她一道题的错误，就整理了无数道同类型的题，唐茵的心一下子软了。她拿出笔，想了几秒，在空白处写上一行小字——

唐唐唐更喜欢陆陆陆了。

运动会如常召开，第一天上午是开幕式，下午才开始比赛。全校同学都集中在操场上，排成两队，看着旗手举着每个班的牌子往自己班定下来的位置走，喇叭里放着欢快的音乐。

十四班和实验班相邻，人数也差不多，正好他们班的最后和实验班的最后并排。唐茵和苏可西一向走在十四班队伍的最后，恰好陆迟个子高，也站在最后，像棵倔强的白杨树。

领导们都在前面，也看不到后面。唐茵悄悄移过去，抬头看他："我有比赛，你来看吗？"

陆迟没说话，有一点纠结。她现在喜欢戳他肩膀，很好玩。她玩上瘾了，又多戳了几下，傻笑起来。

陆迟抓住她作怪的手："不要……要。"他的声音很小，就跟被欺负的小兽一样。

唐茵感觉自己都快变成恶魔了，笑道："好好，那你明天来看我的比赛，好不好？"

看他又要不回答，她伸出另外一只手戳过去。还没等她碰上，就听到陆迟终于回答："好。"他咬着唇，声音有些低哑。

没能碰到，唐茵还有点失落。不过看他答应了下来，她还是小声欢呼了一下，由衷地感到喜悦。

陆迟的嘴角无意识地溢出点笑意，一直偷看又偷听的鹿野和唐铭几乎要把眼珠子瞪出来。这还是他们认识的陆迟吗？

长跑都安排在第二天，唐茵的比赛也在这天。天气很好，她脱了校服，穿了件宽松的衣服，露出细胳膊，纤细的背后贴上了号码牌，看得外圈的男生口干舌燥。

运动会期间，大多是认识的人三三两两坐在一起，所以很多都不是一个班的。鹿野旁边站着的也是他在没分班前的同学。

高一下学期就文理分班了，但第一个班级的同学之间的友谊总是比较长久的，而且经常见到，自然关系比较好。那同学撞了撞鹿野，悄声问："你们班那谁，是不是在和唐茵谈恋爱啊？"听到这个问题，鹿野反射性地往后一看。

陆迟双腿盘着坐在地上，腿上放着一本书，正安静地翻看着，仿佛与世隔绝。实验班的人也很佩服陆迟这个转校生，所谓的天赋异禀有是有，但更多的是努力勤奋。

陆迟不仅聪明，还喜欢看书，心思放在学习上，不考出这么好的成绩才怪。无奈他超出太多，别人想嫉妒都嫉妒不起来。

"你想多了。"鹿野摇头，"谈恋爱不知道要等到猴年马月呢。哎，你有没有水，我好渴。"

"没，我今天又没比赛，自己去超市买。"

"没良心的，亏我在这儿和你聊天。"

"你那同学旁边放着一盒酸奶，都是男生，借来喝就是了。"

"说得很有道理。"他站起来，三两步跑到陆迟边上坐下来问，"陆迟，我口渴懒得去买水，借你的这个喝了啊。"男生之间借水太平常了，鹿野也没什么顾忌，说完就伸手去够。结果还没碰到呢，眼前那盒酸奶就被一只手拿走了。

"别……别人的。"陆迟说。

"哦。"他愣了愣，"没事。"说着，自己爬起来，冲小超市直奔而去。

小超市也都是三三两两的人，他买了两瓶水，正好遇上了唐铭，两个人顺道一起回去。

"给陆迟也带一瓶吧，他边上就一盒酸奶。"临走到门口，鹿野又倒回去拿了一瓶水。唐铭嘲笑他："陆迟这么大还没断奶啊？"

"班上谁没断奶，陆迟都不可能没断奶。"他对唐铭说。

唐铭道："可我和他坐了快一个月了，他最常喝的就是白开水，连矿泉水都很少喝。"

"哦，那可能是给别人的。"

"等等……什么奶？"

鹿野回忆了一下，虽然没看清牌子，但外表还是记得的，顺口描述了一下。

等他说完，唐铭已经笑得上气不接下气了。他就说陆迟都没几个熟悉的朋友，怎么会帮人带酸奶，而且他们班上的男生怎么可能放弃其他饮料选酸奶，搞半天是因为唐茵。上个星期操场的那一幕，他到现在都还记着呢。

"请参加八百米跑步的选手到起点集合，请参加八百米跑步的选手到起点集合……"广播声传遍整个操场。

陆迟动了动耳朵，呼出一口气，闭了闭眼睛，合上书本，睁开眼后视线朝她那边投过去。唐茵在高中部人气很旺，普通的观众不能出现在跑道上，只能在外面观看。于是女生和男生都趴在网上，几乎围成了密不透风的一堵墙。

陆迟面上淡淡的，单手撑在地上站了起来，一双长腿让人看着就羡慕嫉妒。

"这次唐茵肯定拿第一。"

"也不一定，她旁边跑道的那个是体育生，长跑非常厉害，晚上操场跑步训练，男生都比不过。"陆迟靠近了些就听到议论声，他眉头微皱，借着高个子轻易就从他们头顶看到操场里面的场景。

苏可西正好站在里面，打算给唐茵递水，八百米跑完肯定会口渴。

比赛的几个女生都在做准备动作，唐茵随意动了动身体，拉伸了一下。她的目光在操场外围转了一圈，突然定在某个方向，浅浅地笑了，月牙状的眉眼直接让近处的一些人看呆了。

下一刻，众人就看到唐茵突然朝一个方向做了个动作。一时间，他们都看过去，轻易就看到了人群中最挺拔的那一个。看到他清清冷冷的样子，都有点愣神。很快就有人反应过来，这不是那个陆迟吗？

这个方向的几个男生还在看热闹，压根儿没发现后面的人，和旁边的同伴嘻嘻哈哈："看谁啊？我吗？哈哈哈哈。"

"想得倒美，看你还不如去照照镜子。"

陆迟抱着书，垂在下边的右手捏着一盒酸奶，只是轻轻瞥了他们一眼，便移开了视线。

枪声一响，几个女生就快速冲了出去。唐茵一直不紧不慢，保持着第二名的优势。她平时运动得不少，并且一向身体素质好，跑八百米根本不算什么，经过陆迟这边的时候还偷偷眨了眨眼。这次换成陆迟被围观了，他冷着一张脸站在那儿，愣是没人敢上前来问什么。

唐茵依然拿了第一名。那个体育生最后冲刺时，还是差了那么一点点。

苏可西忙将水递过去，又给她披上校服，说："刚运动过，可别着凉了。"

唐茵抱抱她："我去找陆迟了。"才感动过的苏可西直翻白眼。

唐茵拍拍她，小跑到陆迟那边，有眼色的人都让开一段距离。于是，这边绿网内外就只有他们两个人了。

陆迟定眼看着她，片刻后微微移开视线，有点不自在地动了动脚，然后突然开口："接……接着。"

"嗯？"唐茵疑惑，就看到他直接举起右手，将酸奶从外面投了进来，正好落在她摊开的手心，还是那种口味。

唐茵直接就拆开喝了，说："你是不是把我喜欢的东西都记住了？"陆迟不理她，头发被风吹乱，有种凌乱美。他抱着书离开了这边，露出来的手好看又修长。

唐茵扬了扬嘴角，捏着酸奶，快步朝出口那边走去。等她出来后，陆迟已经不在原来的位置了。她转了一圈，终于又找到了陆迟。那边空了好大一块，周围都没什么人，男生们都自觉远离不打扰他看书，女生更是没有一个围在他边上。

唐茵披着校服，直接坐在他边上，喝着酸奶。身边落下来的动静不小，陆迟放在纸页上的手指微曲了曲，又翻过一页。

美人看书也是一种美景，唐茵欣赏了一会儿，支着下巴问："周末出去吗？"陆迟的手微顿，头也没抬就摇了摇头。

"我想买点物理资料，但我不会选啊。"唐茵委屈地说，"你物理这么……"她还没说完就顿住了。

唐茵微微瞪大了眼睛，看着陆迟伸出一根手指，在她的嘴角处抹了一下，薄薄的皮肤下传来凉意："奶……奶渍。"

她回过神就看到陆迟已经扭过头去，掩在发间的耳朵已经红透了，几乎要滴血，甚至还有蔓延到脸颊上的趋势，真是敏感得要命。

她将酸奶放在面前的空地上，悄悄挪过去，猛地抱住他："陆迟，你真好。"柔软的身体带着一阵风瞬间席卷了陆迟的全身，浅浅的呼吸打在脖颈上，直挺的背脊几乎要烧起来。

2

运动会结束后，高三生又进入了紧张的复习中。

"周末去哪儿玩？"苏可西无聊地问。在学校闷了半个月，再不出去玩玩她就要发霉了。也许可以去几家新开的店吃东西，然后看场电影，计划很美好。

"周末我约了陆迟。"漫不经心的声音从旁边传来。

苏可西从原本聆听的状态变成了震惊，她一脸的难以置信："周末你要和陆迟一起出去？确定是陆迟？不是其他人？"

唐茵诡异地看她："不然还能有谁？"

"你们俩什么时候进展这么迅速了？"苏可西瞪大了眼。这段时间她虽然没有和陆迟说过话，但也可以感觉出他的性格不像是能约出来的人啊。她来回打量了唐茵几眼，终于小声问，"亲爱的，你怎么约的？"

唐茵从试卷中抬头，随口应道："哦，我说让他给我选物理资料。"

苏可西目瞪口呆。

可以说是很学霸的邀约方式了。

十一月深秋，天气已经转凉。唐茵在放假前堵住了陆迟，和他说好在书店门口见面，虽然她很想去他家来着。

书店名叫"神马书店"，位置在一中门口，向来是购买最新资料的地方。共有两层楼，一层卖文具，一层卖资料书和试卷，还有一小块地方卖小说等。

唐茵无聊地在底下转了一圈，再回来的时候就看到了对面的陆迟。陆迟的个子十分显眼，在人来人往的街道上，就数他看着最安静挺拔，唐茵的目光定在他身上就移不开了。

显然，陆迟也看到了唐茵，很快就目不斜视地过了马路。唐茵朝他挥手，今天她可是特地早来的。

"昨天晚上有没有想我？"唐茵突然出声问道。

陆迟绷着脸，轻飘飘地斜眼看她。

她"嘿嘿"一笑，和他并排走进了书店。

楼梯边上是各种类型的杂志和小说，她顺手抽出了一本言情小说，放进袋子里。看到陆迟不满意的眼神，她笑道："苏可西要。"

木制楼梯被两人踩得发出"咯吱咯吱"的声音，唐茵歪着头看陆迟。他今天穿的又是衬衫，只不过套了件外套，又有了当初她第一次见到他的那种感觉。

书店人不多，三三两两分布在好几个书架间。

"'星火'感觉做得够多了，如冰，你有什么资料可以推荐吗？"

"我上个月买的这个，感觉还可以，不过不一定适合你。"

"没事，反正都是要试试的，你成绩比我好都觉得可以，对我来说难度估计有点高，可以挑战一下。"

赵如冰的《星火阅读》做完了，今天来买新的，正好室友陈晨和她家很近，所以就约了一起。两人在书架边走来走去，不时地拿起书看几眼。

不多时，赵如冰就选好了自己想要的资料。陈晨也拿好了："走吧，一下买太多也不一定做得完，况且学校到时候还会发资料。"

对于高三学生来说，天赋型的太少了，大家都必须勤奋。资料远远不够，他们必须做更多的题型训练才能让自己安心。

陈晨对赵如冰这个室友还是非常敬佩的，成绩从未下降过，而且人长得好看，绝对算得上班花，家境也是小富。两家离得近，差别却很大。

对于她这样的普通家庭的孩子来说，赵如冰简直就是女神，而且性格不错，温温柔柔的，从不说脏话。她一直梦想能成为这样的人，这次能拉着女神来买资料，实属运气好。

书店有几根立柱，上面摆着一些杂志和文摘。看到心仪的，陈晨拿起一本正准备转头向赵如冰推荐，就看到对面书架边站在一起的两个人，眼睛蓦地睁大了。

赵如冰看她出了神，问："看什么呢？"说着，便顺着她的目光看过去，原本微笑的脸也不由得僵住。

"如冰，那是不是唐茵？她身边的是陆迟？"回过神的陈晨看着那边，小声问道。她们才说完，就看到那边的唐茵朝陆迟凑了过去，两个人离得极近，也不知在说些什么。

神马书店把书架划分了区域，高三的内容就占了一大块，英语资料全在角落里。书架很高，几乎能把人全挡住。唐茵从拐角处摸出一本书，递过去："是不是你说的？"

陆迟点点头，伸手接过翻了翻。

唐茵伸手往那边指了指："在那儿摸出来的，好像就一本了。"说着，她又弯腰去翻，不过还真是只剩一本了。唐茵失望地起身，却没想到一下子撞到了书架顶，有几本书砸了下来。

边上的陆迟看过来，眼睛一瞪，手比想的快，直接将她往边上一拽，免于被书砸到，然后才安静地将书捡起来放回架子上。还没等他转身，就听到后面的唐茵呼叫："陆迟，我疼。"声音娇婉，又带着点软软糯糯。

陆迟不由得微顿，看她捂着头，一副可怜兮兮的样子，伸手上去问："哪里……里疼？"

她眼里闪过笑意，却依旧抿着嘴，向他凑过去："这里，被撞了，很疼。"她伸手指了指额头，漂亮的美人尖，确实有一块地方红了。

陆迟皱眉纠结了一会儿，小心地给她揉。掌心触及柔嫩的肌肤，一股温热的温度就传了过来，连带着他的脸似乎都热了起来。

看差不多了，他就飞快地收回手，背在身后，有点不知所措。半晌，他轻咳一声："该……该走了。"

他又害羞了，唐茵不再逗他，乖乖应道："好。"

二楼有收银台，就在楼梯边上。唐茵跟在陆迟后面，偷偷看他的反应，中途差点又撞上书架。

陆迟拉了她一把，有点无奈："你看路……路！"

唐茵无辜地摊手："我在看'路'啊。"

她狡黠的样子一下子就让陆迟明白了她的意思，脸"噌"的一下就红了。在她面前，他的胆子好像大了一点，瞪着她。

"你想到哪儿去了？"唐茵装作看不懂的样子，打趣道。

被她这么一说，陆迟反倒觉得是自己想多了，嘴唇动了动，半天不知该如何反应，转身将书放在柜台上。

唐茵偷笑，捂着嘴不让自己发出声音。每次逗他都这么好玩，反应可爱极了。

柜台收银的小姑娘叫丁彤，在一中上学，每次放假总要帮家里一些忙，就当锻炼了。自从陆迟和那个女生进来，她就注意到了。

陆迟她认识，当初是学校的年级第一，并且和她在一个班。即使他转学了，她也不会忘记他。因为老师总会提到他，并且他的试卷被复印传阅，有时候就连老师的答案也没他写得简洁。可以说，陆迟在一中无人不知。唯一不好的就是，他说话有点结巴。

丁彤以前坐在他前面，对他的性格再清楚不过，基本上他只会和班里的男生说话，她有时候问题目也只能得到点头或摇头这种回复。能得到陆迟一个笑容，那真是太阳打西边出来。

赵如冰和陈晨跟在两人后面去了柜台处，只是还没有到那边，就看到陆迟转身向她们走了过来。

赵如冰笑着打招呼："陆迟，你也来买资料？"

陆迟微微点头，从她们边上侧过身子，进了里面。清瘦的身影走在书架间，带着一股书卷气。

他连停都没停……赵如冰的脸色有点难看，看了一眼一无所知的陈晨，幸好没让她发现自己的失态。但看到那边唐茵慵懒的样子，赵如冰实在气急了，忍不住低声骂道："狐狸精！"

唐茵正好趴在柜台上，她平时听力就挺好，这一声虽然小，却架不住书店安静，她还是听得很清晰。唐茵觉得这声音很熟。

她饶有兴味地转过身，斜靠在柜台上："哟。"上次这个赵如冰看陆迟的眼神她可还记着呢，没那个本事还去惦记不该惦记的人，说坏话被正主听到实在不是件光彩的事。

陈晨的胆子有点小，担忧地从后面拽了拽赵如冰的衣服，小声说："如冰，咱们别说了。"唐茵的爸爸是校长，她又出了名嚣张，得罪她没什么好处，指不定还会出事。

听说看不惯她的最后都被收拾了，赵如冰的脸色有点难看，却还是瞪着她，微咬着唇。

看到她眼底的那抹不甘心，唐茵反倒没了兴趣，慢条斯理地问："我是狐狸精？"真有意思，赵如冰居然敢这么说她。

"你自己有手还让男生给你揉额头，不是狐狸精是什么？"赵如冰拨开陈晨在后面拽自己的手，加大了音量。陈晨也一僵，没想到她会这么说。

陆迟刚好拿着一本书从那边走过来，见她们站在一起，又听到后面这句话，只是瞥了她们一眼，皱着眉。他大步迈过来，圈住唐茵的手腕，低声道："走。"

这突如其来的变化让几个人都没反应过来，丁彤更是直接想要跳起来。她居然看到陆迟牵着女生的手，还这么温柔地说话！

唐茵虽然很惊喜，却微微摇头。她绕过陆迟的手，直接靠到他身上，状似柔若无骨。

陆迟几乎僵住了，面无表情地站在那里，一下子慌了神。身边的一切都成了模糊的背景，所有的感官都汇聚到了一点，似乎又回到了运动会那天。

唐茵对此一无所知，她开心得想要跳起来，对着赵如冰挑眉道："人家书生爱的就是我这样的狐狸精，可怎么办呢？"话里仿佛放了一整盒糖。

3

唐茵有一双桃花眼，看向别人的时候带着一种似醉非醉的朦胧感，让人移不开眼。她眼前这样子就仿佛真的是妖精附身了，还带有挑衅，赵如冰差点咬碎一口银牙。

上次就被她这么挑衅过，这次又是这样。赵如冰就弄不懂了，明明是唐茵不知廉耻，怎么还一副很有道理的样子。

"谢谢赵大小姐夸赞了。"唐茵说。

她的声音将陆迟的神思拉回来，他看着两人接触的地方，想偷偷抽出自己的胳膊。

可偏偏唐茵就是不让他抽出来，陆迟又不好在这么多人面前直接抽出来，只好任由她这样。

赵如冰本来还期待着陆迟会怎样反应，现在更觉得自己被忽视了。从刚才到现在，他根本就没注意到她，也没把她的话放在心上。

陆迟拽了半天都没把自己胳膊抽出来，僵着脸，侧头低声说："走……走吧。"

唐茵冷哼一声。

在一旁围观了全程的丁彤，悄悄地拿出手机给同学发消息：陆迟和女生谈恋爱了！啊啊啊——学霸被人抢走了！

很快就有人回复：谁啊？哪个人搞定"冷冰块"了？

陆迟在她们班是出了名的高冷，有交好的朋友，但女生很少有能和他说几句话的。他转去嘉水私立中学也就一个月吧，这么快？丁彤从后面对准唐茵，拍了一张侧脸，又舔了一会儿屏，偷偷发过去：女生超好看，而且跟人抬杠很有感觉。

她是打心底觉得这个妹子给人的感觉很舒服，对面那个虽然也长得不错，但性格实在让她喜欢不起来。

这次的回复比刚才还要快：厉害了，原来是她，我就说呢，怪不得……

丁彤纳闷，这个女生很出名？难道是她消息滞后了？她直接回了过去，对方却没有再回复。

僵持了许久，气氛诡异起来。陈晨也不好意思待在这儿了，谁知道平时高冷的赵如冰今天跟吃错了药似的，连周围买书的几个人都看这里了。上次也是这样，非要和唐茵犟，整个学校谁不知道唐茵的性子是得理不饶人的，而且向来想什么就干什么。

她轻轻拽了拽赵如冰的衣服，小声道："如冰，咱们走吧……"赵如冰冷哼一声，见唐茵整个人都在柜台那边，气得把资料全放在这边，然后下了楼梯。陈晨也不想买了，飞快地跟着赵如冰离开。

唐茵挑眉，挥手："慢走。"

看着架子上的几本资料，丁彤十分不满，弄乱的资料又要收拾，真是太没素质了，怪不得人家不喜欢她。

等周围人的视线都不在这边了，陆迟才呼出一口气，小声说："松……松开。"

"你说什么都行。"唐茵暧昧地道，再和他隔开了距离。

陆迟的耳朵浮上了热气，却又让自己淡定下来，将资料全部放在收银台上。

丁彤边接过书，边打招呼："好久不见了，陆迟。"陆迟点点头。

她也了解他的性子，被这么回应也不生气，慢慢扫描着书本资料，然后装进袋子里推过去："一共两百三十八元。"

陆迟停顿了一瞬，唐茵的手肘撑在收银台上："怎么了？"

"少……少了。"陆迟低低地应了声，又转身去了高三资料区。

丁彤哈哈笑，陆迟这一点还是没改变，自己算好价格，一旦不对就知道少了什么。不像她买东西，从来不算价格。

趁着他去拿东西，唐茵问："你和陆迟认识？"

"啊，对，我以前坐在他前面。"丁彤没想到她会问自己，"陆迟在一中可没这么多话，平时很少开口的。"她眨眨眼，压低了声音，"而且，我从来没见过他和女生这么亲密过，以前话都不怎么回呢。"

她很满意这个答案，对于陆迟在一中的生活，她想打听自然也是可以打听到的，但她没有打听。一中是一中，嘉水私立中学是嘉水私立中学，一切都不同。

丁彤又问："你是他女朋友吗？"

"不。"唐茵还没回答，后面一道清冷的声音就给出了答案。陆迟从旁边走过来，将物理资料书放在收银台上，又恢复了往常的高冷。

唐茵冲丁彤摊手，挤挤眼，尾音微扬："以后就是了。"

丁彤也忍俊不禁，对她做口型：祝你马到成功。

唐茵的眼睛眯成月牙，心情非常好。

走在小楼梯上时，陆迟终于忍不住开口："下次不……不要说那样的……的话。"尤其是什么书生……听着就脸红。

唐茵随口问："什么话？我今天说了很多话。"

陆迟却突然不说话了。

唐茵这才反应过来，转过头去看他，忍不住哈哈大笑。半晌，她轻快地应道："嗯嗯。"

听她回答得这么快，陆迟就知道她肯定没把这话放在心上。

车站在书店的斜对面，陆迟和唐茵并排走着。周末，外面的人不是很多，偶尔遇见相熟的同学过来买东西，他们见到陆迟还是有点惊讶，尤其是看到他和一个女生一块儿走。

书店边上是条小巷子，通往一个老小区。陆迟是男生，步子大，走到不远处时视线定住，皱眉。

"再打电话过来，你就滚蛋吧。"唐茵走在后面握着手机，正在让苏可西别再打电话骚扰她，结果一抬头就撞到了陆迟的身上。

"怎么停了？"唐茵看他好像在看某个地方，心生好奇，从他边上绕过去，想要伸头去看。

陆迟几乎条件反射般挡住，唐茵被他一拽，整个人跟跄了一下，双手揪住了他的衬衫。陆迟的个子比她高很多，她一直知道，只不过这样子贴近了差距更加明显。

他单手扣在她的脑后，看着身形单薄，胸膛却挺有料的，唐茵忍不住用手指戳了戳，听到了有力的心跳声。

唐茵回神，问："怎么了？"

"没……没什么。"陆迟冷着声音，罕见地圈住她的手腕，带着她直接朝马路对面走去。

这么反常？唐茵有些疑惑。陆迟的步子有点大，刻意放慢了一点，唐茵正好可以跟上他。

刚到马路对面，转身的一刹那，她微微侧头，余光就看到小巷子里面的情景，忽然就笑了。巷子不大，而且有些暗，但很明显有个人在拐角那边解手，脱了裤子对着外面，身子歪歪斜斜的，恐怕是喝了酒。

见唐茵扭头，陆迟又将她的脸转过来，表情很是不满。

刚才的事情，唐茵确实没有预料到，但也没有什么不适，反而心里觉得暖暖的。

陆迟竟然会有这么强势的一面，实在让她喜爱，真想看看他到底还有多少她未发现的秘密。

　　一中的人流量大，又不是寄宿学校，边上有家肯德基。两个人走到站台边站了一会儿，车还没来。她不止一次来过这里，这次看着人少，往边上瞅了几秒，拽了拽陆迟的衣角，笑眯眯地微微仰着头："咱们去吃东西吧。"

　　陆迟低头，目光落在她的脸上。半晌后他眨眼，点了点头。

　　唐茵立刻拉着他进了店里，店里比外面亮多了，也让人觉得舒服多了。

　　柜台那边有个年龄不大的服务员，一看到这两人进来，就觉得他们关系肯定不一般，立刻就将几个情侣套餐在脑海里过了一遍。

　　唐茵和陆迟刚到柜台边，就听到服务员温柔地道："情侣套餐可以打八折哟。"

　　唐茵点在汉堡上的手指收回，对着她眨眼："情侣套餐？"这个姑娘很是上道啊，她看了一眼陆迟，又转头问服务员，"情侣套餐有什么？"

　　陆迟出声："我们不……不……"

　　唐茵用手挠他，笑道："他和我吵架了，我在哄他，快给我介绍一下。"

　　陆迟哭笑不得。

　　他发现结巴很不好。

　　服务员看着男生纠结的表情，在心里偷笑，快速地介绍："这三款都是最新的情侣套餐，送的饮料可以自己选，最后在这边付款。"

　　貌似也没什么区别，唐茵抬头问他："你喜欢哪款？"

　　陆迟的眉毛几乎皱在一块儿："不……"

　　话没说完又被唐茵打断，唐茵苦兮兮地看他："我没钱了。"

　　唐茵就没给他再次反驳的机会，嘴角咧开，随意指了一款，说："就这个。"

　　服务员赶紧记下来："好，那饮料呢？"

　　唐茵快速点完，又看向陆迟。陆迟做了个深呼吸，对于刚才发生的一切有点不开心，手指随便在上面一戳。

　　店里现在就他们两个顾客，所以东西上得很快。餐盘一放到桌上，唐茵的目光就被那粉红色饮料吸引，并亲眼看着它被送到了陆迟的面前。

服务员丢下一句"请慢用"就跑开了。唐茵喝着自己的，再看着对面的粉红色饮料，忍不住笑出来："陆迟迟，原来你这么有少女心啊。"他刚才点的原来是粉红可乐。

陆迟的手停在上方，盯着那杯粉红可乐陷入了纠结中，陆迟迟是个什么称呼？

4

秋天天黑得有点早，学习资料买得有点多，提着很重。唐茵也试过，可陆迟拎着倒是没半点不适，看起来还很轻的样子。等了好一会儿，公交车也没来。现在这边也没什么人，红绿灯在前面，车都停在那边，这里就更暗了。

公交车一直没来，陆迟皱眉张望了几下，突然开口："打……打车。"

"好，听你的。"唐茵应道，而且她本来就不怎么喜欢坐公交车，只不过是希望两个人能多待一会儿而已，现在也差不多了。

出租车不这儿在停，只能往前走。唐茵落在陆迟身后，单手握着后来离开时点的一杯粉红奶茶，一边有一搭没一搭地找话聊："陆迟迟，你觉得我好看不？"

陆迟觉得，也许她换个比较正常点的称呼，自己就会回答了。

说话间，两个人已经到了十字路口。陆迟率先踏出一步，结果回头就看到唐茵还在那儿慢悠悠地喝着奶茶。他没有停顿，又大步走回去，腾出手握住她的手腕，趁着还没有车来，把她往那边带。

唐茵的身体偏虚，一年到头都很冷。夏天外出时，大家都觉得很热的时候，她很少出汗不说，就连露在外面的皮肤也是冰凉的。她刚刚将袖子撸了起来，陆迟一碰上她的手腕就吃了一惊，实在是太凉了。

她可不知道他的想法，反手动了动，握住他的手，笑道："没想到第一次牵手是这样呢。"

陆迟真是没见过如此厚脸皮的。

看他一副说不出话来的样子，唐茵忍不住笑出来。爽朗的笑声一串串的，像风铃撞击在一起。她吸着奶茶，只觉得甜到心里了。

可能是怕她，陆迟没怎么挣扎，到了马路对面才抽出手，冷着一张脸。唐茵踮脚凑过去看，他还真是面无表情的。他眉毛动了动，犹豫了一下，伸手将她推远。

"怎么了？"唐茵不满。

"不要……离得这……这么近。"陆迟说得有点慢。

"你又害羞了。"她坏笑地说，没有再上前，感觉有点失落，"我这么好看，你居然都不心动？"

陆迟没说话，只是静静地看着她。

反倒是唐茵自己先开口："好啦好啦，我不凑过去了。"她将奶茶一把放到他手里，哼了一声，背对着他。陆迟慌忙接住奶茶，眼里闪过一丝慌乱，不知道哪里出了问题。

他紧紧抿着唇，恰好这时突然来了一辆空的出租车，他直接伸手拦下，低声道："车……车来了。"

出租车停在边上，还没等唐茵有什么动作，陆迟就已经从后面上来拉开了车门，将资料书放进去，然后看着她。

唐茵盯了他几秒，直接坐进去，却没有看到后面的人，于是诧异地问："你不上来？"陆迟摇头。准确地说，他家在另一边。

唐茵也不强求，关上车门。正好窗户是开着的，她忽然就不气了，忍不住向他挥手："拜拜。"陆迟点头，站在那里没动。

司机看着两人难舍难分的样子，在心里叹气，提醒道："要走了，绿灯亮了。"话音刚落，陆迟便后退一步。

出租车开始往前走，唐茵不由自主地回头看，这个画面让她想起了那次放假回家的时候。

不同的是，这次陆迟一直看着车子离开。

等人走了陆迟才想起来，那杯粉红奶茶还在他手里。他盯着只剩半杯的奶茶看了一会儿，想到奶茶的主人，最终没有将它扔到近在眼前的垃圾桶里。

手机这时候却突然振动起来，陆迟拿出来一看，竟是唐茵发来的。

唐唐唐：今天很开心。后面跟了个表情包，很符合唐茵的习惯。

陆迟盯着屏幕的动图，眼睛眨了眨，半晌才回了个"嗯"字，这才收了手机往回走。

月末放假前，又有一次测验。学校总是当天考试，当天晚自习就改试卷，成绩第二天就出来了。十四班班主任林汝在看到唐茵的物理成绩时，几乎激动得跳起来。都快三年了，总算在最后关头有了点进步，等等……会不会是这次考试不难？

林汝又问了物理老师，听他说这次试卷难度和期中考试的难度差不多后才放下心来。看来她和陆迟经常在一块儿，还是有好处的啊。

林汝也教实验班的数学，平时除了管实验班的数学成绩外，全身心都扑在十四班了。唐茵的物理成绩一直让她很揪心，现在总算看到了希望。所以轮到她上数学晚自习时，终于忍不住将陆迟叫了出来。

林汝放低了声音："陆迟啊，唐茵的物理你是不是帮着辅导了？这次她的考试分数提高了一些。"唐茵的成绩好对她来说是个好消息，不管是现在还是未来，最好按她的想法拿个高考状元回来，虽然现在还不太可能。能进步总归是好的。

陆迟点点头，带着一丝迟疑，如果给她习题也算的话。

看他点头，林汝反而更放心了："我知道你成绩特别好，这次多亏了你，我一直担心她的物理成绩，现在可算是放心点了，我代唐茵谢谢你了。"

陆迟张了张嘴："老师言……言重了。"

林汝笑笑："现在距离一模考试还有不到三个月，你们俩都是要进零班的，我希望你们能相互帮助。"她说了一会儿，意识到陆迟不需要什么帮助，又转了话题，"唐茵性子比较倔强，要是干了什么你别生气。"

倔强……还真是倔强，陆迟的余光不自觉地投向了十四班。他现在站在实验班的后门处，距离十四班的前门只有一两步的距离。窗户开着，可以看到一点后面的场景。

唐茵手撑着脸在打瞌睡，可能是睡得熟了，下巴一点点地，歪斜的黑发落在脸颊边。

"我可就把唐茵交给你了。"陆迟回过神就听到这么一句话。

5

这段时间"狼人杀"以独特的魅力风靡十四班，男生女生都围在一起玩，各种各样的哀号声充斥着整个教室。

"每次都把我错投，什么鬼，我明明是好人！"

"哈哈，都被我弄死了。"

"论阴谋诡计，你们都比不上我！"

下课后，大家都聚在桌子边用卡牌玩，热热闹闹地。苏可西最爱玩了，在教室里玩不说，还比较猖狂地偷带了手机，回寝室后继续偷偷地捧着手机玩得不亦乐乎。

上午的课间，苏可西对唐茵说："哈哈，你不知道，我们这儿有个广东汉子，说普通话要笑死人了。"苏可西捏了捏嗓子，学道，"那个细号你是不是有病，我都说了我系好银春民……细号和习号，你们系不系脑几有病，脑几有病！"

"这是广东话？"唐茵狐疑。

"他寄几嗦的。"苏可西捂脸，"我被他带得都这么说了。"

唐茵一脸无奈地看着苏可西，然后转头继续做习题。

下午的课间，她坐着无聊，手托腮："带我一个。"

于春立刻应道："茵姐要玩，来来来！"人一多，手机玩就没劲了，正好有人带了扑克牌，顺手就拿出来。

几个男生凑在一起，带着苏可西和唐茵新开了一局，个个都想赢。

狼人杀，玩的就是逻辑和分辩能力。唐茵拿的是预言家，话本来就少，而且向来面不改色，几个人都不知道她到底说的是真是假。

"怎么没人信我？"于春率先被投死，"茵姐，你是好人吧？"

唐茵微笑着不说话，苏可西缩着胳膊："你这样我瘆得慌。"她玩了这么多局，说假话也不是没有，如果真的轮到跟唐茵玩，还真的难以捉摸，指不定会被唐茵玩死。

玩到一半，唐茵就看到教室外陆迟走过来的身影。正巧轮到她要说话，她随口就点了一个人。那人还没回答，她就冲外面喊道："陆迟。"

陆迟默默看她一眼，打算继续往前走。

唐茵伸手将扑克牌拍在窗户上，摊开给他看："知道我现在是什么身份吗？"

"嗯？"于春悄悄伸头去看，呵，竟然是预言家。

"它有个很好的作用。"唐茵仰着头，漂亮的五官生动起来，"专门检验人的，然后呢——"她拖长了尾音。

陆迟终于动了一下，侧过身子，居高临下地看着她，看她能说出什么花来，精致的下颔十分亮眼。

唐茵的目光落在他的唇上，薄薄的，却又带着一点粉意，突然感觉有点口干舌燥。

"你……你说。"陆迟终于忍不住开口。

唐茵回过神来，笑了笑，嘴巴一开一合的，说出来的话倒是一点不含糊："当然是……验出你是属于我的。"

一圈人捏着纸牌坐在边上，耳朵早就竖了起来，都听到了这句话，瞬间把目光集中在陆迟身上。

今天的情话又换了个花样啊，上次以后，他们就经常看到唐茵调戏陆迟，偏偏到底发展到什么地步也没人知道，且没人敢问，但肯定不简单。

他们又都看向那边的陆迟，却只看到他面无表情地转身。唐茵大笑起来，他今天的耳朵也很红呢。

越临近放假，就越放纵。这次很多人带了手机来，十四班又是差生聚集地，每天上课都有人玩手机，利用桌上堆着的山高的书本遮掩着。

而今天又是要放假的日子，大家就更为大胆了。林汝在上面讲着双曲线的大题，有不少男生抬着头走神。

"我放学后去三中，你去吗？"苏可西划着试卷问唐茵。

唐茵却摇头，正好下课铃声响起，她顺口道："我先走了。"

"走走，就知道你重色轻友。"苏可西直翻白眼，这段时间，她发现以肉眼可见的速度唐茵和陆迟的关系在变好，明明之前还比较冷的。

实验班班主任吴老师拖堂了，唐茵靠在后门处等陆迟，头一伸就能看到里面的场景，角落里的陆迟应该正在写作业。

最喜欢看他认真的样子了，唐茵不禁想到有时候陆迟看她的样子，就像全世界只有她一个人，真的让她深深迷恋。就在这时，陆迟仿佛察觉到了什么，侧脸看向外面。唐茵正偷看，一下子和他对上。愣了几秒，她突然对他做了个鬼脸。

陆迟哭笑不得。

他皱眉扔掉画上一道线的资料书，没过一会儿又反手将它折了起来。没过多久，终于放学了。陆迟觉得，唐茵的话似乎又变多了，因为他才出教室门就被堵住了。

从教室出来到校门口，一路上全都是她在说话，最后不知怎么的又说到了豆腐脑。

"就那家，很好喝的。"她伸手拽着陆迟，走到了一个老婆婆摆的摊子上。老婆婆已经六十多岁了，头发花白，但人看起来非常精神。唐茵上高中以来，这个老婆婆就一直在这边摆摊子，整个学校的学生几乎都认识老婆婆。

学校外面一到放假总会有很多小摊子，就属老婆婆的年纪最大，但喜欢来老婆婆这儿吃东西的人不少。现在学校的人已经走了挺多的，空出了几个位置。唐茵看了看，问陆迟："你要吃甜的还是咸的？"

陆迟还没回答，唐茵突然又开口："忘了，你应该吃甜的，毕竟你可是少女心迟啊。"

陆迟语塞。

老婆婆舀出一勺，随口说道："小伙子很好看呢。"

唐茵嘻嘻笑着："我也很好看。"

老婆婆笑了："都好看，都好看。"摊子上还放着一些咸鸭蛋，都是老婆婆自己腌制的。蛋黄很好吃，吃过的人一般会再买一两个带回家。

陆迟从来没吃过这东西，他一向很少吃路边摊上的东西，况且妈妈也不让。所以他不知道那是什么味道，有点犹豫。

唐茵还在和老婆婆聊天，陆迟看到唐茵眉眼弯弯心情很好的样子，又把脚收了回来。他忽然觉得，似乎也没什么不好的。

这样的后果就是——当晚，陆迟做了个梦。他梦到自己被一颗鸭蛋使劲地追着跑，那鸭蛋还有着唐茵的脸，从蛋壳里伸出来两条腿，跑得飞快。最后他被撵上了，那蛋壳敲不碎，伴随着奇特的笑声，充斥了整个梦境。

陆迟最后是被吓醒的，他觉得自己以后最怕的东西可能就是鸭蛋了。

第五章

小结巴你看，下雪了

1

再次回到学校的时候，元旦晚会的节目就提上了日程。虽然圣诞节也有晚会，但都是各班自己准备的。

今年十四班和实验班合演节目，不过在讨论的时候，教室里的同学都在为到底出什么节目吵得不可开交。

不知道大家是怎么商量的，最后定下来的居然是演老掉牙的《睡美人》。

于春差点拍桌子："《睡美人》是怎么想的？"这种老掉牙的童话故事，看开头就知道结尾，而且就算更改，大部分有趣的已经被想出来了，现在他们也想不到什么更新颖的点子。

高中的最后一次晚会，那肯定要惊心动魄啊！班长其实也很委屈："那前几年都有人演过《白雪公主》和《灰姑娘》了，咱们还能弄啥？"

"《阿里巴巴和四十大盗》啊！"教室后面突如其来传来一道声音。不知道是谁说的，却让班长的眼睛亮了。这个故事好像挺新鲜的，没听说有人演过，反正比老掉牙的《睡美人》好多了。

他飞快地跑到实验班，和对面的班长商量了一下，然后果断敲定，就是《阿里巴巴和四十大盗》了。

当然，剧本是要改的，不然大家伙都知道是什么样的故事，不创新一下就没什么看头了。

现在学校改了政策，下午一来就自习，晚上还有两节自习。上晚自习前，唐茵就和苏可西一起去食堂。

现在的时间越来越紧，很多同学都是随便吃点就回班上自习，压根儿不用老师说，显得非常积极。

苏可西嘟囔着："我今天上课差点睡着了，唉，我要好好学习，天天向上。"陆宇现在的成绩还是那么好，她一定要更好才行。

"嗯，好好学习。"唐茵应声。

苏可西很不满："你现在是有了陆迟就忘了我啊，哼，忘恩负义的人。"

唐茵还没回答，就听到窗户外面传来一阵急促的脚步声。

"茵茵姐！"吕秋秋的声音突然传过来。唐茵转头，就看到她慌张地跑过来，脸一片通红。

苏可西问："怎么了？这么慌？"

吕秋秋急得跺脚，小声道："刚放学，就有不认识的女生把文月带走了，班主任和别的老师又都不在办公室，我不知道怎么办才好！"

唐茵眯眼，沉声道："带我去。"她脱下校服，绕出了教室，"说说情况。"

吕秋秋立刻点头，一边走一边将当时的情况说了出来。放学后，班上的人并不多，她刚好就和文月坐在一起吃小饼干，谁知外面来了三个女生说要找文月。

她一开始也以为没什么，后来看到她们拽着文月离开，才觉得不对劲，出门后就看到她们把文月推进了女厕所。

一瞬间她整个人就呆了，她当时就想进去看看，可听到里面的声音又停住了脚步，决定先来找唐茵。

"现在还有人敢找文月的麻烦？"苏可西不解。现在基本上大家都知道文月和唐茵关系好吧，还有不把唐茵放在眼里的人？

吕秋秋回答："好像不是我们年级的人，看着很陌生。"她们虽然很少和外班有交流，不过都是高中部，基本上也会觉得眼熟。但这几个女生，她感觉从来没见过。

闻言，唐茵皱眉。今天是学生返校的日子，外校的人混进来也不是没可能，自己学校的人应该没那么大的胆子。说话间，她们已经上了楼。复读班在五楼，文科五个班在四楼，平时和理科班几乎没什么交集，唐茵也很少上楼，眼看洗手间就在前面。

"你先回去。"唐茵转头对吕秋秋道。吕秋秋有点犹豫，但还是听话地离开了，并且她在这儿也没什么用。

唐茵才推开门，响亮的巴掌声就传到耳朵里，同时伴随着一声怒喝："长得一副白莲花样，怪不得小小年纪就会勾引人了。"文月低低的啜泣声夹杂其中。

唐茵踢了踢厕所门，发出好大的声响。突如其来的声音让三个女生都吓了一跳，纷纷转身去看。

文月就歪坐在地上，头发散乱。幸好学校的洗手间每节课上都会有专人打扫，地面十分干净，要不然会更加难堪。她脸上不止一个巴掌印，原本白皙的脸颊通红肿胀。

唐茵气势汹汹，几个人都有点怵。

文月匆匆忙忙站了起来，在边上小声地讲着原因。人的确是外校的，她在三中边上住着，那边有个流里流气的男生看上了她，她又正好走读，被男生追的时候就让人看到了。

喜欢这男生的女生倒还真不少，打听了她在哪儿上学，就直接过来收拾人了。

"茵姐，你没事吧？"于春的声音从外面传进来。

唐茵应了一声："你进来，找人把这三个女生弄出学校去。"

"哎，我去找人。"很快，几个男生就进了厕所。他们平时力气就大，而且这次被外校的人欺负上门，怎么着也要出点力气。于春看了一眼三个女生的样子，只觉得惨不忍睹。不过也是，外校人都跑到自己学校欺负人了，能不气吗？

"这里交给我吧。"于春说，"文月这脸……还得去医务室。"

文月没说话，跟在唐茵后面出了厕所。文科班和复读班的学生吃晚饭回来，上楼的时候正好看到唐茵活动着手腕，边上跟着一个脸上有伤的文弱女生。

消息在楼上传开了，晚自习快开始的时候，大家才意识到，唐茵在四楼女厕所和人起冲突的消息不知道被谁走漏了。

这时教导主任出现在十四班的后门口，脸色十分难看："唐茵，你出来一下。"

唐茵面无表情地跟着他去了主任办公室。

鹿野正站在实验班的后门口吃零食，看到唐茵和教导主任的身影，又想到今天发生的事情，顿时明白了。

他嘀咕道："教导主任恐怕又得让她回去反省了。"处分是不可能的，因为她成绩这么好，怕影响以后的档案。但是和人起冲突的确影响不好，惩罚肯定还是有的。不过话说回来，唐茵也是觉得文月被欺负了，所以挺身而出了。"

陆迟突然出声："反……反省？"

"你什么时候来的？"他吓了一跳。陆迟什么时候走到他边上的，他怎么一点感觉都没有？他神出鬼没，幸好教室有灯，不然恐怕会吓死人。

陆迟没说话，眼神盯着走廊那边。唐茵已经进了办公室，走廊上这时一个人都没有。

"你还不知道吧？"鹿野伸手搭上他的肩膀，"今天下午放学后，她和外校的女生在四楼发生冲突了，往常应该没事的，这次不知道是谁告密了。"这种和外校的人起冲突的事，一般校内的人不会说出去，这次不知道是谁去告密了。

闻言，陆迟微微蹙眉，突然烦躁起来。他转身准备进教室，就听到鹿野又说："看她的手腕上有道伤痕，不会是受伤了吧？"

陆迟脚下一顿，随即离开。

唐茵一回到十四班，就围上来一圈人。

"行了，都赶紧让开。"唐茵心情不好，说话也有点冲，"没事别围着。"

苏可西将男生们赶走，小声问："是不是又让你回家反省？"

唐茵点头："这次一个星期，七天。"

"七天？"苏可西皱眉，"上次那么严重也才五天，这次七天，不会是有人添油加醋了吧？知道那个告状的人是谁吗？"

"不清楚。"唐茵靠在墙上，扭了扭手腕，今天不小心用力过猛了，碰到了其中一个女生的衣领，被别针划了一下，不过这也是家常便饭了。

苏可西伸过头去看："怎么都红了？我陪你去医务室看看吧，还是右手，这几天反省也正好养伤。"

唐茵活动了一下，还没出声就听到苏可西接着道："哇，说什么来什么。"她伸手从窗边拿了一盒东西进来，"小茵茵，你的田螺王子……不过，怎么这么眼熟？我是不是在哪里见过？"她嘀咕了一阵，将盒子打开，是一叠可爱风的创可贴。

唐茵目光落在上面，眉眼弯弯。当然眼熟了，因为这本来就是她的，只不过上个月送给了陆迟。

2

于春还在纠结是谁告的密，一抬头就看见唐茵手上的创可贴，当即就叫出声："哇，茵姐，你居然用这么少女心的创可贴！"

白皙细嫩的手放在桌上，暖黄色猫咪创可贴十分明显，更显得可爱。学校里不卖这个，肯定是从外面买的。于春觉得自己好像知道了什么，捂着嘴偷笑。

唐茵心情尚佳，是谁告的密，她心里也大概有数。这个学校看不惯她的人，最近就只有赵如冰了。

不过她也真是傻，唐茵大不了就是回家反省，可她暴露了自己，果然智商都用在学习上了。一个星期而已，没什么大不了的，反而更自由自在，就是一星期不能看见陆迟了。

第二节晚自习下课时，唐茵恰好在走廊上碰到刚出来的赵如冰。路过她身边的时候，唐茵轻轻地"啧"了一声。等唐茵的身影看不见时，她才缓过气来，脸色有点白，心里有点害怕，脑海里只剩下一个想法：她发现了！唐茵刚刚那个眼神，一定是发现她向教导主任告密了。

赵如冰第一次做这样的事，急忙跑回了教室。这一恍惚，导致她接下来的数学小测试都出了神，题还剩几道没做完，还都是她会做的，因此整个人变得更烦躁了。

　　唐茵自然是不知道这一切的，晚自习结束后，她就坐车回了家。至于元旦晚会的话剧，她没说要加入，班长他们就自己先排练起来。

　　反省回校后半个月不到，圣诞节就来了。让大家感到遗憾的是，临近圣诞节的天气都很干燥，依然没有下雪，圣诞节总要配上雪花才完整。遗憾归遗憾，但大家还是十分激动。

　　这个元旦晚会是高中三年最后一个可以一起参加的晚会了，虽说还有一个学期，但其实说起来也不长了，毕竟这个学期过得很快。班里的晚会老师一般是不会参加的，全部都由同学自己组织。

　　下午学校照例放了一节课假，于是班长带几个人出去买了各种彩带小灯，今天的晚自习是不用上的。

　　大家都熟练了，所以布置教室并没有花多长时间。但冬天天黑得早，等一切弄好已经七点了，外面已然黑透。

　　唐茵和苏可西趴在栏杆上聊天，她瞄了一眼实验班。他们班的灯已经熄了，窗户上也贴了一些五颜六色的纸。

　　实验班教室里也吵吵闹闹的，唐铭看着同桌，深深觉得这世界很玄幻。班上的同学都在嬉闹，第一个节目即将开始。他同桌倒好，一盏小灯亮着，书展开着放在桌上，偶尔瞅两眼讲台上的主持人那边。

　　他忍不住低声说："你说你，晚会都开始了，你还看什么书？"

　　陆迟头也没抬，手动了动："还没……没开始。"唐铭嘴角抽搐，他觉得自己遇上了这个同桌后，话就不会说了，而且感觉自己的智商被碾压了。

　　"啊！"前方一声惊呼。

　　离灯开关最近的同学立刻打开开关，教室里恢复明亮，不少人将目光投向声音来源处。

　　"如冰，你没事吧？"

　　"怎么了，赵如冰，你怎么了？"

　　赵如冰左手捏着右手站在中央，蹙着眉，几个女生迅速围到赵如冰边上，嘘寒问暖。

唐铭跑过去看了一眼，然后回到自己座位上，暗自嘀咕，不就是手被戳了一下，流了一点血，有必要这么大惊小怪吗？女生就喜欢这样。

陈晨仔细看了一下："流血了，有谁带了创可贴吗？"

女生们都摇头："我的前几天刚好用完了。"

"没买，现在小超市也关门了。"

"这怎么办呀？流血了，万一感染就不好了，会留疤呢！"

忽然，有个女生开口："我上次看陆迟拿了一盒创可贴，去借一片吧。"

陈晨下意识看过去，只看见陆迟正低着头翻书，如一个优雅的贵公子般精致。她又想起那天书店里的画面，虽然从那之后他们就没说过话，但总觉得很怪异。她不愿意去借，另外一个女生已经跑了过去："陆迟，你有创可贴吗？如冰的手戳破了，借一片行不行？"

鹿野刚好凑过来说："什么大不了的事。"

唐铭跟着点点头。

"都流血了。"黄蜜瞪他们，"陆迟，就借一片。"

陆迟没说话，镜片后的眼睛幽深，伸手从桌肚里拿出一片创可贴，放在桌边。

黄蜜拿起，又说道："我看见你上次的那片创可贴好可爱，可这片好普通啊。"

鹿野说："创可贴不可爱就不能用了？"

陆迟嘴角抿着，隐隐透出一点不耐烦，回道："用……用完了。"

她看到的可是一盒呢，都用完了，骗谁呢！黄蜜在心里冷哼一声，拿着创可贴离开。看周围人都没注意，她小声地抱怨："如冰，他不给那种可爱的。明明他就有，女生当然要用可爱的了。"这片创可贴可是最普通的，难看死了，她上次看到陆迟用的是小猫咪图案的创可贴，看着就很可爱。

"没事。"赵如冰眼里闪过一丝难堪，面上却微微一笑，"能用就行，而且我们是借他的。"黄蜜很不甘心地点点头，给赵如冰贴上。

陈晨站在一旁没说话，只是撇了撇嘴。

被众女生围住的赵如冰偷偷看了一眼教室角落里的陆迟，他正转头盯着窗外，侧脸的弧度让人心跳加快，她慌忙移开视线。

随着时间的推移，十四班的节目在一个小品后达到了高潮。坐在后门边上的唐茵趁着大家都欢呼鼓掌，没注意到这边，开门离开了教室。外面走廊还有点冷，她的头发都被吹得飘起来。

她直接推开了实验班的后门，一股冷气灌了进来。正好鹿野在后门边上，他立刻咒骂道："哪个打开了门——啊，唐茵啊，快进来、快进来。"旁边的男生拍了他一掌，可真够善变的。鹿野也不觉得这有什么，继续嬉皮笑脸地努努嘴："陆迟，在那边呢。"她来这儿肯定就一个目的。

唐茵点头，径直朝窗边走去，灯光映出窈窕的身影。几个男生都聚在一起叹息，唐茵长得这么好看，怎么就看上了陆迟那个话少的呢？

陆迟那边靠着窗户，稍微亮点。唐铭早就挤到了前面去，沉浸在同学的表演中，压根儿就没看到自己的座位又被人占了。

唐茵直接坐在他旁边，支着下巴瞧他，压低了声音："今天有没有想我？"

陆迟转头看她一眼，又转过去，表情都没变一下，泛白的手指在桌上轻轻敲了一下。

唐茵晃了晃他的肩膀，嘟囔："书呆子，问你话呢。"

"你每……每天都要……要问。"陆迟无奈，轻轻地开口回答。

"因为我每天都想你，今天也想你，所以也要问问你。"唐茵坐直了身子，一点也不害臊地说。

陆迟愣了一下，握拳掩在唇边，咳了一声。

她扬起嘴角，笑了一下。虽然他没说话，但他的反应已经给出答案了，白白的耳朵隐在头发里面。从她这儿可以看到陆迟线条流畅的脸，光洁俊秀，很想上手捏一捏。

于是她这么做了，刚碰上，陆迟就伸手捏住她的手，将她推开，好看的眉微皱："不要乱……乱动。"

唐茵笑嘻嘻地收回手，两人四目相对。唐茵突然弯了眼睛，猛地凑了上去，两人的呼吸都落在了对方脸上。陆迟没反应过来，眼睛微微瞪圆，透过镜片将她看得一清二楚。

他抵住唐茵的肩膀往后退了一些，却一不小心被唐茵反抵在墙上，她重重地靠在他身上。半晌，陆迟猛地推开唐茵，转过身子，轻轻咳嗽起来。

唐茵心里甜甜的，目光越过他，没事人似的看向窗外。彩灯闪烁下，却意外发现飘过的雪花，亮晶晶的。

她立刻靠近陆迟，看到红透的耳朵尖不禁偷笑，在他耳边小声道："小结巴，你看，下雪了。"今年冬天的第一场雪。

3

"下雪了！"不知是谁突然出声。一瞬间灯被点亮，正好这个节目也结束了，教室里的人都聚到了窗边。

雪下得不大，但能看到雪花飘下来。今年冬天的第一场雪可算是来了，而且在圣诞节的晚上，给人的感觉就是不一样。

唐铭坐在前面，正要将这个消息告诉给自己的同桌，一回头却呆住了，很久才憋出一句："哎，陆迟你……"

"有什么好看的？"唐茵回他。

唐铭眨了一下眼："没什么、没什么。"没人知道他心里已经是一个又一个的感叹号满天飞了。天哪，有生之年他竟然能看到陆迟脸红！唐铭仔细回想了刚才的画面，绝对没有看错，陆迟的确脸红了，平常脸白得不像样，现在粉红色十分明显。

难道是唐茵做了什么？唐铭摸着下巴，以前唐茵过来，陆迟都面无表情的，今天脸红……一定是发生了什么。但他想了半天也想不出到底发生了什么，刚才他也没注意后面，想想还真后悔。

唐茵饶有兴味地盯着陆迟，自打刚才灯亮，陆迟便与她拉开了距离。两张桌子靠在一块儿，椅子间的距离就那么点。他最远也就是靠在墙上，坐得直直的。苍白的脸上染着绯红，偏偏表情正经得很，比以前更甚。

陆迟捏着笔，眼睛盯着空白的纸，旁边又有人盯着，简直如坐针毡。他不自觉就走了神，感官被放大，放在桌边一侧的左手缓缓上升……

"继续、继续！"前面突然大声叫，陆迟瞬间回神，看到自己的手离下巴就一点距离了，当即愣住。

他的余光又瞥到唐茵看着这边，想到自己差点抚上嘴唇就吓了一跳，掩饰性地整了整衣领，更加不知所措了。

唐茵若有所思地抬抬下巴，却什么都没说。

教室里又黑下来，看够了雪，大家伙终于又关了灯，距离晚会结束还有一段时间呢。但现在大家都十分激动，主持人在上面慷慨激昂地讲话，教室里又充满了欢乐的声音。

唐茵挪过椅子，悄悄凑到陆迟边上，小声说："你脸红的样子可真可爱。"她才说完，就感觉陆迟一下子僵住了。

半晌，陆迟才发出一个短促音："嗯。"现在黑黢黢的一片，没人能看清他的样子，这让陆迟宽心了不少。

他也才敢伸左手碰了碰脸，只觉得有些热。脑海里又浮现出之前的场景，月光映照得十分清楚，怎么都甩不掉。

唐茵没再问什么，逼得过紧反而会造成不好的后果，不如放松放松，反正还有大半年时间。在实验班又待了一会儿，唐茵才偷偷回了十四班。

实验班的晚会开始得早，结束得也早，因为很多人的心思都在学习上，所以节目也不多。

晚会结束后，每个人都开始收拾，也有的累了就坐在自己的位子上休息，和人聊天。

唐铭回头一看唐茵不见了，立马回到自己的座位上。过了片刻，他终于抵挡不住自己的好奇心，悄悄凑到边上，问："那个陆迟，我刚刚好像看到你……"

陆迟在他说话的时候就转向他，露出疑惑的表情。这样唐铭反而问不下去了，剩下的半句话在嘴里含了半天，最后果断咽了下去，然后装作自然地换了个问题："唐茵来找你做什么啊？"

陆迟稍微停顿了一下，平静地道："做……做题。"

做题？唐铭可不信做题能做到脸红，那得是什么题目，两个人才会争得面红耳赤？不可信不可信。但看陆迟一副不想说的样子，他索性只能自己歇了心思，慢慢"脑补"。

十四班的节目还在进行，苏可西察觉到旁边有人落座了，忍不住开口："终于想到要回来了啊？"

唐茵伸手捏她的脸："嘿嘿嘿。"

"你真猥琐。"苏可西打掉她的手，"今天又抽什么风？"她高深莫测地摇摇头。

苏可西狐疑地盯着她，绝对有哪里不对劲。看她这高兴的样子，难道是陆迟对她做了什么？苏可西一瞬间脑洞大开，完全朝着相反的地方一去不复返。

圣诞晚会结束后，大家又高强度地学习了几天，便到了元旦晚会。

学校的元旦晚会自然不同于班级准备的圣诞晚会，每个节目都是精心彩排过的，主持人也是精选出来的。至于来看节目的人，不光有高三生，也许还会有学校的个别领导。

一整天的课上完后，学校通知同学去大礼堂。学校的大礼堂很大，自然安排的位子也多，不过学校有几千人，不可能每个班都在，所以这次安排的就只有高三生和高复生，进行一场高考前的最后狂欢。

礼服早就做好了，只不过今晚才送过来。由于两个班的同学共同参与，所以满满当当地占了好大一块地方。两个班的班费加起来也不少，而且都高三上学期期末了，不花的话，下学期也花不了多少，所以在服装上投入不少，做工也很精致。

本来唐茵是想拉着陆迟一起去参演话剧的，可惜陆迟不愿意，她也就不强迫，只能让别人上。正好苏可西满腔热情，强盗头子的角色就被她拿下了。后台不大，所以他们就在旁边的教室里准备，没和其他班挤在一起。

门忽然被推开，鹿野喘着大气问："陆迟在不在这儿？"

"陆迟不在这儿。"不知是谁回了一句。

"不在？"鹿野重复，"我的天，那他跑去哪里了？刚才学生会来检查了，每个班没节目的人都要到。"之前出教室他们还在一起呢，到了大礼堂不久陆迟就不见人影了。

学生会开始检查了，再不来就得记名字了。虽然这没什么，但被班主任找总归不是什么好事。

教室里一下安静下来，唐茵正在帮苏可西弄着假发，听到这句话，手也停了下来。

苏可西从镜子里偷偷去看她的表情，她这几天都没去找陆迟，偶尔在走廊碰上也十分平淡，吃瓜群众都惊掉了下巴。苏可西虽然没和陆迟打过交道，但觉得他看上去性格严谨，应该不会迟到才对……

班长打着哈哈："可能是有什么事耽搁了吧，我好像今天看到他去校门口了，应该是他妈妈来了……不过我不太确定，要不你去看看？"

鹿野还没回答，唐茵已经转过身去："我去找。"她脸上平静得很，不像平常那样，一时间周围的人都停下了动作，没发出一点声音。还是苏可西最先反应过来："我这边自己弄，你去吧。"

鹿野紧跟着说："那行，我回去和学生会的人说一声，茵姐，陆迟可就交给你了。"有唐茵在，应该不会出什么事。

"嗯。"唐茵点头。她放下手中的东西，加快速度离开了教室。

刚才班长说的话唐茵没错过。

陆迟的妈妈唐茵虽然没见过，但上次陆宇的事情让她对他家的情况有了些猜测。既然人来了，现在肯定是进不来的。

学校平时是不允许家长进来的，尤其是高三生的家长，只能在门卫室那边等，等学生确定以后才可以进去，而且要当天出来。

她最后一次看见陆迟还是在十几分钟前，想必现在人还在门卫室那边。学校的大礼堂在行政楼这边，离校门口有很长一段距离，还必须穿过天桥。

外面的雪已经化了，这几天都是晴天。路灯是亮着的，唐茵于是加快速度跑了起来，终于，她在行政楼不远处看到了陆迟的身影。

对于陆迟的背影，她绝对不会认错，跑近了就更加确定了。

陆迟和他妈妈果然站在校门口那边，两个人似乎因为什么事情在争吵。而且从她这边来看，他妈妈的表情似乎有些疯狂。

唐茵小跑过去，还没走到边上就听到了女人的声音。

"迟迟，快跟我走！"王子艳声音尖厉。她两只手一起抓住陆迟的右手不放，偶尔蹦出两句较为尖锐的话。

陆迟见她神情不太对，没敢用太大力气，手腕被攥得有些疼，眉毛微皱："妈，你先……先放……"

他的话还未说完就被打断："不行！你一定要跟我走，不然你就要被他带走了。你是我的儿子！一定要跟我走！"

陆迟的话堵在嘴里，埋怨起自己的结巴来。他不知道为什么才半个月不到的时间，妈妈就变成了这样。

上次他从家里离开的时候，已经成功说服妈妈去和爸爸离婚了。他还想着等下次自己回家，事情就已经办好了。

但现在不知道又是哪里出了问题，越急越出错，陆迟一边磕磕巴巴地说着话，一边试图抽出自己的手。但王子艳用的力气太大了，他的手一直被她攥着。

"迟迟……跟妈走……走……走……"王子艳不断地说着。

唐茵听到这话直觉不对劲，就像魔怔了。正常人哪会这么说话，还是和自己的儿子！

陆迟的手腕有些充血："妈……妈……"

王子艳充耳不闻，一直重复着自己刚才那句话，还蹲了下来，连带着陆迟也不由自主地蹲了下来。

唐茵从后面上前，目光落在陆迟已经变得通红的手腕上，眼睛微眯，心都揪住。看陆迟反而在安抚自己的妈妈，她心疼地伸手去碰他。

被陌生人一碰，王子艳就更加敏感了，红着眼直接将陆迟往自己身边一拽。陆迟没有一点防备，瞬间歪倒在地上。与此同时，王子艳也尖叫起来。

4

唐茵赶紧上前将两人分开，王子艳看到唐茵后，反而更加疯狂，又朝陆迟抓过去，还说些听不懂的话。她看起来横冲直撞地，仿佛沉浸在自己的世界里。

等看到她的下一个动作，唐茵差点倒吸一口冷气，眼明手快地直接一把推开陆迟，挡在他前面，被撞得发出一声闷哼。

他妈妈疯狂起来，力气还真不小。她只感觉连胸口都受到了冲击，却没想到接下来王子艳竟然自己昏了过去。唐茵伸手碰了碰，她是真昏了，一点反应都没有，扎好的长发也乱了。

陆迟将他妈妈抱到自己身边，说："你……你别管。"

唐茵瞪他："你都是我的人了，我怎么不能管？"唐茵没有半点不好意思，拍拍衣服站起来，"看来要送去医院，正好医院也离得近。"学校对面正好是新搬来的市第三医院，现在送去那里最好不过了。

"嗯。"陆迟低低地应了声。他妈妈现在已经完全昏迷了，但整个人看起来还是十分不安，恐怕这段时间也一直在这种情绪下生活吧。

陆迟将她背起来，唐茵有先见之明地带了手机，飞快地拨打了120。

"疼……疼不？"

唐茵有些疑惑，收了手机抬头发现陆迟正盯着她。

陆迟见她没反应，又问了一遍。

唐茵浅浅一笑，朝他摇摇头，两个人朝着门口走去。

"哎，你们要去哪儿？"门卫叫道。大晚上的可不能随便放人出去，万一出事那可就是他的责任了。

他以前看新闻，就看到有学校的学生大晚上的出去，后来被车撞了，家里人找到学校，闹了好久。作为门卫，自然不能让这样的事情发生。

唐茵指了指对面："我们要去三医院。"

门卫有点难做："你们就这样去？救护车喊了吗？"

"还没来。"唐茵说。大冬天的肯定不能在外面，她转了转眼珠，转身对陆迟说，"门卫室里有空调，把阿姨先扶到里面吧，等救护车来。"

话音刚落，救护车的声音就出现了。几个护士下来，动作熟练地将王子艳抬到担架上。

　　陆迟看了一眼身后的唐茵，迈开步子跟了上去。唐茵也赶紧跟过去，不然车就走了。

　　看门卫叔叔一脸担忧的表情，唐茵说："我待会儿会跟我爸讲的，再说了，跟着救护车去也没事。"

　　门卫本来也想跟着去的，但考虑到今天另一个值班的同事生病请假了，他不能离开这里。

　　等救护车离开，他才拨通了老师的电话。虽然不知道那个男孩是哪个班的，但唐茵他还是知道的，通知她的班主任一声应该就行了。

　　救护车里很安静，剩下的只有护士和医生偶尔的说话声。陆迟紧紧盯着王子艳，脸色苍白，薄唇抿成一条线，显得格外冷峻。

　　唐茵小声地开口："陆迟，你不要太担心。"她没想到事情会严重到这种地步。

　　"手。"唐茵惊呼一声。刚才她还没注意，现在一看陆迟的伤痕明显，还有指甲的划伤，最严重的是在地上摩擦出来的伤口，细小的沙覆盖在伤口处，渗出丝丝血迹。

　　陆迟低眉，反射性地将手往后一缩。她直接把他的手拽出来，担忧地道："你看，都破了，赶紧处理一下。"

　　"没……没事……"陆迟哑着嗓子。

　　护士听到动静，过来给他擦了点碘酒。整个过程陆迟都没有说话，眼镜遮住了他的眼睛。从这边看，唐茵也不知道他现在的情绪。

　　到了包扎的时候，唐茵突然伸手接过来："护士姐姐，我来吧。"护士一愣，看她的表情和眼神，立刻就懂了，不过还是问了句："你会吗？"

　　"会的，我学过包扎。"唐茵点头，毕竟她以前比较调皮，总会受伤，后来自己就学会包扎了。

　　"那好，你小心点。"护士也没强求，毕竟只是破了点皮，没什么大事。

　　陆迟有些不满，只是看着她。唐茵拍拍他的手，笑道："放心，我技术很好的。"对自己的心上人，那肯定要格外谨慎了，她连动作都放轻了好多呢。

陆迟没抽出自己的手，默许了她的行为。灯照在她的脸上，睫毛微颤，含着春情一样的桃花眼低垂着，却依旧引人注目。陆迟的耳朵动了动，转过头不再看她。

学校离医院不远，几分钟就到了。一系列检查做下来，已经很晚了。

最终王子艳被确诊只是精神过度紧张造成的昏迷，再加上营养不良，只要打点葡萄糖就行了。

人送到病房后，医生又叮嘱了几句，就带着护士离开了，陆迟和唐茵都站在边上。

实验班班主任吴老师也赶了过来，看到这情形，也暗自叹气。陆迟的性子可不就是家庭造成的嘛，这次还出了这样的事。

他看向对面："唐茵，你先回去吧，这里有我在就行了。"

唐茵直接回答："不。"

吴老师也不知该说什么好。他不是她的班主任，而且就算是林老师来了，估计也没用。不过有他在这里，应该也不会出什么大事。

陆迟转向吴老师，低声说了几句。吴老师有些愣神，随即只能又叹了口气，离开了病房，去下面缴费。

到了后半夜，医院人不多，走廊上只有几个护士在走动。陆迟又看向唐茵，语气强硬道："回……回去。"

他的语气是罕见的强势的，唐茵一下子没反应过来，直到陆迟又重复了一遍。

"好，我回去。"唐茵无奈地道。

半夜，突然王子艳呻吟起来，动静不大，但陆迟骤然惊醒，他凑近了才听到。

"水……"

很快又听不见声音了，陆迟只好去外面接水。刚推开门，他的视线就定在一处,唐茵居然歪在椅子上睡着了。

"咦?"转角处突然传来小小的声音。陆迟先看了一眼唐茵,没醒,才转过头去看。一个护士走了出来,刚才的声音应该就是她发出来的。

"你们不是一起来的吗?"护士走近了,疑惑地小声问,"我几个小时前就看到她在这儿了,怎么没走还睡着了?"

陆迟睁大眼:"几……几小时前?"

"对啊。"护士点点头,想了一下,"那时候……大概是十一点左右吧。"几小时前她来给另一个病人换点滴,看到一个漂亮的女孩孤零零地坐在这儿,就询问了两句。当时这女孩还说自己一会儿就走了,所以她也就没管了。

换完点滴后,她还不放心地又问了一遍,确定女孩没说谎才放心离开。谁知再过来时还在,现在都深夜三点多了,她居然在这儿睡着了,也太不安全了,而且要是冻着了怎么办?医院虽然开着空调,但睡着了肯定会冷的。

陆迟没回答。

"我去叫醒她吧,这样肯定会着凉的。"护士说着,正准备走过去叫醒唐茵,却被身后的人拽住。

陆迟朝她摇摇头,声音极低:"不……不要。"

"嗯?"护士没有反应过来。

陆迟直接挤到她前面,挡住了她的去路,小声道:"我来。"

"那好吧,一定要记得轻点噢。"护士微笑着叮嘱,然后拿着药进了隔壁病房。走廊上又恢复安静,只剩下两个人的呼吸声。

陆迟的嘴唇动了动,弯下腰来,正准备伸手,椅子上的人突然动了一下,他顿时收回了手。唐茵眉毛微蹙,无意识地缩了缩。

见她并没有醒过来,陆迟偷偷松了口气,将自己的外套脱下来盖在她身上,而后小心地将她抱起来,动作极轻。唐茵皱眉动了动,陆迟就僵住不敢动。

护士刚好从病房里出来,看到他这样子,就要过来帮忙。还没等她走过来,又看到这男孩摇摇头,显然不用她帮忙,只好自己在边上看着。

唐茵动了一会儿没醒,反而找了个舒服的姿势歪在陆迟怀里又睡了过去。陆迟深吸一口气,还真怕她醒过来,好在她睡得够沉,陆迟轻手轻脚朝着最里面的病床走去。

门外的护士一直没走，看着两个人进了对面的病房。她年纪不大，一开始只是觉得很平常，但刚刚一系列动作下来，她感觉这个男孩对女孩很珍重的样子，都不愿意吵醒她，连动作都这么轻。

男孩虽然面上看起来冷冷清清的，倒是挺细心的一个人，让她挺有好感的。现在的男孩都这么有心了？她摇着头离开了。

病房的灯只开了一盏，越靠近里面就越暗。里面的病床有两张都是空的，陆迟缓缓走到第二张床边，把她小心地放在床上，生怕将她吵醒。看人还没醒，他又展开被子给她盖上，弯下腰给她调整姿势。

唐茵突然伸手碰到了陆迟的脖子，将他带了下来。她平时力气就不小，陆迟差点压到她身上，还是把胳膊撑在床上才没倒下的。

陆迟睁着眼，没敢再动，此刻离她不过一拳的距离，若有似无的清香顺着空气钻进他的鼻子里。

离得近了真是什么都能看清，唐茵的皮肤很好，脸上只有细小的绒毛，光滑得像剥了壳的鸡蛋，嘴唇是樱桃红的，鲜嫩欲滴，陆迟忽然闭上眼。

唐茵半天没什么动静，他才放心地抽出自己的手，想要把她的胳膊拿开。可手刚碰到细嫩的皮肤，就听到眼前人突然小声嘀咕了一句："陆迟迟。"

5

陆迟的心跳仿佛停了一下，他还能听到浅浅的呼吸声，伴随着嘟囔的话语。睡着的唐茵和平时有很大区别，往常活泼生动的她现在变得十分安静，有种独特的魅力。等了许久，陆迟都没等到她的下一步反应。

唐茵一无所知地继续睡，只是收回手轻巧地翻了个身，背对着他，露出飘逸的长发。

原来是在说梦话，陆迟从床边起身，站着看睡着的人。她的侧脸被凌乱的头发挡住了一些，白皙的脸颊若隐若现。

半晌，他伸手捏了捏自己的耳朵，微弱的热气传到指尖，做贼似的偷偷看了一眼唐茵，心里松了口气，幸好她不知道，不然不知她又要说什么令人惊恐的话了。

陆迟收回心神，将被子又掖了掖，这才想起自己是要出去打水的，赶紧离开了病房。

没想到，在水房里又碰上了那个护士。女护士值夜班，有点困，还在捂着嘴打呵欠。看到他进来，她说："又看到你了，你现在还在上学吧？"

"嗯。"陆迟低低地应了声。

"我跟你说，下次不要让女孩一个人在外面了，不安全。"女护士在他走出水房前又忍不住开口。

陆迟脚步停顿，回头向她点点头。

等回到病房，喂过王子艳水后，他也没了睡意，坐在床边出神。他不由得将目光放在第二张病床上，一双眼睛显得幽深。

他之前让她回去，是因为觉得自己一个人守着就够了，可没想到她压根儿没听他的话。想到之前她在椅子上睡着的画面，陆迟紧紧地抿着唇。

唐茵醒过来时，天已经亮了，她迷迷糊糊睁开眼，对着雪白的天花板发了一会儿呆，终于回了神。

正要起来，就看到陆迟趴在那边的床上睡着了。唐茵轻轻地掀开被子，下床离开了病房。

医院是新建的，连一次性牙刷之类的物品都在洗手间备好了，服务很周到。等洗漱完，她便向外走去。才走到转弯处，一个女护士遇到她，对着她笑了笑："昨晚你可是在外面睡着了，也不怕着凉。"

唐茵这才想起是那个问过她话的护士姐姐，于是对她笑着点头。

"凌晨的时候，是那个男孩把你抱进病房的。"女护士接着说，"以后在医院可不能这样，太不安全了，尤其你还是个女孩。"

"他抱我？"唐茵指了指病房。

"是啊，我要去叫你还被他拦住了，他动作很轻，看来没吵醒你。"女护士说，"你们是嘉水私立中学的学生吗？"该不会是早恋吧？

看来这个护士姐姐并不知道他们是学生，唐茵狡黠地说："不是，我都毕业一年了。"

"看着你还挺小的。"两个人聊了一会儿就分开了。唐茵在医院旁边的一家早餐店买好早餐，又回了病房。

陆迟醒来时发现已经八点了，看到妈妈没醒，他又朝里面看去。病床上已经没了人，掀开的被子还没叠，就放在那儿。

不知怎么的，陆迟突然有点不舒服。发呆了几秒后，他先出去洗漱了一番，然后回来将被子叠好。还没等他回到椅子上坐下，病房门就被打开了，进来的是唐茵。

"你醒了啊？"唐茵顶着一张笑脸。

陆迟有些意外，但一想到昨晚她也是这样，一直等在这边，便也不觉得意外了。他眉眼微垂，低低地应了声，有些不知所措。

唐茵没发觉不对劲，考虑到病房里还有病人，压低了声音："我买了早餐，你快过来吃。"

陆迟站在不远处，看着她笑靥如花，感觉胸口被扯了一下。

王子艳终于在昏迷的第二天晚上醒了，实验班班主任吴老师给陆迟批了假，又和十四班班主任林汝说了一下，顺便给唐茵请了个假，虽然唐茵也不怎么需要这个假期。

清醒后的王子艳要求出院，被陆迟拦了下来。她又要求儿子回学校去，和昨天的疯狂判若两人。

唐茵在她醒来后便去了病房外面，她知道陆迟肯定不想自己看见这样的画面，等陆迟出来已经是许久以后了。

"要回去了？"唐茵抬头问。

陆迟点头。

"你还没吃晚饭呢。"她戳着他的肩膀，羽绒服陷下去一块，"咱们先去吃饭吧，然后回去，反正回去也是上晚自习。"他只顾着给妈妈喂粥，自己都没有吃一点。

陆迟盯着她看了几秒，喉咙动了动，最终安静地点了点头。

她带他去了嘉河边上的摊子吃东西，大排档烧烤之类的，他们随便找了家离医院近一点的店。

　　唐茵点了几样烧烤，然后就撑着脸和陆迟说话，才说了几句就听到后面传来哭泣声。

　　她回头看过去。是个挺秀气的女孩，年纪和她差不多，脸上的妆都哭花了。而女孩的对面坐着一对男女，貌似很亲密的样子。

　　"凭什么……"女生抽噎着问。

　　男生答："我们俩不合适，一直以来我都把你当妹妹。"

　　妹妹？唐茵听到这个词，几乎笑出声来。都什么年代了，居然还有人用这样的理由来谈分手。

　　两张桌子离得不远，她想了想，还是伸长胳膊，将自己刚才要来的抽纸放到女孩的桌上。女孩本来还在哭，被这突然冒出来的抽纸弄得一愣，偏头去看。

　　唐茵直接就说："别哭了，再委屈也别当着别人的面哭，多掉价啊。"

　　没过一会儿，隔壁桌的女孩又有了一丝动静。她侧头去看，那桌上放了几罐啤酒，就看到那女生一罐罐喝，喝着喝着就哭了，哭了又继续喝，看上去一片混乱。

　　陆迟将她的头转过来，低声道："别……别看了。"

　　唐茵与他对视，应道："好好，不看了。"

　　他们吃的是烧烤，一直没上来，她又催了一下。就在这时，那女生肿着眼睛，红着一张脸，走到唐茵的桌前，小声地说了句："谢谢。"

　　唐茵回了个笑脸："不用谢。"要不是今天她心情好，那男的还能跑掉？

　　女孩的眼里还有点泪珠，夜里被灯照着亮晶晶的，微笑的表情都做不出来。她偷偷看了一眼陆迟，嘴角抽搐，轻声道："还是谢谢，祝你们幸福。"说完，她转身便离开了，很快消失在茫茫夜色里。

　　唐茵也一愣，没想到女孩最后说的一句话竟然是这个，尤其是女孩笑不出来也努力笑着祝福他们。

　　她转头就看到陆迟在发呆，于是挥了挥手，凑过去说："看到没，路人都觉得你是我的。"陆迟还没说话，唐茵又开口，"要是你对我不好，我就……我就……"憋了半天，她抓抓头发，语气弱了点，"就把你绑住。"谁让他长得好看呢。

陆迟哭笑不得。

第六章

1

陆迟妈妈的事情，唐茵并没有多管。首先，以她的身份现在管不了，再说她感觉陆迟妈妈对她的印象不是太好，可能是之前冲上去的原因。

第二天回到学校，林汝问了几句，然后就放过她了，她这才知道居然是吴老帮她请假了。

唐尤为晚自习也来了她班上，唐茵的眼珠子转了转："爸，你还不放心我？"

"我是你爸，当然担心你。"唐尤为瞪眼，"你看看你，教导主任都和我说过多少次了。"

"可是大家都喜欢他呀。"唐茵挽上他的胳膊，"陆迟好可爱，我好喜欢他。爸，你一定也会喜欢他的。"

唐尤为哭笑不得。

唐茵又补上几句："所以你说这么多有什么用呢？我成绩又不会下降，也不会耽误别人。"

唐尤为刚想反驳，就又听到女儿的声音："喜欢陆迟的话，我还能有动力学习，难道不比出去调皮捣蛋好多了？"

唐尤为思考了一下，好像是好一点，起码不用再担心安全问题。天知道他为女儿调皮的事情，头发都掉了多少。他这么老实的人，怎么会有个这么调皮的女儿？一定都是蒋秋欢的错，非要送孩子去学什么武术，还是散打，现在可好。

唐茵拍了拍他的肚子，低声道："好啦，爸，我知道分寸的。"唐尤为摸摸她的头顶后离开了。终于把自己老爸糊弄走了，唐茵笑了笑，伸了个懒腰，回了教室。

晚自习后就放学了，但不少人还会再留一会儿。唐茵也无聊，没打算回去。就在她发呆的时候，桌前突然出现一本从没见过的资料，上面"物理"两个字大得很。

唐茵飞快地转头，果然就看到陆迟坐在自己旁边。苏可西已经在另一个空出来的座位上坐下，正冲她眨眼。

"你来……有事？"唐茵迟疑着问。

陆迟看了她一眼，然后转过头直视黑板，嘴里吐出两个字："补……补习。"

看他这紧张的样子，唐茵就忍不住嘴角微扬。

她歪着头看他："补习什么呢，书呆子？"

陆迟又转过来："物理。"他好看的手指在资料书上敲了敲。

唐茵拿过资料书，翻了几页，是她没看过的资料书，和上次陆迟帮她选的有很大的不同。这本延伸题居多，那本则是普通练习居多。她点点头，坐直身子："好啊，补习。"又凑过去小声说，"你现在可就是我的私人补习老师了。"

陆迟轻咳几声，没回答她的话，转而翻开了资料书："做……做完这……这道题。"唐茵收回落在他脸上的视线，应道："好，做。"

时间过得很快，马上就要进行第一次模拟考试了，简称一模。一学期的紧密复习都是为了这次模拟考，不仅学生紧张，就连老师也紧张，生怕自己班上的学生出什么错。这段时间唐茵的物理成绩没让人失望，物理老师和班主任轮番叮嘱，让她放宽心。

全省的一模联考，要是考进前十名说出去多光荣。林汝说："一定不能掉下去，一分就是千人之差，尤其是成绩好的那些，一分就可以甩开好几个名次。"

去年的省状元和榜眼的成绩只相差一分，别说他们觉得可惜了，恐怕两所学校都是一所庆幸一所惋惜吧。省状元这样的招牌，影响力实在是太大了。

之前的考试都是市里联考，真正全省联考，这是头一次。并且一模是很重要的一次考试，虽然后面还有二模、三模。

林汝面带微笑："你这段时间物理成绩进步很快，物理老师和我夸过你不少次了，好好保持。"

"好。"唐茵嘴上应着，成绩什么的，她并不怎么放在心上，大不了下一次再考好点。

她甜甜地想：这段时间陆迟每天晚上都会来十四班，然后花十几分钟给她讲题。一开始她还以为只是一两次，谁知整整持续了将近半个月，连她也受到了惊吓。而且不管她怎么说，陆迟都不听。

唐茵的物理小考丢分越来越少，最后基本稳定在一个分数段内，与满分只差一两分，有一次竟考了满分。

她本来是讨厌某种题型的，根本就不想写，但陆迟非逼着她写，还专门找这种题型的，一套做下来她也就没有讨厌的心思了。而且有心上人坐在旁边给自己补习，感觉挺好的。

考试那天学校没让学生上早自习，按学号安排考场，并且监考老师是外校的。

早上唐茵一起床，就听见张梅在那边念叨："我好紧张，不知道突击有没有用，要是考不好今年也别想过好年了……"

现在已经是一月末了，第一次模拟考试就相当于期末考试，考完就放假回家，所以大家都很担心能不能过个好年。

张梅穿好衣服，幽怨地看了一眼正在穿衣服的唐茵："我要是像你这么淡定就好了。"

唐茵眼皮也不抬："羡慕不来的。"

"唉。"几个人相伴去了食堂，考试期间各个寝室的起床时间都不一样，人也很少，都不用排队，唐茵她们拎着豆浆和包子在路上边走边吃。

南方的冬天很冷，冷到骨子里。昨天晚上下了一层雪，学校没人扫雪，脚踩在上面还有"咯吱咯吱"的声音，不绝于耳。

"唐茵，前面那个是不是你家陆迟啊？"张梅忽然开口。

她向着张梅手指的方向看去，那熟悉的身影不是他还能是谁？

陆迟和鹿野、唐铭他们走在前面，和他们一比，陆迟走路又安静又平稳。唐茵三两口吸着豆浆，加快速度走了过去。苏可西、张梅她们都不意外了，还开口说："加油加油！"

陆迟突然被人拍了肩膀，他朝左边看去，没人。唐茵从右边挤过去："你怎么这么傻？"突然冒出来一个人，鹿野和唐铭惊得往旁边一跳："哇。"

"陆迟，我突然想起来我没吃饱，我再去买个包子。"鹿野说。

唐铭紧跟其后："我也是！我去买豆浆！"

两人一顿抢话，陆迟动了动嘴唇，半天没说出话来，半晌无奈地转过头。

唐茵吸着豆浆："陆迟，这么久没见，有点想你了。"

陆迟觉得似乎哪里出错了，机械性地回应："才一……一晚。"明明昨天晚自习后才给她补习过，怎么可能很久没见面？

唐茵继续不要脸地说："谁叫我一眼就看上你了，那么长的时间我当然等不及了。"陆迟沉默了，他就不该问。

第一次模拟考试打乱了排的考场和座位，她和陆迟一个在一楼，一个在三楼。

陆迟没再说话，径直往前走。唐茵就跟在他边上，无关紧要的事情也要拿出来说上一遍。

唐铭和鹿野落在后面，偶尔还能听到唐茵的声音。两人对视一眼，相处了大半个学期，他们都清楚，陆迟可不是能听废话的，起码是不听他们废话的。那今天太阳是从西边出来了？

考完试后时间还早，学校要求学生回班里继续上自习，毕竟现在离原本中午的放学时间还有将近一节课的时间，不能浪费。自习上到一半，外面突然下雨了。雨下得很大，融化了一些雪，走起路来更艰难。

苏可西朝窗户外面看："我的妈呀，幸好我带伞了。"这场雨下得太大了，也算是冬天的第一场雨，"哗啦啦"的声音即使关上窗户也还能听到。班上不时有人埋怨自己没带伞，唐茵没说话，转着笔做题。她的伞一向有两把，一把放在教室里，一把放在宿舍里。

"哎呀，待会儿恐怕有很多人要淋雨了。"苏可西说。

大家都在问是否带伞了，然后商量着凑在一起回宿舍。下课铃声一响，大家就都冲出教室。唐茵和苏可西走在最后，慢悠悠地晃着。

"那个……"苏可西转头就看到从那边走过来的人，有点难以置信地揉揉眼睛，又迟疑地拽了拽唐茵的袖子。她们才走到一楼的转弯处，居高临下，可以清楚地看到楼梯外面的情形。雨下得很大，连带着雨里的人都模糊了起来。

陆迟站在对面的走廊上，看着外面的雨，脚步有些迟疑，俊秀的脸上有一丝丝急躁。

唐茵将书直接扔给苏可西："帮我带回去。"说完，她拿着自己的伞大步朝外跑去。

还没等她到那边，陆迟就已经踏出了走廊，整个人浸在雨下不过几秒就全身湿透，衣服紧贴在身上。他个子高，步子很大，小跑起来，唐茵在后面撑着伞没跟上他。

眼见着他就要走远了，唐茵喊道："陆迟。"

大雨中，陆迟转身，隔着雨模糊地看着她。唐茵赶紧跑过去，她比他矮一点，就只能再举高一点，撑在他的头顶，不满道："下这么大的雨，你怎么不和同学一起走？"

陆迟下巴紧绷，发上的雨滴落下来，整张脸在水汽中泛出一层光。黑发被水打湿成一缕缕的，遮在额头上，衬得他的脸更加白净，多了一丝魅力。水顺着他的脖子落入衣服内，喉结微动，唐茵咽了咽口水。出浴美人似的，没想到陆迟淋雨后会是这个样子，眼镜依旧没取下。

陆迟转开头，不看她。

唐茵还准备说什么，手中的伞就移了位，头顶落下一个低哑的声音："走。"

"走走走。"她回神。

2

唐茵迫不及待的样子反而让陆迟觉得无奈，他个子高，打伞方便，唐茵乐得轻松，就乖乖跟在他身边。

唐茵说："你没带伞怎么不来问我？我有伞啊！"

陆迟心想：我怎么知道你带了？

唐茵又说："我的伞就是你的伞。"连续不断的雨滴落在伞上，发出"吧嗒吧嗒"的声音，盖过了周围喧嚣的一切，陆迟却依旧听清了她说的话。

走到食堂前，他们才发现那边都被淹了。有没带伞的学生直接走过去，积水已经到了小腿下面一点，并且浑浊不堪。

现在大冬天的，直接走过去的话鞋子肯定会湿，大多数人还是不愿意的。但又不能不吃饭，就纠结地站在那儿，导致周围聚集了不少人，在水塘边围成了一圈。

陆迟和唐茵也停在那儿没动，唐茵低头看了一眼自己的雪地靴。今天特地穿了短的，才过脚踝一点，估计要是踩进去，恐怕靴子里就全是水了。她幽幽地叹了口气，最讨厌鞋子里头进水泡着脚的感觉了，黏腻腻的，难受死了。

陆迟也跟着低头，目光同样落在她的鞋上。

半晌，他开口问："你宿舍有……有零食吗？"

"昨天才吃完。"唐茵苦兮兮地摇头，昨天她和苏可西可是将柜子都翻了个遍。

陆迟眼里透出丝丝无奈，说话间又有几个人直接蹚了水，过去之后站在台阶上哇哇大叫，还脱了鞋在那边倒水。冬天厚重的棉鞋里全是水，还得挤干继续穿。

唐茵叹了口气，拽拽他："咱们也蹚过去吧。"说着就伸出了一只脚。

就在这时，陆迟突然拉住她，直接将伞塞到她手里，下一刻就拦腰将她抱了起来。

唐茵都没反应过来，只是瞪大了双眼。她问："你干什么？"

陆迟平静地回答："过……过水。"

她揪着他的衣服："大冬天的，我这么重，你居然抱得起？"

明明很轻，他没反驳，抬脚往前走。唐茵窝在陆迟怀里偷笑。

唐铭和鹿野也是围观人员，两个人纠结了半天，决定还是回宿舍去。上次还留了一桶泡面，正好将就着吃。谁知一回头，就看到陆迟弯腰一把将唐茵横抱起来。

于春从人群中挤出来："哇。"他赶紧嚷嚷，"都快让开，让开！快让道了啊！"本来盯着前面的积水瞧的一群人齐刷刷地回头，看到令人震惊的一幕，"哗啦啦"地一下子让开了宽宽的一条道，今天看到了什么不得了的事情……

陆迟绷着脸，尤其是发现那么多人的目光在自己身上，连带着呼吸都变得更慢了。他目不斜视地径直走过积水，眨眼间两个人就已经在食堂门口的台阶上了。

围观人群中的女生都忍不住和朋友说着悄悄话，少女心都要跳出来，哪里还记得自己没吃饭。就算曾经看到过两人有些亲密动作，也从来没想过今天他会当着众人的面将她抱起来。

食堂里的人很少，陆迟和唐茵进来就打了饭菜，本来还准备带回去吃的，现在就只能在这儿吃了。

"得让学校改善一下伙食。"她戳着米饭对陆迟说，"你看你，多瘦。"

陆迟无奈地看着她。

"不过胖也不好看。"唐茵揉揉脸，盯着他看了一会儿，"还是就这样吧。"

陆迟憋了半天，终于忍不住打断她："食不……不言。"

"好好好。"唐茵在嘴唇上做了个拉拉链的动作，忽然停下看着陆迟说，"陆迟，我手疼。"

陆迟看着她，露出疑惑的表情。

唐茵一副凄惨的样子："你喂我呀。"

陆迟决定不理她，吃自己的饭。结果半天没听到对面的声音，他抬头就看到唐茵眼巴巴地看着自己，就像可怜的小猫咪。

他顿住，好看的眉毛拧在一起。半晌，他伸手用唐茵的勺子舀了一口饭，伸到她面前，面无表情地道："吃。"

唐茵不客气地一口吃下，满足地说："你喂的饭就是不一样。"

陆迟无奈，这有什么不一样？好在接下来的一段时间内，唐茵没再提乱七八糟的要求，他也偷偷松了口气。

吃完后，唐茵放下筷子，猛地凑上前说："我这么可爱，你能不动心吗？哼哼。"陆迟被她最后两声哼哼吓得手抖了抖。

吃饭花了不少时间，出来后雨都停了。原本厚厚的积水已经排尽，只剩下薄薄的一层，可以直接走过去了。

两个人从食堂边上拐进了一栋宿舍楼，这栋宿舍楼离食堂很近，从一楼走廊穿过，再从另一头出去，就可以直接到后面两栋宿舍楼了。

宿舍楼的一楼走廊里总是有些黑，陆迟先走进去，还没等唐茵跟上去就听到有陌生的男生大叫。

她赶紧大步走过去，声控灯突然亮了。唐茵看清那边的情景后，愣在了那里。认识了几个月，她才清楚地看到陆迟不戴眼镜的样子。眉眼妖艳，眼尾狭长，却又意外地引人着迷，好看极了。

他面前的男生呆住了，下一秒，陆迟就去夺他手中的眼镜，冷冷地吐出一个字："滚！"与他往常冷冷淡淡的样子截然不同。男生一愣，眼镜掉在地上也顾不上了，被他吓得直接跑远，转眼消失在楼梯口。

陆迟弯腰去捡，唐茵却先一步捡起了眼镜。她问："你怎么了？"

陆迟忽然嘴唇下压，往常冷冷淡淡的眉眼，幽深中带了一丝明灭的火，直直地看进了唐茵的眼底。一瞬间，唐茵的心里全是"不得了，陆迟开始学会勾引人了"的弹幕……

顷刻间，陆迟的眼尾发红，并抬手捂住自己的眼睛，强硬地别过头去，从她手中拿过眼镜戴上。

唐茵明显看到他的手在抖，重新戴上眼镜的陆迟恢复了往常的样子，与刚才的样子截然相反。两个人保持着蹲在地上的姿势，连空气都安静下来。

唐茵低头看地上，问："陆迟，你为什么要戴没有度数的眼镜呢？"她刚才拿到眼镜就发现了，根本就没有度数，只是很普通的镜片，和近视远视的眼镜不同。

陆迟呼吸停顿，楼梯间陷入一片寂静。陆迟僵在那里，既没走也没动，薄唇紧抿成一条线。唐茵迟疑地开口："陆迟，你……不抬头吗？"

陆迟眨眨酸涩的眼，就是不看她："不。"

唐茵发现，陆迟自刚才到现在一直没看她，之前甚至捂住了自己的眼睛。他显然是不想让别人看见，可是那双眼睛那么好看，为什么要遮住呢？唐茵有些不解。

她琢磨了一下，又开口问了刚才那个敏感的问题："陆迟，你为什么戴眼镜？"

藏在记忆深处的某个画面又浮上陆迟的心头——

"哇，陆迟原来是女孩！"

"不对不对，是女……女孩！哈哈哈哈！"

"快把他的裤子扒了，他一定是打扮成男孩和我们一起玩，不要脸不要脸！"

五年级某班，下课后，几个人聚在一起围在教室的角落里。从缝隙中可见一个漂亮的男孩被围在一圈人中央，眼泪在眼眶里打转，哭着说："不……不要……"

"不要脸不要脸！"他们做鬼脸，伸手去拽他的衣服，"你是不是女孩？为什么要打扮成男孩的样子？"

"都是一群小孩子闹着玩的，哪有那么严重。我家阳阳就是调皮了点，是吧，阳阳？"

"老师，你看是不是那个小男孩先惹他们的，不然怎么几个人都围着他？我看源头肯定在他身上！"

"李老师，小孩子不懂事，道个歉就行了。"

断断续续的话语组成了一幅幅画面，让陆迟感到有些恐慌。

"我……我走了。"陆迟的声音轻飘飘的。

"陆迟。"唐茵忽然上前，将他的下巴抬起来，然后捧着他的脸，认真地说，"你要知道，它天生就该长在你脸上，别人都不会有你好看，他们是在嫉妒。"

陆迟睁开眼，视线透过平光镜片与她不期而遇，唐茵亮晶晶的眼里犹如盛满了星星。

3

对视片刻，走廊入口传来细碎的说话声。陆迟忙不迭地站起来，下巴离开她的手，移开视线。唐茵紧跟着站起来，看他垂在身侧的手，迅速地握住："你这么好看，我可喜欢了。"她虽然这样说，但也预料到，如果这一次没有走进他心里，下一次恐怕就与他形同陌路了。

陆迟抿着唇，没回答她的话。

唐茵正等着他的下一步反应，就感觉黑暗中自己的手被抓住，下一刻被陆迟拉着往前走。她忍不住偷偷松了口气。

走廊不长，两个人很快就走到了尽头。外头很亮，传来一些细碎的声音，还可以看到一些走来走去的学生。临到门口，陆迟抽回了自己的手。唐茵也不意外，偷笑着先走了出去，朝他挥手："下午见。"

少女的五官生动活泼，陆迟看着她，不禁想，她似乎从来没有感觉过自卑，整日都是自信张扬的模样。然而……这一直是他所缺少的。

昔日嘲笑他的话语又响在耳边，他的脸色渐渐变差，突然感到胸闷，那句话又跳上心头，驱散了所有黑暗。陆迟的目光落在唐茵即将消失在前面那栋宿舍楼的身影，嘴唇缓缓地勾起。

第一次模拟考试来得快，结束得也快，成绩下来得更快，所有老师的目光基本都放在了第一次模拟考试的成绩上。

第一次模拟考试虽说不是高考试卷，却是和高考最接近的一次考试了，并且所有成绩都将参与全省排名，是最容易看出学校教学成果的考试了。

学校自然考虑到了所有情况，发给每个班主任的成绩单上还添加了学生的全省排名。高中部三楼的办公室自拿到成绩单的那天起，喜悦就冲上心头。

实验班班主任吴老师最先拿到成绩单，看到陆迟的成绩排在全省第一，脸上几乎要笑出一朵花来。陆迟的天分他是知道的，偶尔会有失误丢分，但更多情况是除了语文其他科目都是满分。

这个学生他非常喜欢，天赋摆在那儿，但从不骄傲。每次看到他的时候，他基本都在看书，资料书比班上其他人都多，并且对题型烂熟于心。教陆迟的老师不止一次在吴老师面前夸奖，有天分又好学，怎么可能成绩不好？

成绩单也在办公室进行了传阅，单科老师拿的是单科成绩，看到总成绩还是挺震惊的。

"这要是保持下去，看来明年的状元没跑了。"

"这成绩，我当年要是有这成绩，清华、北大还不是任选？"

"吴老师明年拿了奖金得请吃饭！"

不仅教育部对于状元学校有奖励，学校对于状元的班主任也会有奖励，还不少。

吴老师笑着说："一定一定。"

还没有看到成绩单上的排名，林汝便有些担忧。这段时间，唐茵的其他科成绩还是那么好，物理成绩也很稳定，但就怕在第一次模拟考试中出现意外，那就真是可惜了。好在成绩单下来之后，看到唐茵排名全省第三，她终于松了口气，再看物理，果然只丢了两分。以往她最少都丢七八分的，这次可算是没拖后腿。

晚自习的时候，她将唐茵叫了出来："唐茵，你这次考得很好，继续保持，也许高考能更进一步。还有两次模拟考，一定不能懈怠。"虽然这是她带的第一届学生，但听说过很多学生因为第一次模拟考试的成绩好就放松了，等后面第二次模拟考时成绩就会下降，如果再奋发还好一点，要还是一落千丈，那高考成绩就基本定了，她可不希望唐茵身上也发生这样的情况。

唐茵从她手里拿过成绩单，目光先落在物理成绩上，微微皱眉，还算可以，但没有自己预料得那么好……

她再将目光移到全省排名上，真是刺眼得很。唐茵忽然就不开心了，回到教室后，支着下巴出神。

苏可西还不知道自己的成绩，看她这样子，不禁猜测发生了什么，问：

"你怎么了？你看这草稿纸，都快被你戳破了。"

"全省排名我是第三。"

"你成绩这么好还闷闷不乐？"苏可西睁大眼，"那我岂不是要哭死了？"

"第二名是邻市一中的。"

苏可西问："你为什么关心第二名啊？又和你没关系。"

唐茵歪头看她，理所当然道："我和陆迟之间就隔了他，当然要知道差了多少分啊。"

苏可西忍不住说："你可真是醋劲不小啊，连这个都要管。"

晚自习下课后，唐茵在楼梯口碰到了陆迟。两人并排走下楼梯，唐茵突然出声："我才第三。"

陆迟被她突然的一句话搞蒙了，察觉到她的声音有点闷，不由得开口："很……很好。"借着声控灯的微弱亮光，唐茵幽幽地看他："你是第一，中间一个不认识的人拿了第二。"言下之意显而易见，陆迟差点一脚踩空。

第一次模拟考试的成绩下来才三天，试卷都讲解完了，零班的筹备工作也开始了。

高三和高复加起来一千多名学生，总排名前三十名的组成零班，老师则是学校里资历最深，教学成绩也最好的，并且分配的班主任只要管这一个班就行。唐茵自然也在零班的名额之中。

不过零班重组还要等到这次放假后回来，这样大家也算有个缓冲期。

唐茵最满意的自然是零班可以自己选座位，能到零班的学生基本都是比较自觉的，选座位是他们的自由。

回家后就比较闲了，晚饭过后，唐茵坐在沙发上拿着手机玩了半天，点进了微信。不知道陆迟在干什么，她发过去一条信息。很快，那边回复了一个问号。他话本就少，居然连发信息都喜欢打符号。

唐茵索性直入主题：明天出不出去啊？

陆陆陆：不。

唐唐唐：一起出去，和我一起啊。

陆陆陆：不。

唐茵不满意了，开启大招：我物理丢了两分呀，就这两分让我变成了第三名，我需要大佬帮忙补习！

陆陆陆没反应。

唐唐唐：你都说帮我补习的，得从一而终，不许反悔。

等了好久都没得到回答，唐茵哼哼两声，将手机扔到边上，开始吃零食。下一刻，手机响了一声。她赶紧拿起来，果然是陆迟的回复：好。

这语气很无奈啊，唐茵嘟着嘴。

新信息又跳出来：明天下午一点，书店。

"都不给我发挥的机会。"唐茵对着手机做鬼脸，她想的是借着买资料，和他一起出去玩。哼，恐怕陆迟一眼就看破了。真无趣，但这无趣的样子她也爱啊！

星期六刚下过雪，星期天虽然停了，但路上积雪不少，都扫在马路边。唐茵刚到书店门口，就看到了站在那里的陆迟。

他穿了长风衣，遮到膝盖上，长身玉立，围着暗色的格子围巾。

从她这边看，陆迟的下巴隐在围巾里，只露出半张精致的脸。更让她意外的是，陆迟今天没戴眼镜。

唐茵心一跳，直接小跑到他面前："书呆子！"陆迟条件反射性地转头，没有丝毫遮挡的一双狭长的眼似含着水，明亮清澈，偏偏长着勾人的形状，独特的反差更加强烈地刺激人。

唐茵忍不住出神，她最爱看陆迟认真干净的样子了。她偷偷地靠过去，厚着脸皮小声说："我今天想你了。"

陆迟张着嘴，脸颊染上绯红，将眼睛衬得更美。他有些心跳加速，眼神飘忽，反问："除了这……这你就没事做……做了？"

"当然有事做。"唐茵摊手。她猛地踮脚凑上前，距离他的嘴唇不过几毫米，软着声音说，"比如……再想你一遍啊。"

4

陆迟被她这理所当然的样子弄得哑口无言，他倒退一步，拉开距离，移开脸，从围巾里传来闷闷的声音："进……进去吧。"

唐茵站回原来的位子，跟在他后面进了书店。快上楼梯时，她突然又开口问："你是不是故意的？"

"嗯？"陆迟没停顿，面露疑惑。

"你今天没戴眼镜，肯定是仗着自己好看，故意勾引我。"唐茵停下来，大声说。今天一看见他，她就被他的模样弄得心旌摇曳。

陆迟脚步顿了一下，摇头。

"算了，问你你也不会说。"唐茵装作不经意地撇撇嘴，反正他肯定是故意的，"唉，好看的人总有特权。"

陆迟被她说得有些心虚，他看了一眼周围，今天书店的人不多，一楼就一个老板娘，还在那里看电视剧，外放的声音恐怕都盖过了她的声音。他轻轻咳一声，继续跟着她往楼上走。

书店里什么都没变，买物理学习资料不过是一个借口，现阶段她的物理成绩已经稳定下来，如果能在语文上再加点分，就能超过那个第二名。这个第二名，哼，她就是不开心自己的排名在他的下面。

陆迟想起第一次模拟考试成绩下来的那天晚上，她在楼梯间那幽怨的表情和语气。

他现在觉得幸好那是个男生，要是个女生，她更加会不开心了。他回过神，唐茵已经走到前面去了，看他没跟上，又转过身来等他。

"想什么呢？都落后了。"唐茵问。

陆迟立刻回道："没。"唐茵瞥了他一眼，心想，他肯定在想什么不想对她说的事。

一到书架那边，陆迟就抽出了一本资料书。唐茵探头去看，在上面发现了"物理"两个字。她跟在陆迟后面"嘿嘿"笑，嘴上说着不愿意来，实际上都想好要帮她选什么资料书了，真是心口不一。

陆迟怎么就这么可爱呢！唐茵没打扰他，像条小尾巴一样跟在他后面，转来转去，也不多说话。

陆迟又选了几本新出的习题集，都是拿了双份才离开的。丁彤还是在收银台那儿，她看到两个人又一起来不觉得意外了，反而偷偷笑。

虽然看起来两个人不像是真正谈恋爱的样子，但恐怕也不远了。

从书店出来已经是一个小时后了，外面突然下起了雪，不大不小的雪花飘在空中，还有冷风，灌进脖子里还是很冷的。

唐茵皱着一张脸，天气预报里压根儿就没说会下雪，所以她没带伞。这么大的雪，不打伞衣服肯定会湿。她怕冷，正是看到今天不下雪才出门的。

陆迟没说话，又进了书店。书店的一楼除了卖文具，也卖雨伞，只不过都放在收银台里面的桶里。

陆迟言简意赅："伞。"

老板娘拿出来一把："这个吗？十块钱一把！"

陆迟稍微迟疑了一下，回道："一……一把。"

唐茵一转头就发现边上的陆迟不见了，她张望了一下，刚好看到从书店里面出来，手上拿着一把伞的陆迟："你去买伞了？"

"嗯。"陆迟淡淡地应道。

一把伞有什么用？唐茵疑惑，正打算进去再买一把伞，还没等她转身就被陆迟拽住了胳膊。

她转头还没有看见陆迟，就有带着暖意的围巾圈住了她的脖子。陆迟把围巾给她绕了两圈，原本在他脖子上只绕了一圈。

现在唐茵整张脸都缩在厚厚的围巾里，像只过冬的松鼠，陆迟觉得好笑。

看他笑，唐茵戳着他的肩膀问："笑什么？"

隔着风衣触到他坚硬的肩膀，陆迟把她的手拿开："没。"

唐茵哼了一声。将她围好后，他才开口："走……走吧。"

又路过一家小吃店，唐茵终于开口："我饿了。"

陆迟歪头看她："你要……要吃什么？"

唐茵笑，瞅着对面的一家店，拉着他的另外一只手穿过马路："你在这家店吃过没？"陆迟摇摇头。

"那今天尝尝，我请客。"唐茵说。这家面馆自她读小学起就在这边了，如今她上高中，这家店还在。

店不大，里面也就摆了六七张桌子，布置得却很干净温馨。他们刚进店，收拾东西的老板娘就看到了，笑着说："茵茵来了。"

唐茵咧开嘴对着老板娘笑，继而问陆迟："你吃什么？"陆迟看了一眼墙上贴的菜单，点了份葱油拌面。

"那就一份葱油拌面、一份酸辣粉。"

老板娘在一旁说："快进来坐，很快就好。"

两个人刚靠墙坐下，里头就传出声音。

"哎，和你说过多少次了，不要这么干。"老板娘不满道，"怎么就是说不听，下次再这样你就别进厨房了。"

没过一会儿，就听老板反驳："这样才好吃，你别和我吵架，耽误我做事。老板娘就该有老板娘的样，哪有你这样的。到外面去，我刚买的烧饼在桌子上，快去吃，凉了可就不好吃了。"

两个人的说话声渐小，老板娘走了出来。看到那个男生盯着自己，她笑了笑，看到最里头的桌子上，烧饼就放在那儿。

"看什么呢？"唐茵问。陆迟收回视线，他只是觉得这两个人虽然在吵架，但足以窥见其中的温情。

唐茵顺着他的目光看过去，小声道："这家店的老板和老板娘当初结婚没经过父母同意，是老板娘自己要跟他的，据说当初老板还一无所有。"后来两个人奋斗开了一家店。

令唐茵羡慕的是，老板每天都会给老板娘买她最喜欢吃的烧饼，必须跑到这条街的尽头才能买到。老板不止一次说过，是他让老板娘过了苦日子，一点吃的自然必须满足，不然拿什么去让她笑。

唐茵简单地和陆迟说了这个故事，陆迟又看向那边，不由得想到自己的家庭。同样是妈妈奋不顾身地嫁给爸爸，可得到的是不同的结果。

上次从医院回去后，他请假陪了妈妈几天，才终于让她的情绪稳定下来。如果不是因为临近第一次模拟考试，他可能都不会去学校了。离婚这件事他劝了不是一两次，幸运的是这次妈妈有点松口了。

"喏，小帅哥，你的面。"出神间，老板娘已经将面端到了陆迟的面前。嫩绿的葱花拌在面里，葱香四溢，看着就令人垂涎欲滴。唐茵盯着他的面，终于等来了自己的酸辣粉。

吃饭的时候，两人突然安静了。不知过了多久，唐茵突然听到陆迟的声音："你……"他纠结着，没有了围巾的阻挡，整张脸都露了出来，好看得不像真人，他动了动嘴唇，声音有些低，"你……为什……什么喜欢……"

唐茵一愣，朝陆迟看去。他罕见地没移开脸，与她对视，勾人的眼睛里是真正的疑惑，澄澈得像水晶。

"这个问题……"唐茵咬着勺子看着陆迟，然后搅了搅手里的粉，"我最喜欢吃这家的酸辣粉，从我知道有这家店开始。"

苏可西问过她不止一次为什么这么喜欢吃，唐茵也说不上原因，只是因为喜欢上了这个地方，所以一有时间就会过来吃。

她直直看着陆迟说道："喜欢就是喜欢，当然是因为我觉得它最好吃，它就最好。"她又反问，"你觉得呢？"

5

店里吃东西的只有他们两个人，老板娘和老板也进了后面的厨房，所以在唐茵说完后，四周就陷入了一片安静。

良久，陆迟闷声回答："我……没你……你想的那么好……好。"他根本没有她想的那么好，相反她要比他好很多，自信张扬，家庭幸福，与他截然相反。

唐茵放下筷子说："陆迟，你看着我。"陆迟抬头与她对视。

唐茵正襟危坐，认真地道："你怎么不好了？我就觉得你很好，哪里都好。"还没等陆迟回答，她又狡黠地说，"耳朵红尤其好。"

陆迟心想：我不该问的。

厨房后头的老板娘吃着烧饼，目光偶尔落在外面的两人身上，虽然听不到他们在说什么，但看两人之间的氛围，似乎很有意思。

她虽然过了那个年龄段，却也知道那时候是最让人心动的，年少的爱情总是充满无尽的甜。

吃完后，唐茵又拉着陆迟去了不远处的商场。这个商场是新建的，设施齐全，即使是冬天人也不少，而且里面玩的不少，很适合培养感情。

商场里开着空调，很暖和。唐茵将围巾取下来，搭在胳膊上。上了二楼后，她的视线就定在了一处。

"你怎么这么笨？"

"那你上啊，看你多能耐！"

"我最拿手这个了，你还跟我斗。"

唐茵眼珠子骨碌碌转，拽了一下陆迟的衣服，小声道："咱们去抓娃娃吧，你会吗？"陆迟侧身看过去，想了一下："没……没玩过。"

看她一副跃跃欲试的样子，他顺手拉过她的手腕，朝那边走。

唐茵偷偷"哇"了一声，陆迟今天这么主动，不会是把一辈子的开窍都放在今天了吧？正巧刚才的两个人离开了娃娃机，位置一下子空了下来。陆迟投了一个币进去，然后又让开："玩。"

唐茵也不客气，伸手就去握手柄。她还真没玩过这个，父母也不许她玩，说什么是带有赌博性质的。

半天也没抓出一个来，唐茵生气地拍了一下机身，也太不给她面子了。她偷偷去看陆迟的表情，见他没嘲笑才松了口气，一世英名可都败在这娃娃机上了。回去一定要说说蒋秋欢，要是她允许自己玩的话，现在一定能让迟迟怀里都是玩偶。

唐茵哼了一声："不玩了，一点也不好玩。"陆迟的嘴角勾出小小的弧度，又消失不见。他没回答她的话，径直去了旁边那台娃娃机，对着上面的东西打量了片刻才投币。

唐茵站在他后面，心想自己都不会，这书呆子怎么可能会。不过打脸来得很快，不过几分钟，娃娃就跟自己长了腿似的纷纷被抓上来，堆成了一堆，而陆迟还在夹。

见周围有人围上来，其中还有不少女生，唐茵立马反应过来，连忙将陆迟拽回来："够了够了。"

陆迟有点意犹未尽，回头看了一眼，问："你……你不玩了？"

唐茵点点头："下次再来，你一下子抓完当心待会儿老板过来找你，我可不帮你。"

陆迟抿嘴，看到不远处围观的人指指点点，便弯腰将娃娃捡起来拍拍，几个塞到唐茵怀里，几个放到自己怀里："那……那走吧。"周围人见两个人离开了，也就散了。

外面此时黑透了，雪也停了。

"我到家了。"唐茵的声音闷在围巾里，家里的灯已经大亮了。

"嗯。"陆迟轻轻地应了声，却没停下来。直到唐茵站在自己家门前，两个人才停下来。唐茵转过身面对陆迟，里面的灯透出来一点光，陆迟的脸忽明忽暗，每个部分都完美得要命。

陆迟将装着娃娃的袋子递给她，唐茵接过后，又贴上来，踮脚说："陆迟。"

冬天很冷，陆迟的围巾还在唐茵的脖子上，呼出的气息就蔓延在脖颈处，挥走了一片冷气。天很黑，月光照在雪面上，微微反着光。

唐茵已经上了手，不过这次是在自己家楼下，心里有点紧张。说完那句话，她就趁陆迟不注意，伸手按了一下他的唇。有雪花落在上面，冰冰凉凉的，像果冻一样。不过几秒，唐茵就收回了手，笑嘻嘻地。

还没等她出声，她的肩膀就被捏住，往后一推，后背抵在门边的墙壁上，很硬。与此同时，一只手蓦地圈住她的腰，将她往上一带。陆迟靠过来，两人的胸膛靠在一起。不过是一瞬间的事，她回过神，伸手直接环上了陆迟的脖子，眼睛弯成了月牙。

手里的袋子落在地上，发出一声轻响。还没等有什么动作，就由远及近传来细碎的声音。

"茵茵？"一个爽朗的男声从身后响起。

陆迟只看见唐茵飞快地转头，然后轻快地喊道："哥！"

他身子僵住，松开唐茵，后退一步，耳尖红得快要滴血，幸好因为黑没人发现。

原本在不远处的唐昀，大步走上前，整个人站在灯光下，打量眼前的男生。之后他的目光回到自己妹妹身上，看到地上袋子里一堆娃娃，眉毛皱成了一团。

唐昀不客气地问："他是谁？"

第七章

你笑起来比蜂蜜水还甜

1

一时间，只听到唐昀脚踩在雪上"咯吱咯吱"的声音。唐茵不自在地咳嗽了一声，被撞到了，还真有点尴尬……她偷看陆迟，见他也是一脸尴尬的模样，叹了口气。下次他这样主动得等到什么时候啊？

唐昀见妹妹没回答，又出声问："茵茵，这是你同学吗？"

唐茵点头，拎起地上的袋子："是啊，我们学校年级第一，陆迟。"

唐昀听完后，看向陆迟的目光更加不客气。

陆迟总觉得他看自己的眼神有点奇怪。

唐昀在他身上扫了几圈，然后说："这么晚了，谢谢陆同学送我妹妹回家。"陆迟正要开口，就听到他继续说，"想必陆同学的家人也挺担心的，还是早点回去吧，天黑不安全。"

果然很不客气，她蹭到他身边，不满地喊道："哥！"

唐昀瞪她，就知道两个人的关系没那么简单。看这男生一副清清冷冷的样子，不知道人品怎么样。他伸手摸她的头发，整整她的衣服，再搭在她的肩膀上："这么晚了，不如让司机送你回家，陆同学觉得怎么样？"

陆迟的目光移到唐昀的手上，微微皱眉。半晌，他开口："不……不用了。"说完，他对唐茵点点头，就转身朝外面走去。

唐茵拿开唐昀的手："你别过分了啊！"她小跑着追上去，喊道，"陆迟。"

他停下来，转过头来看她。大概是跑得急，她的睫毛颤动得厉害，呼出的气变成一团白雾，映出朦胧的脸。

"你别和我哥计较，他就是个笨蛋。"唐茵说。

陆迟不免想到刚才唐昀的表情，又听到这种形容，有点想知道她哥哥听到这话的反应。

"没。"他说。

唐茵又挪过来："那咱们继续刚刚的？"

陆迟把脸移开，没过多长时间又转回来，曲起手指敲了敲她的额头，说："好……好学习。"

书呆子可真没情趣，被打断后又缩回去了。

陆迟回到家已九点多，家里又是一片黑。他轻轻喊了一声，打开玄关处的开关，客厅一下子亮堂起来。

家里没人，他有点疑惑，妈妈去哪儿了？

就在这时，门铃声响起。陆迟快步走到玄关，邻居家保姆王阿姨问："是不是陆迟回来了？"

王阿姨在隔壁做了十几年保姆，和他家也算是熟悉，偶尔遇到还会打声招呼。

"王……王阿姨，您知……"

话未说完，王阿姨就打断了他："你妈妈傍晚的时候被救护车带走了，你赶紧去医院吧，我问了，就在第一医院！"

陆迟瞳孔微缩，来不及回答就拿着手机出了门。他打开手机，果然显示有好几个未接电话。

出了院门，听王阿姨还在说："我傍晚出去买菜，就看到一男一女从你家出来，没过多长时间救护车就来了。"

一男一女？陆迟眼前出现爸爸和那个女人的脸，脸色有些难看，和王阿姨道谢之后就跑走了。

王阿姨在原地叹气，这都叫什么事啊？家里变成了现在这个样子，爸爸一天到晚住外面，妈妈又经常进医院。她看着都累，真是可怜了这么好的一个孩子。

陆迟从车上下来就喘着气奔上了楼，病房门推开，陆迟第一眼看到的就是那张苍白的脸。

王子艳正盯着点滴看，看见他进来，不安消失了一点。现在她就只有自己的儿子了，想想以前还有父母的支持，现在是真的什么都没了。

陆迟给她整了整后面的靠枕，目光落在她脸上的伤口上，皱着眉，有千言万语却什么都没说。

突然，王子艳开了口："迟迟，你说妈妈是不是做错了？"

陆迟动了动嘴唇，不知该怎么回答。

王子艳又去看点滴，药水不紧不慢地顺着管子进入她的身体，她不由得想起了今天下午的事情。

邱华说起迟迟，她一时冲动之下就和邱华打了起来。有陆跃鸣在一旁帮忙，自然是她吃亏，很久以前也是这样。没人帮助的从来都是她，她一直没有说，当初灌陆跃鸣的酒明明没那么多，陆跃鸣和她在一起难道不是他自己内心所驱使的吗？

陆迟的声音响在耳边："离……离婚吗？"这个问题他似乎问了无数遍，每次只有几个字。

王子艳的心里转过了万千思绪，对上陆迟的眼睛。这双眼睛还是遗传了陆跃鸣的。

良久，她终于开口："等你放寒假就离。"她不想签离婚协议，法庭上见也许能让她好受一点。病房里一片安静，她又看向儿子，以往冷淡的眼里似乎氤氲了一丝笑意。

天冷，回校时间延迟到了周一。陆迟在病房里待了一夜，第二天就直接回了学校。

天气渐冷，回校后大多数人穿上了羽绒服，只有小部分人还想着要风度不要温度。零班也正式成立，年级前三十名马上就要搬进去了。十四班的众人围住唐茵，叽叽喳喳说了一大堆话。

"俗话说得好，近水楼台先得月。"苏可西含着一根棒棒糖，"我可听说零班可以自由选位，陆迟旁边的座位你可一定要抢到，就是不知道赵如冰会不会找你麻烦。"

她虽然不知道发生了什么，但偶尔也能感觉到一点。她鼓励唐茵道："大佬，加油。"

"闪开点。"唐茵嫌弃地推开她，"你的脸都快要蹭到我了。"

"去你的，我可是巴掌脸。"苏可西一掌挥过去，"下次再这样就绝交！"

唐茵专心收拾书本，因为零班是新的班级，在五楼，和高复相邻，所以他们的课桌都是直接搬过去的，省得再拖东西。

半晌，苏可西又从外面回来，端着两个水杯："喏，蜂蜜水。"她递过去，"美颜利器，从今天开始，我天天都要喝，闪瞎陆宇的眼。"

唐茵："你已经把他眼戳瞎了。"

"唐茵你现在说话越来越毒舌了啊，当心陆迟看清你的真面目，不理你了。"苏可西哇哇大叫。

唐茵不理她，接过蜂蜜水，第一口就甜得腻人，差点喷出来。蜂蜜水都是这样的？苏可西加了几斤蜂蜜吧？

看苏可西几秒喝完的样子，唐茵产生了怀疑，咬咬牙也把它喝光，幸好不多。甜腻的口感充斥着口腔，唐茵觉得这辈子怕是再也尝不到比这更甜的了。

突然，窗前落下一大片阴影，唐茵推开窗户，就看到陆迟站在外面。他又戴上了眼镜，不苟言笑的样子映在后面满是落雪的背景里，精致得如同一幅绝美的画。她问："你怎么来了？"

陆迟的目光落在下面，唐茵顺着看下来，突然懂了："你要帮我搬桌子？"

陆迟点头，抿着薄唇，矜持得像高贵的吸血鬼。

"那好。"唐茵笑了，微眯着眼。陆迟的目光从周围一圈人中间射过去，几个男生纷纷让开，闭嘴安静地看着。

十四班的后门是开着的，陆迟直接就进来了。厚重的书本和资料等已经都收拾在边上，桌子和椅子搬起来很轻松，陆迟直接就搬出了教室，唐茵则抱起一摞书跟在后面。

十四班众人趴在窗户上，几个人把头挤在小小的窗口，看着外面并排走远的两人。

教室里，他们身后一个男生坐下，偷偷摸出手机，嘴上说着："我就说我上次看见他们两个人一起逛商场，你们还不信我。"

他可是亲眼看到陆迟和唐茵一起抓娃娃，而且万万没想到陆迟抓娃娃的技术那么好！他可是看到她那充满崇拜的眼神了。学习好就算了，这个也好，还给他们普通人留活路吗？

几个人一起回头，炯炯目光落在他的手机上。几秒钟后，手机就到了他们手上。相册里乱七八糟的，最近的一张被放大，是她和陆迟站在抓娃娃机前的样子。

众人质问："怎么就一张？"

"哦，我怕被茵姐发现，只偷偷拍了一张就跑了……"

上楼梯的时候，两个人都放慢了速度。唐茵抱着一摞书，陆迟则抱着课桌和椅子，说起来都不轻松。两个人没说话，四周有些安静。

"你看咱们俩这样子，像不像牛郎织女？"唐茵说。

像不像牛郎织女他不知道，两个苦工倒是挺像的。

快上到五楼的时候，唐茵突然开口："昨天晚上……我爸爸对你评价很高呢。"

"唐……校长？"陆迟有点怀疑。

"要是他听到自己被你这么称呼，会很得意的。"唐茵撇嘴。

陆迟想到以前看到唐校长的样子，是比较严肃的，和唐茵说的样子似乎有些差距。

唯一的一次近距离接触就是转学时了，唐校长脸上还是带着笑容的，和其他校长差不多的样子。

"我爸可虚荣了。"唐茵不知道他在想什么，揭短道，"他生气的时候，我妈要是喊他一声'唐校长'，他能立马笑出声来。"

陆迟知道此虚荣非彼虚荣，嘴唇无意地漾出一个好看的弧度，浅浅的。

唐茵眼尖："以后要多笑，你笑起来很好看。"陆迟的笑容却消失得很快。

她想了想，咧开嘴，露出一口小巧精致的白牙，用手指甲敲了敲说："我今天喝了蜂蜜水，蜂蜜水甜得都牙疼了。"

陆迟看着她一口白白的牙齿，心生疑惑，这两件事有关联？

唐茵补充道："你笑起来……比我今天喝的蜂蜜水还甜。"

2

陆迟还没回答，楼上就急急忙忙跑下来一个人。男生跑得很快，来不及刹住，还在哇哇大叫。陆迟愣了一下，空出一只手将歪着头的唐茵往自己这边一带，那男生就从缝隙里跑了下去，很快消失在视线中。

"谁啊？"唐茵嘀咕了一声，皱眉。高考复读班的学生她并不经常见，所以有些人不认识。

陆迟没说话，又继续往上走。幸好学校的楼梯不高，很快就到了五楼，零班就在楼梯口边上。

刚走上去，就能看到教室门口已经挂上了名牌：零班。这就是他们接下来一个学期要待的班了，包括以后的荣誉和挫败都与之前的班无关，只属于它。

唐茵盯着上面看了一会儿，落在了陆迟后面。教室里已经来了一些人，桌子摆放得奇奇怪怪的，这里一张，那里一张，还有空出来的座位。

零班的成员有一小半都是来自实验班的，包括鹿野和唐铭。两人平时虽然爱插科打诨，但成绩都是不吓唬人的，这次排名都在前二十名以内。

唐茵后进教室，看陆迟已经在那儿站着了，就凑过去把书放下，问："我同桌是谁啊，不是你我可不干。"

前面的鹿野回头："嘿，故人相见。"

唐茵不理他，直接翻开隔壁桌子上的书，上面的名字正是陆迟。字迹偏潦草却又无比正经，和他的人一样。她笑了，陆迟很有自觉嘛。

陆迟却一把抓住她的手，翻过来，白皙的手侧面划了一道微红的伤痕。

见他皱起眉头，唐茵道："大概是刚刚被蹭到了。"她毫不在意，都没感觉到疼，这点小伤对她来说不算什么，便抽回手继续收拾东西。

鹿野一直偷看他们，看陆迟那么紧张唐茵，就知道他被吃定了。果不其然，下一刻他就看到陆迟在桌子里摸了一会儿，竟然摸出了医用酒精和创可贴。

谁上学还带这个？唐茵也很意外："你怎么会有酒精？"

陆迟低垂着双眸，眼镜遮住了一大半情绪，低声道："从家……家带的。"

唐铭刚巧从外面回来，他这次和鹿野是同桌。唐茵背对着他，他还没看到，就见到了这东西。

"陆迟，咱学校的医务室就在那儿，你还带酒精干什么？你也太懒了吧，这么点距离都不想走过去？"他咬着苹果，感觉有点奇怪。

鹿野朝他使了个眼色，唐铭毫无知觉，看陆迟的目光一直在背对着自己的人身上，不由得问："新来的这位是谁呀？"

话音刚落，唐茵就转头看他。唐铭立刻被吓得倒退一步，红了一张脸："唐茵啊……哈哈，你和陆迟是同桌啊……很好……欢迎欢迎！"

怪不得陆迟这么关心她，搞半天是唐茵啊。鹿野直翻白眼，这人真是蠢到一定的境界了，破坏人家相处。

陆迟没说话，低着头将唐茵的手拿过来放在桌角。他平常就很细心，用棉签消毒也很小心。受伤的地方热辣辣的，唐茵的手就动了一下，接下来他的力度就小了不少。

过了好一会儿，陆迟才抽出一片创可贴，轻轻贴在伤口处，然后用手按了一下。创可贴是可爱款的，贴在手上很可爱，实在不符合陆迟的性格，倒是很适合唐茵。唐茵心有所察，收回手，朝他"嘿嘿"笑。

陆迟觉得这次她笑得有点傻。

上午第一节课是让大家搬桌椅和整理课本的时间。第二节课老师姗姗来迟，正是他们的新班主任。他看着大概四十多岁，戴着眼镜，一副温和的模样，让班上一些人松了一口气。最怕的就是遇到一个严厉的班主任，本来学习就够苦了，班主任再严厉那就真是无趣了。

"同学们，欢迎来到新班，我是你们的班主任周成，以后有什么事都可以在这一楼后面的走廊处的那间办公室找我。"这层楼和实验楼两边有条走廊连接，办公室就在走廊上，和洗手间相邻。

周成的目光在教室里转了一圈，对班上的同学有了大概印象，只是停在最后那排角落的时间稍稍长了点。年级第一和年级第二都在这儿，而且两人这次一模的省排名都相当出色，他要是带领得好，这一届的状元非他班上莫属了。

到时候他这个班主任虽然是半道上来的，也是有奖金可拿的。再说两人只要剩下的一学期成绩不下滑，相信未来成绩一定傲人。

"你们的座位都是自己选的，我暂时不动。"周成移开视线，继续说，"下个学期有开学考试，到时候你们要是想换座位可以再换，每次大考后我都会给你们时间。"他又补充了一些要求，然后就摊开书本开始上课。

唐茵听得昏昏沉沉，昨天一晚上都被苏可西拉着说些乱七八糟的，导致她凌晨才睡着，苏可西倒是精神奕奕的。

周成教的是语文，这会儿正好讲解到这次的语文试卷。文言文一念下来就跟催眠的调子一样，唐茵不知不觉就手撑着脸闭上了眼。

陆迟才记完一个词，不经意间往旁边扫了一眼，就看到唐茵小鸡啄米似的点着头，睡得正香。

看周成没注意这边，他也就没管了。时间很快过去，下课铃声突然响起，唐茵头一下子歪了下来，眼见着就要磕在桌上。陆迟迅速伸手过去，唐茵的额头一下子砸到他的手背上。

她迷迷糊糊地醒过来叫了一声，声音沙沙的，像是摩擦在人心上。陆迟触电般地收回手，若无其事地翻着试卷。

一会儿后，唐茵整个人都清醒了，向着旁边靠过来："刚刚是不是你？"

陆迟目不斜视："不……不是。"

"你怎么知道我在说什么？一看就是在说谎。"唐茵哼哼，"陆迟，你现在可不得了了。"她伸手拽过陆迟还拿着笔的手，贴在额头上。嗯，和刚才的感觉一样。

陆迟的耳朵尖悄悄红了，抽回手，背在身后，不说话。

唐茵似笑非笑地看着他，然后稀奇地看到他的脸就像是染了色一样，红色从耳根处蔓延上来，直至布满整张脸。

她贴过去在他耳边小声说："你脸红的样子看起来好像很好吃。"

陆迟忙不迭地推开她，动作看着大，力气用得却不大。

"哼。"唐茵昂着下巴，坐直了，乖乖地翻着试卷，仿佛刚才的一切都不是她做的。陆迟被她这个样子逗笑了，眼尾微扬。

上课铃声没响，眼保健操的音乐倒是先响了起来。唐茵向来对这些活动不感兴趣，平常在十四班也没人做。但音乐刚响起，她就看到整个教室的同学都在做操，身边的好学生陆迟更是十分认真。

学校冬天就不要求穿校服了，偶尔天气晴朗举行升旗仪式时才会要求在外面套一下。

天气冷，升旗仪式也基本没了，所以学生几乎没有带校服进教室的，唐茵的校服也很早就压到箱底了。估计也就陆迟还乖乖地套在外面，偏偏一件校服也能让他穿出时尚的感觉。唐茵从上至下将他打量了一遍。

学校的设施挺好，唐校长从不在这方面亏待学生。教室里有空调，暖和得很。陆迟今天套上了校服，一副正经样。

唐茵转头瞧了一眼外面，教室里的窗户上蒙上了呼吸的水雾，想必老师是看不到里面的。这样一想，她的胆子就大了。她伸出手指勾着那拉链，悄悄地往下拉，不过几秒就解到了胸口处，露出里面的白衬衫，领口处整整齐齐，然后……她的手就被抓住了。

因为在做操，陆迟没戴眼镜，眼睛就这么直勾勾地盯着她，漂亮得如同涂抹了浓艳的颜色。

唐茵盯着他，忍不住舔了舔嘴唇。

他喉结动了动，低声道："做……做操。"他那艳色的嘴唇有些诱人。

可惜自己碰不着……唉，唐茵突然叹了口气，收回了手，又哀怨地看了一眼敞开的衣襟，很想把里面的衬衫撕开。

也许是她的目光太勾人，陆迟伸手将她的脸扳正，脸颊被压在掌心，软嫩得像糯米团子一样，让她很想再揉揉。不过他还是收回了手，只是偶尔将目光放在上面。唐茵似有感应，扭过头对上他的眼睛。

她狡黠一笑，问："你为什么偷看我？当心我去告诉班主任，说你对我图谋不轨。"

陆迟心想：也许倒过来会更可信。

3

眼保健操的音乐还在响，班上的同学都在认真地做操。毕竟是在新班的第一天，总是充满着无缘无故的热情。就像在每个新学期的第一天，总是下定决心要好好学习。

陆迟转过头，不再看她。唐茵却歪着头假装做操，正大光明地看他。灼灼目光如同有温度，他能感觉到自己从头到脚都在被打量。

他突然有点口干舌燥，好在眼保健操结束，上课铃声随之响起，老师走进来打破了两人之间的气氛。

物理老师还是实验班的物理老师，叫王晓峰，唐茵也算是认识了。上次的糗事现在还记得呢，都怪陆迟。她又瞪了他一眼，陆迟不明所以，自顾自地翻着试卷。

王晓峰一眼看遍全班的学生，不出意外地看到了陆迟边上的唐茵。他忍住笑："今天把试卷讲一下，从后面的大题开始。"

唐茵翻到试卷的大题部分，这次她还算是好的。最后一道题，因为解题思路有误扣了两分，比起以前要好很多。这次试卷出题完全是按照高考来的，所以题型也是新的，虽然知识都是学过的。

唐茵不是很喜欢物理，以前没分班时的物理老师性格不怎么好，上课她基本是在睡觉中度过，那时候物理丢分也是最多的。

后来高一下学期换了新的物理老师，性格她挺喜欢的，于是重拾了物理，基础也是重新学上来的。唐茵偷偷看向陆迟那边，果不其然是满分。

陆迟这次全省排名第一，可以说只有语文分扣得较多，这个较多还是相对于其他人来说的。她的语文阅读理解扣得就比他多，前几天还被十四班的语文老师说了半天。

王晓峰在上面讲着题，下面的人也都在认真听，因为现在不听以后可就没机会了。唐茵就歪着头偷看陆迟，哪想他突然扭过头来。两人对视，她先是愣住，而后眨了眨眼。

陆迟嘴唇微动，听课的口型清晰可见。看到他这副认真听课的模样，她就想上手。但现在是在上课，她只能忍住。半晌，她还是伸出手，把他的试卷抽了过来。

陆迟无奈地看着她，她就把自己的试卷扔过去，正大光明地摊开他的试卷。陆迟在心里叹气，翻开有点皱巴巴的试卷，答题卡上娟秀的字体倒是和她的性格不怎么像。

他一眼浏览过去，看到了物理最后一题。上次说被扣两分，还真是被扣了。

下课的时候，陆迟才将试卷放回唐茵的桌上。唐茵压根儿就忘了这回事，她才记起来有本笔记本放在了苏可西那里，下课后就跑了出去。

鹿野回头就看到这一幕，挤眼睛："哎，唐茵这试卷。"他拎起来，大惊小怪道，"怎么字迹这么熟悉，陆迟，这不是你的字吗？"

陆迟毫不犹豫："不是。"

真是说起谎来都不怕被打，明明就是他的字迹。看陆迟一直盯着自己，鹿野只好放下试卷。

鹿野偷偷问唐铭："你有陆迟写过的本子吗？"

"什么？这东西你找他要啊。"唐铭先是诧异，而后翻出了一张草稿纸，"你等一下，上次他给我讲题的纸好像还没扔。"鹿野一把夺过去，恰好上面是道物理题。他再去偷看唐茵的试卷，字迹分明一模一样。不得了了，陆迟学会撒谎了，帮唐茵订正了试卷还不承认。

等唐茵回来的时候，陆迟刚被老师叫去了办公室。鹿野趁机问："唐茵，你看这是不是陆迟给你订正的？"

唐茵的表情都不带变的："不是。"

鹿野僵住，他们这是合着伙逗自己玩吧？看他连续吃瘪的样子，唐铭在一旁哈哈大笑。

她倒是把试卷又看了一遍，尤其是看到自己的字旁边有陆迟的字，感觉甜到心里了。陆迟就是闷。

晚自习结束后，她硬是要和陆迟一起走。高中部的晚自习时间是一样的，所以晚自习下课后，楼梯间全是人。

冬天的夜里还是挺冷的，唐茵戴了厚厚的围巾，只露出半个头和一双眼睛，整个人窝在宽大的羽绒服里，还戴上了羽绒服的帽子。一身黑，天又黑，放进去都看不见人。

她不仅握住陆迟的手，还偷偷靠近了点。唐茵说："陆迟，好黑啊，我怕。"

陆迟哭笑不得。

后面的鹿野惊呆了，那么大的路灯就在边上，唐茵是怎么说出"怕"这个字的？真是睁眼说瞎话。

唐茵的手冰凉，陆迟禁不住缩了一下。他低声问："怎么……么这么凉……凉？"

"我身体寒……"唐茵说，她特讨厌这种天气，冬天离了电热毯和热水袋好像就活不了了，就算有空调也会手脚冰凉一整晚。

陆迟抿唇，然后顺手将她的手塞进了自己的口袋里。

他的口袋大大的，已经被他焐了好一会儿，唐茵立马舒服地叹息一声。她的手在里面找了个地方，就不拿出来了。陆迟的手大上她一圈，覆住就握住了整只手。他纠结了几秒才握住，人的暖意就顺势而上。

这种手被人握着还塞在他的口袋里的感觉真好。唐茵不禁想着，要是这条路永远也走不到尽头就好了。

她感觉舒服了，一路上话也跟着多了。到了行政楼外面，陆迟却转身走了另外一条路，唐茵想了一下才明白。从行政楼里面走就会先走到男生宿舍，尽头才是女生宿舍。要是走外圈，顺着学校的隔墙，先到的是角落里的女生宿舍，往右转直走才是男生宿舍。

唐茵心里暖暖的，陆迟此举完全是考虑到她的。虽然他嘴上什么都不说，却处处为她着想。

到了女生宿舍前，唐茵把自己的手抽出来，盯着他的口袋看了一会儿，感觉有点可惜，嘟着嘴。

她那样子就跟惦记着什么吃的似的，陆迟心想。

"明……明天见。"陆迟突然开口。

唐茵眉眼弯弯，仰着头道："明天见。"她还戴着大大的帽子，半张脸露在外面，帽檐伸出来很多，别人离得不近压根儿看不到里面的人。只有他能看到，陆迟的心忽然一跳，转身离开了女生宿舍门口。

宿舍里已经回来了不少人，上高三了，寝室里虽然会熬夜聊天，但次数慢慢少了，偶尔会有一两个人在床上开小灯看书。

熄灯后，唐茵躺在床上睡不着。半晌，她摸出手机，这次来学校不小心把手机夹在书里带到学校了，现在还是满格电。学校不允许带电子产品，其实习惯了也觉得手机没什么好玩的，除了玩游戏上网就没别的用了。

唐茵先去微博逛了一会儿，一圈下来快十二点了。她叹了口气，手一滑就点到了微信上。她微微停顿，点进了陆迟的聊天框。还是上次她约他出来的聊天记录，后来两个人就没聊过。

唐茵又想起来那天被自己哥哥看到的场景，忍不住笑了，却没发出声音。看时间不早了，她伸手点了点，半晌发出了一串字母。

唐唐唐：XWNNMJW。

她也不知道怎么就突然想发这个，突如其来一股羞耻感。唐茵将手机塞到枕头下，想着他肯定没带手机，自己发了也等于白发。虽然知道，但她就是想发，并且希望得到回应。

她清楚，陆迟怎么可能带手机？他就算带了，能不能看懂还是个问题呢。

不知过了多久，枕头下的手机突然振动了一下。唐茵一时间呆住，她伸手掏出手机，聊天界面还停留在陆迟的聊天框，是新收到的消息，陆迟回复了她的消息。

唐茵看着同样的一串字母，几乎瞬间明白了他的意思，忍不住在床上打滚。

陆陆陆：RNSY。

第八章

愿你好梦，晚安

1

因为她滚动，床板发出小小的响动。寝室已经安静了下来，看书的室友也熄了灯，只有她这里还亮着微弱的光。唐茵的手指停在那个界面，没有动。如你所愿，她咀嚼着这四个字，心里似火烧。

晚上被他牵手放在口袋里温热的触感，分开时的那句话，似乎都成了导火线。她对陆迟真是中毒了，久久不能忘怀。之前的睡意已经完全退去，现在只剩下激动。连心跳都有些加速，她不由得想起当初第一次看见陆迟的场景。

整个学校的人，包括苏可西都以为她是在办公室里对陆迟一见钟情的。但没人知道，那是她第二次见他。她第一次见到陆迟，是在一中。

去年入夏，市里举办了一场奥数赛，因为并不是多正规，而且带有试探性，所以一中作为省示范高中理所当然地成了举办地。这种奥赛并没有多少人参加，嘉水私立中学报名的人也不多，唐茵的名字还是被唐校长填进去的，说是为了增加履历。

考试地点在一中的大礼堂，一中建立的时间有点长，礼堂自然也没有嘉水私立中学的新，唐茵有点嫌弃。

奥赛试题对她来说难度不高，不过等她写到最后一步的时候，有人提前交卷走了。她抬头的时候只来得及看到对方出门的背影，清瘦，高挑。

出来后，她就再也没有碰见过那个人。那次参加奥赛的人来自多所学校，她根本无法得知那个人到底是哪所学校的。直到十月初，她重新遇见他。

一夜好梦，第二天一早唐茵就哼着歌，连带着做事也轻松起来。苏可西收拾好东西就见她快要飞起来的样子，撇嘴道："昨晚做什么梦了？梦到你家迟迟了？"

唐茵眄她："反了。"

"陆迟梦到你啊？那不是在做梦嘛，怎么可能？"

可他就这么回的呀！唐茵只是笑，整理好东西就准备走了。外面的天气又糟糕了许多，还下了雪，甚至比昨晚还要冷上几分。她看着阴沉的天，心里乱糟糟的，也有点不安。

教室里人来齐了，唐茵三两步就到了后面，还没到座位上就看到陆迟桌上放着一包抽纸。很明显，他感冒了。

"你昨晚不都好好的吗？怎么突然就感冒了？"唐茵边问边自然地坐下去，还伸手去碰他。

陆迟的手缩了一下，动作虽小，唐茵却眼尖地看见了，只觉得有些刺眼。她没有再往前，而是很淡定地坐了下来，思考到底是哪里出了问题。按照昨晚的情况，现在也不该是这样啊。陆迟突然主动又突然排斥……他这是在搞什么？

不管是哪种想法，她都很不爽。这种昨晚让她开心，今天又打入地狱的行为，简直一个天一个地，以后要是都这么来，那怎么受得了？倒追又不是倒贴，她才不会委屈了自己。教室里的空调开着，她心里却冷冷的，拿围巾把自己的脸圈了三圈，围在里面，两耳不闻窗外事。不到两节课，整个班上的同学都知道唐茵和陆迟冷战了。

鹿野和唐铭是最先发现的。以前两人不在一个班，不易察觉。但在一个班后，尤其是成为同桌后，两个人要么对视，要么就是唐茵撩拨他，但今天实在是太不对劲了。

鹿野平时观察力就较好，也来得早。他发现从早晨开始，唐茵进来问了个问题后，两人就没再有过交流。这可不寻常啊，尤其是唐茵，就算陆迟不搭理她，她也能自顾自地说下去，可今天居然面无表情地一直坐着，要么就干脆睡觉。

唐铭用胳膊碰了一下鹿野："你说这两人怎么了？"

　　鹿野摊手："我哪知道啊，我又没注意发生了什么。不过我猜，肯定是陆迟做了什么，唐茵不想理他了。"

　　"陆迟能做啥……"唐铭不理解，两人又回头偷看。

　　这节是自习课，老师有事没来，班里人都在做自己的事，他们一回头就看到唐茵趴在桌上睡觉。唐茵显然睡得很熟，陆迟则在做试卷。两个人都沉浸在自己的世界里，丝毫没有受影响，但气氛俨然有些不同，后头传来细碎的声音。

　　"昨天晚上，陆迟是不是……受凉了？"鹿野突然问。他和陆迟不是同一间寝室的，所以不太清楚，但昨天还好好的，今天突然感冒不说，还和唐茵冷战。以陆迟的心思，他会让自己出现这种情况？

　　闻言，唐铭也陷入了回想之中。他昨晚还真没注意，不过半夜下来上过一次厕所，进去时正好看到陆迟在水龙头下交替着洗左手和右手，十分认真。后来等他出来的时候，人已经不在了。但他回寝室后，一推门就看到阳台上有个阴影，他都被吓坏了。

　　唐铭只看了一眼，随后就爬上了床，抖了一会儿很快又睡着了。现在想来，那个阴影很像人啊，而且高高的……

　　听完他的描述，鹿野摸了摸下巴。他问："你确定自己看到的是真的？"

　　唐铭点头："在厕所的时候我还和他说话了，他挺清醒的，看着压根儿就没睡的样子。那时候都深夜一点多了，后来我睡着的时候隐约听到有动静。"应该是陆迟回到自己床上的声音，毕竟他就在陆迟的上铺，很容易就能听见。

　　鹿野的猜测更偏了，大半夜的不睡觉，在外面阳台上吹冷风，恐怕就是陆迟做了什么事，其中的原因很耐人寻味啊。什么事值得他这样吹冷风？鹿野又偏头看了一眼陆迟，恰好看到他落在唐茵身上的目光，又感觉自己像是发现了什么。

　　他碰了碰唐铭，小声说："你待会儿帮我一下，我去弄唐茵的椅子，如果陆迟没动，你就扶住唐茵的桌子，别让她倒了。"

"你干什么？"

"我要验证一件事。"说完，他就往下滑了一下，装作捡东西的样子，不多时蹲在了地上，然后钻到了唐茵的桌子底下。看时机差不多，鹿野慢慢地起身，一下子撞上了桌子。

眼见唐茵的桌子瞬间倾斜，唐铭惊恐地看着，赶紧伸手抓住唐茵，手还没伸过去，陆迟的手就伸了过去。他笑了几声，突然有些心虚。

鹿野也从桌子底下钻出来，看到陆迟透过镜片盯着自己看，不知道该怎么解释。他动了动嘴，又看了一眼唐茵，经过那样大的动静，唐茵居然还没醒，睡得真沉。

他忽然松了口气："不小心……"不过他得到验证结果了。陆迟要真不想搭理唐茵，刚才就不会伸手。唐铭伸手在前，陆迟依旧伸出手，而且速度那么快，显然是条件反射。唯有将人放在心上，才会在做其他事情的时候还注意着她周围的动静。

唐茵醒来后发现旁边没人，盯着陆迟的座位看了几秒，深吸一口气，撑着下巴翻开书。然而她丝毫也看不下去，于是踢了踢鹿野的椅子。

鹿野回头："怎么了，大小姐？"

"下节课我们换位子坐。"她没什么表情，语气也很正常，就是说出来的话让他有点不敢相信。

他又想到自己刚才做的事，转向唐铭："你和唐铭换吧，正好我有事要告诉你。"

唐茵想了想："行吧。"唐铭对此也没什么意见，反正坐哪儿上课都一样，老师不管换座位的事情，而且旁边是陆迟，他还可以问问题。

"那就换了。"唐茵直接就坐了过去，连书都没带。她转头问："你要和我说什么？"

"心情不好？"鹿野感觉得出来，又笑得奸诈，"那我说的肯定能让你高兴，你靠近点，这事可不好宣扬。"唐茵虽然有点不爽，但还是往他那边挪了点。

唐铭坐在唐茵的位子上，认真数了数她的资料书，发现比自己的还多。

虽然没有打开看，但他知道肯定是做过的，不然她的成绩也不会这么好。这么一想，往常的羡慕就有了理由。唐铭歪头和旁边的人打招呼："嘿，又和学神做同桌了，感觉真好。"

陆迟停顿了一下，目光落在桌上的书本上几秒，然后移开视线，淡淡地应了一声："嗯。"

唐铭也没想到他会这么冷淡，好歹当过几个月的同桌呢，情谊都哪儿去了？

老师进来，唐铭这才想起自己没拿试卷过来。他看她还在和鹿野说话，也不好打扰，正巧看到唐茵的试卷都在桌上，就顺手拿了起来。不得不说，唐茵的试卷看着真是一种享受，干净不说，字还好看，和他的字一比，感觉唐茵的放在橱窗里展览都不成问题。正在他感叹的时候，旁边突然伸出一只手拽走了试卷。

"哎哎哎，你干什么呢？"唐铭眼明手快地赶紧压住，"我还要用呢，别拿走啊。"陆迟心烦，直接将自己的试卷扔了过去。

唐铭心想：这是不是没事干闲的？就为了换试卷？想是这么想，但他还是把唐茵的试卷递了过去，还偷偷看了几眼，觉得陆迟今天是真的闲得没事干。

一上午唐茵都坐在唐铭的位子上，就在陆迟的前面。最后一节课时，唐铭拿着一道题靠近陆迟："学神，快教教我这道题，我这里总是不理解。"

陆迟眉目低敛，笔在手上转了一个圈。唐铭以为他没听见，又说了一遍。答案没听见，倒是听见前同桌冷淡地问了一个问题——唐茵为什么和他换座位？

唐铭不动声色地看了一眼前面的两人，咳嗽一声，小声说："那个……唐茵要和鹿野说话，我们就换座位了。"他说的是大实话，然后他就看到前同桌那摊开的平整资料书上画出一道痕迹。声音有点刺耳，那一页很快就被撕下来，毫无留恋地扔进了后面的垃圾桶。

直到放学，唐铭才想起来，他都回答问题了，陆迟还没给自己讲题呢。

吃饭事大，教室里人走得很快，唐茵一直留在那里没走。直到教室里人更少了，她才起身回了自己的座位，站在桌边，居高临下地看着陆迟。

最后她一掌拍在他的桌上，压住了陆迟正在做的那张试卷，直接说："你昨晚说要梦见我，梦见我什么了？"陆迟别开头，有些不自然。

看他这样子，唐茵反而有了把握，又想到之前鹿野说的那些话，弯下腰倾身过去。她贴近陆迟的耳朵，卷了卷舌尖，然后才压低了声音开口："陆迟，你昨晚是不是梦见我了啊？"

2

声音似喘息挑拨着神经，昨晚的一幕幕涌上心头。陆迟的喉咙动了动，左手一把推开窗户，外面的冷气扑面而来，他瞬间清醒地闭上眼。外面又下雪了，有雪花顺着风飘进来，在他脸上落下又融化成小水珠。半晌，他睁眼，转过头正对上她放大的脸，他往后靠了靠，对着她摇头，轻声开口："没。"

唐茵没说话，再次伸手去碰他。毫不意外她再次没有碰到，还见到他皱眉了。

陆迟站起身收拾好东西，推开椅子从侧面径直走了出去，将唐茵丢在教室里。

唐茵瞪大眼睛，她没想到陆迟会是这种反应。但就现在他对自己避如蛇蝎的样子来说，唐茵很生气。不就是做了个梦吗？

唐茵坐回位子后又不甘心，踢了踢陆迟的椅子。

鹿野有东西丢在教室里，从外面回来就见陆迟站在走廊那边，问："你怎么现在才走？"陆迟瞥他一眼，正要回答，没想到鹿野又开口，"唐茵呢？我不是看她放学和你在一起的吗？大小姐今天不和你一起回去了？"陆迟没回答，直接绕过他就走。

鹿野心想：真是浪费口舌，虽然也能理解吃醋的心理，但这样让他很想打人，陆迟越来越拉仇恨了。他走进教室，就见唐茵靠在椅子上："我刚在外面碰上陆迟了。"

唐茵也不理他，真是，两个人都是这种反应。

鹿野叹了口气，无奈地说："哎，同学之间吵架不是很正常的嘛，陆迟的性格你还不知道？别扭嘛。"话虽这么讲，但他也觉得陆迟有毛病。不就一个梦嘛，他也做过无数回了，每次都只想回味，哪像他这样。

唐茵瞪他一眼，转身离开了教室。

寝室的人都还在外面，唐铭先回来，一转身又在水房见到陆迟在洗手。等过了几分钟他再去洗杯子的时候，见陆迟还在那里洗手，整个人连姿势都没变。

他不由得开口："我昨晚见到你洗手，现在又洗，你都洗了好几分钟，怎么了？"陆迟手顿了一下。

唐铭一无所知："真感觉不舒服就去医务室看看，洗掉一层皮可有你受的。你还感冒了，这不是找罪受？"说着，他就离开了水房，留下陆迟一个人站在那里。

良久，陆迟转了转手，看着有些红。

中午过后，唐铭觉得自己就像是生活在冷空气中，从唐茵将她的桌子直接搬到鹿野旁边的那一刻起。比如上课的时候，他总是看见老师盯着自己这里。他以为自己又干了什么，还诚惶诚恐，后来发现老师盯的其实是陆迟。

后来下课的时候，他要是问陆迟问题，必须问好几次陆迟才会回答，种种迹象简直可以说是奇怪极了。

鹿野的行为也奇怪，突然就和唐茵的关系突飞猛进。上课好好听课，下课就讲话，要不就一起离开教室，感觉好像只有他一个正常人了。唐铭实在忍不住了，找鹿野说："你别和唐茵在一起了，每次这样，陆迟就不高兴。"陆迟一不高兴就不给他讲题。

鹿野却笑："就是要让他不高兴啊。"不然怎么让他开口说话。

"你想干什么？"唐铭狐疑地问。

他摇摇头："没什么，只是我现在很闲，正巧有人找我做事，而且和唐茵坐一起感觉挺好的。"话音刚落，两人就看见陆迟从后面过来。

唐铭咽了一口口水，他刚刚是不是看见陆迟生气了？

鹿野也盯着那边，陆迟虽然平时看着有时候会害羞，实际上比谁都有主见，话少的时候更是很冷静。他拍拍唐铭的肩膀，小声说："别管了，我和唐茵就是同学关系，没什么的。"

事实上，他们俩一起走出教室后就分开了。唐茵找她的苏可西，他则去小超市买吃的。

"哦。"唐铭心想，陆迟可真是可怜。

下午有节数学课，新的数学老师上课爱提问，尤其爱找数学成绩不太好的人回答，鹿野自然首当其冲。

"鹿野，这道题我上次讲过还有一种方法，你们昨晚自习也想了，你来黑板上写一遍吧。"

鹿野一张苦瓜脸，都快放假了，哪里还记得想这个和写作业，晚自习是能睡觉就睡觉的。

唐铭在后面偷笑，转头就要和陆迟说话，却看到陆迟歪着头盯着鹿野，看表情似乎心情还不错的样子。

陆迟很少笑，他看过的也就一两次，而且每次都觉得自己看到的是幻觉。他至今还记得那次在操场外面，陆迟绝对是笑了。

今天陆迟整个人都不对劲，教室里开着空调，暖暖的，可他感觉坐立不安。

数学老师又说了一遍："你做了吗？"

鹿野张嘴："啊，我……"

边上的唐茵递给他一张字条，鹿野立马昂起头："老师我做了！"说完就大步上了讲台。之后唐铭就看到陆迟恢复了白天的状态，嗯，绝对心情又不好了。

数学老师夸奖了鹿野写在黑板上的答案，鹿野深深地呼出一口气。他容易吗？时时刻刻都被陆迟盯着，指不定哪天月黑风高，陆迟就把他解决了。鹿野觉得，陆迟完全可能做得出这种事。

好在数学课结束后就放假了。

下课铃声一响，数学老师就收拾好书离开了教室。这次就是真正地放寒假了，而且再过不久就要过年了，教室里满是欢呼声。

鹿野转头问："一起不？"

唐茵迟疑了一下，点头："嗯。"

所有同学都在收拾东西，声音不大，但唐茵耳朵尖，听见陆迟那边的动静停了一瞬。她微微勾唇，这副样子落在别人眼里又是另外一回事。

鹿野先背着书包离开了教室，等在外面。

唐茵慢吞吞地收拾书本，她的确是气急了才会做出这样的事，现在也并没有多喜欢。陆迟她是知道的，要是她不主动，他肯定就会沉浸在自己的世界里。

唐茵抬腿从里面走出来，还没走出几步就被陆迟拦住了。

"我……"陆迟只说了一个字，又纠结了。

唐茵看着他，等了一会儿没等到下一句，就问："你怎么了？你要干什么？不说话我就走了。"

陆迟条件反射般看向外面，鹿野正趴在窗户旁看着这里，脸被玻璃压扁了。他张了张嘴，却没有说出什么来。已经放假了，如果现在不说，待会儿人就走了。

陆迟只看见她静静地等着，等着自己开口。

"我……我不是……"他说得有点急，几个字合在一起，最后直接拿笔在纸上写了几个字，然后展开在她眼前：我不是故意的，对不起。

唐茵伸手去拉他，陆迟还是缩了一下，只不过动作很慢。唐茵这次没退却，反而直接握住了他的手。

"你今天上午那么对我，我很不开心。"说完她就感觉陆迟有点僵硬。

半晌，她终于听见陆迟低低的声音："脏。"

听见这个字，唐茵才知道陆迟为什么不想让她碰。"脏什么？"她抬高他的手，凑近看，"很干净。"手指修长，骨感完美。

陆迟知道她的意思，没再说话，只是低着头又说了一遍："对不起。"因为感冒，他的声音还有些沙哑。

唐茵说："你不用向我道歉，我只是不开心你那样对我。我不喜欢无缘无故不说理由就冷处理的方式，很烦。"她突然笑了，带着狡黠，灵动的眼里有着熟悉的感觉，让陆迟瞬间想到了很久以前的一件事。

那是陆迟第一次见到唐茵，上高一的时候，他的教室在一楼，教学楼贴近围墙处。当时在上课，他坐在最后一排的窗边，一抬眼就能看到围墙，甚至连上面冒出的草都能看见。那时候正值盛夏，外面十分热，蝉鸣聒噪。

数学老师在上面讲着新课，很枯燥的内容，他记笔记的时候抬头看了一眼窗外，看到那边墙上坐着一个少女。她是真的坐在围墙上，背对着他，看不到脸，只有雪白的脖颈和后脑勺，俏皮的马尾随着她的晃动也跟着晃动，荡出好看的波浪。她穿着短 T 恤，下摆翻卷在腰上，露出一大块白皙的肌肤，在阳光的映照下反射出光。

陆迟打开窗户，他听见少女在说话，嗓音悦耳，不过是在骂人，没带脏字地骂人，声音很好听。根据内容，他猜测应该是一中的几个人惹了她，她好像是来为她的同学出头的。

陆迟开着窗听了一节课，往常枯燥的数学课仿佛也变得生动起来。下课铃声响起的时候，老师去窗户边倒水，看到围墙上的人，立刻叫了一声。他就看到围墙上的人转过了头，撇撇嘴，跳下了围墙，消失在视线内。

她的脸也很好看，一双眼睛活泼生动，腰很细，细得让人口舌生津。只是后来，他再也没在围墙那边看到她。就像那天只是他眼花，那是个梦，直到去年十月初。

唐茵捏了捏陆迟的手，陆迟却转过头去看外面。看他这反应，唐茵说："鹿野早就走了，今天下午我和他走这么近，你是不是吃醋了？"

陆迟别扭地开口："没。"

唐茵才不相信："醋罐子。"

3

唐茵说完那句话，陆迟倒没再反驳，反正她要的效果已经达到了。她最不喜欢的就是冷处理，要么说清楚，要么就直接拜拜。

虽然陆迟现在和她还只是同学关系，但她以后可是想要和他发展亲密关系的。以后还这样那可不好，所以鹿野说完后她就同意了。

现在和陆迟说开后她的心情就好了，只是现在放假了，没机会再相处，约他恐怕他也不会出来。

她想得的确没错，寒假里，不管她怎么找借口，陆迟就是不肯出来。以往的学习借口也被他直接拒绝，怎么约都不行。

好在有个机会来了，苏可西的生日是在年前。苏可西一大早给唐茵打电话："这可是我在高中的最后一个生日，明天先来我家，然后去玩。"

唐茵说："你家？请多少人？"

电话那头安静了一下，唐茵和苏可西家是邻居，自然知道她家的情况。

唐茵叹了一口气："那不如来我家吧。"

"会不会……"

"有什么会不会的，整个嘉水私立中学都知道我家有钱，就给他们看呗。"唐茵漫不经心地说。

苏可西简直要跳起来："哎呀，大佬我真爱你！"和唐茵挂断电话，她又给陆宇打电话。

上次之后，她去三中找过他很多次，但每次都没有见到，一点也不像以前了。最后她都是被一群自称"宇哥的小弟"的人送了出来。

第二天正好是星期天，天气不错，罕见地出了太阳。苏可西生日，其实也就请了玩得好的几个人。唐茵一早被突袭而来的苏可西弄醒，两个人在床上打闹了好一会儿，快到中午才起来。

反正定的时间是下午，蒋秋欢和唐尤为今天被唐茵赶出去约会了，不到晚上不许回来，唐昀上次回来一趟后就又回去了。

苏可西坐在那里，掰着手指算："待会儿下午呢，就吃蛋糕，剩下的你点，晚上结束再去吃好的。"

"冬天吃火锅、烧烤都可以。火锅比较散，要不烧烤吧，人多又热闹，订个大的地方。"唐茵已经换好了衣服，她还在那儿嘀咕着晚上吃什么。

门铃声响起，频率还不低。

"人来了。"唐茵刚把门打开，一群人就挤了进来，各种各样的彩带先打了出来。

于春第一个，见她一头彩带，当即倒退一步："茵姐！不是我做的！"唐茵嫌弃，一脚踢过去。

一群人嬉笑着进来，看到沙发那边的苏可西，又冲上去一顿喷，就差没把苏可西埋进去了。

唐茵倚在门边问："陆迟没来？"

鹿野回头说："不知道呀，他现在看见我就跟仇人似的，都怪你，毁了我的名声。"自从上次放假那天和唐茵走近了，后来有两次碰见陆迟，陆迟的眼神都让他瑟瑟发抖。

唐茵向着门口张望，这么一看还真看到了陆迟。庭院门开着，他从那边进来，身材高挺，袖子卷起来，露出精致的腕骨，像一位绅士。白皙的皮肤配上漂亮的脸又像是吸血鬼，让人沉沦。

唐茵走出去，一把将门关上，靠在上面，挡在陆迟前面："你今天很好看。"尤其是这一双眼。也许是她之前的话起了作用，陆迟虽然在学校依旧戴眼镜，可私下里不戴的次数多了起来。

陆迟耳朵微红，不过嘴角还是动了动，显然心情不错。他环视了一下："你家很……很漂亮。"和他家一比，一个清清冷冷的，一个却是用了心的。

唐茵撇嘴，笑着说："反正以后就是你家了。"陆迟不想跟她说话。

在家里嬉闹了几个小时，一群人又挤着坐车离开了。苏可西订了个大包间。准备和大家一起过生日。

文月也来了，她就乖乖坐在角落里，和其他几个女生聊天。虽然不怎么熟悉，但也认识，况且女生之间很容易就能聊起来，不过几分钟时间就说又笑了。

"寿星来唱歌！"于春把话筒递过去，"不唱不行啊，今天咱们可得听一听你的歌喉。"

苏可西瞪他一眼，事实证明，他们错了。苏可西唱歌很难听，差点没把他们的耳朵祸害聋，大家都让苏可西不要再唱了。

陆宇推门进来的时候，正好碰见苏可西抱着个瓶子当话筒，站在沙发上唱歌。灯光有点暗，但他一眼就看到了角落里的陆迟，当即抬脚就走。

"陆宇！"苏可西从沙发上飞奔下来，扑了过去，差点撞上墙，最终揪住了陆宇。

"你不是说不来的吗？"苏可西凑上去问，"快进来，快进来，不然我生气了。"

陆宇的表情有些不耐烦，想要推开她，但苏可西头晕得厉害，一推，就顺着往下滑。陆宇暗骂一声，将她抱住。苏可西顺势整个人窝在他身上，嘀嘀咕咕不知在说什么，嘟嘟囔囔了半天。

他扶着她进去，鹿野让出来一个位子，坐在中央，以前的同学都和他打招呼。他们都知道陆宇和苏可西的事，当初也算是围观群众，而且都没想过苏可西会成功。

看到陆迟也在后，陆宇心情就不好，他待了一会儿就起身要走。

鹿野说："陆宇你才来就走啊，多玩一会儿吧？"

"就是啊，这才刚开始呢，走了多没意思。苏可西可是今天的寿星，你也要走？"

苏可西跟着点头："对对对。"手还扒着他的胳膊。

陆宇转头，看到陆迟安静地坐在角落里，又想起几个星期前发生的事。不知道那天出了什么事，他妈妈回家后就大哭了一场。他问了半天才问出答案，原来和他以前想的完全不一样。

昏暗的灯光下，陆宇拿了个杯子，倒了一小杯蓝色液体，直接放在陆迟面前："让他喝完。"苏可西拽着他，反被他用力地握住手，弄得她生疼。

这句话一说完，包间里就安静了下来。包间里的人除了十四班的就是实验班的，都认识陆宇。尤其是实验班的，以前陆宇就是他们的同学。可以说，他们还是第一次见到这样的陆宇，感觉他人都变狠了。

他们不知道陆迟和陆宇是什么关系，却能猜出来一点，只觉得很麻烦。

文月一向胆小，尤其认出陆宇是三中的那个人后，心里更是惊慌，就想找唐茵来阻止这事。可她还没站起来，就想起唐茵刚刚出门接电话去了，压根儿还没回来。

这时，鹿野站起来打圆场："陆宇，别这样吧，万一出了事……"

话未说完就被陆宇打断："喝还是不喝？"

包间里只剩下电视机里唱歌的声音，明明音乐声震耳欲聋，却让人觉得太过安静。一群人看看陆迟，又看看陆宇，不知道该怎么办。

"喝。"他们只听见这个声音。低，却清晰可闻。

"好，我知道了。"唐茵刚挂断电话就接到了于春的电话："茵姐，刚刚陆迟跑出去了，你看到了吗？"

"陆迟？跑出来了？"

于春赶紧将刚才发生的事简要地说了一下："也不知道陆宇抽的哪门子疯，让陆迟喝了一杯。等陆迟走了，他自己又在那儿闷头喝，你说这是不是……唉。"

唐茵心头直冒火，没听他讲完就直接挂了电话。陆宇今天发什么神经，非得在这时候找事，真不把她当回事？她往里走，谁知刚进去就看到陆迟坐在大厅里。看见他人，唐茵顿时松了口气，就怕他出事。

陆迟肯定从来没喝过，不然也不会像现在这样正襟危坐，双手交叠放在膝盖上，严肃得像个小学生刚上课的样子。走近了才发现，他整张脸都是红的，眼神直勾勾地盯着前面。她顺着目光往那边看，也不知道他在看什么。

唐茵问："你脸怎么这么红？"话才说完，鼻尖嗅了嗅，就闻到一股气味，扑面而来，带着独有的芬芳。

陆迟有点迷糊，他张张嘴，什么也没说出来，唐茵竟然觉得他的样子有点委屈。不知道他为什么突然要喝。她向大厅的服务员要了一杯蜂蜜水，端着要喂他。

不过陆迟显然很有性格，杯子到了嘴边还不张嘴。

唐茵有些无奈："张嘴。"

陆迟这才乖乖张嘴，听话得不得了，还非得说一下他才动。

蜂蜜水碰上他的嘴唇时，陆迟伸手去抵，皱着眉，嘀咕了一句什么。

唐茵没听到，伸手捏他的脸："小结巴，张嘴。"

一杯蜂蜜水下去，要是往常，哪会有这样的亲近机会。唐茵开心得要飞起来了，但面上一点都不显。

　　外面天已经黑了，大厅里人很少，只有他们两个人。陆迟的眼尾通红，昏暗的灯光下，可口得像是刚出炉的点心。

　　他噘起嘴，唐茵猝不及防，没移开的手指被他的嘴唇碰了一下，温润软绵，直至胸口，酥麻至极。

　　半晌，唐茵回神，抽出手，擦了擦，放下杯子坐在他边上，不知道说什么。

　　陆迟的目光随着她的动作转移，十分专注。唐茵掩着嘴，咳了一声。虽然自己的想法有点小心机，但谁让她就是这样的人呢，她已经惦记他好久了。

　　唐茵突然转过头来，对上陆迟的眼睛。他眨眨眼，乖乖地看她，还伸舌头舔了舔嘴唇，应当是刚刚的蜂蜜水留在了上面。然后他就皱眉，看唐茵的手放在那儿，又去握。

　　"唉。"唐茵叹了口气，握住他的手，和他对上，放慢语速，"我最可爱了，对不对？"

　　4

　　唐茵掐他的脸颊，就在她以为自己的计谋被识破了的时候，陆迟突然又开口："好。"她还没反应过来，陆迟就凑过来，冒着星星眼看她，像极了等待表扬的一年级小学生，俊秀的容颜越发好看了。

　　唐茵半天没动，好一会儿才回神摸了摸胸口，感觉心都快要蹦出来，眼前似有烟花在绽放。她伸手摸摸脸，温润的感觉仿佛还停留在上面。她又看向陆迟，他正巧在舔唇，看起来秀色可餐。

　　唐茵把他的头转过去，半晌，他自己又转过头来，委屈地看着她。唐茵伸出食指停在他嘴边，按了按柔软的唇瓣。

　　过了一会儿，唐茵才可惜地收回手捧着他的脸："乖，和我回去。"

　　陆迟既没说话也没动，只是看着她。他们才走几步，就看到里面的人出来了。

　　"茵姐，陆迟他……"于春有些紧张地问。

鹿野看了几眼陆迟，发觉他有点不对劲，想着可能是受打击了，于是开口说："找到了就好。"当时的情况他们真没想到，好在后来也没出什么事。

苏可西也是在清醒后听到于春说陆迟和唐茵在一起才放下心来的。陆宇等她清醒后就直接离开了，不知去了哪里，所以她不知该怎么面对他们。

唐茵说："你们先去，我先把他送回去。"

苏可西张张嘴："陆迟，你没事吧？"她没想到陆宇会做出那样的事，可当她质问时，陆宇只是沉默。说到底，发生那样的事全是她的错。唐茵是她的闺密，她不希望两个人的关系由此变差。

苏可西小声问："茵茵，陆宇他不是……"

陆迟没说话，但唐茵心情尚好，就对她说："没事，还要替我谢谢陆宇，虽然我一开始很想打他。"

她背在身后的手扯了扯陆迟的衣角，陆迟也跟着点头。

唐茵说："你们先走，今天我可能会迟点回。"

刚才那句突如其来的话苏可西没听懂，不过还是听她的话，和其他人先离开了。

等人都走了，唐茵才拉着陆迟走出去。陆迟比她要高半个头，还乖乖地任她拉着，吸引了不少人的目光。

唐茵拦了辆车，陆迟家在哪里她是知道的。班主任那里都有，她看到过。

路上，司机不止一次从后视镜里看他们，却没有说话，很快就到了陆迟家。

唐茵拽了拽陆迟："下车。"

陆迟跟在她后面，一路上清醒了不少，虽然唐茵觉得他还是有点傻愣愣的，但比一开始要好了不少。

陆迟家的灯亮着，唐茵估计陆迟妈妈在家。她不太想碰见他妈妈，毕竟之前那次见面实在让她记忆深刻。

陆迟被她推到门口，依旧盯着她瞧。

"你怎么不进去？那是你家。"唐茵捏了捏他的脸，"乖，快进去。"

陆迟眨着眼睛，和她摆了摆手，转身回了家。

他看上去倒是挺正常的，谁知道他醉了的时候能这么可爱呢！唐茵动了动手指，捂着脸偷笑，陆迟真是每一面都让她无比喜欢。

年前，陆跃鸣、邱华、王子艳同坐一桌。

陆跃鸣气色不错，直接开口："签了吧，离婚协议上面的条款都写清楚了。"

王子艳拿着看，和上次的一点区别都没有。她直接扔出了一沓照片，都是她以前找人偷拍的，陆跃鸣和邱华约会的照片。两人动作亲密，邱华如今的房子也是陆跃鸣的。

"其他的我就不说了，婚姻存续期间你公然出轨，到现在这么多年了，真闹上法庭也不知道谁理亏。"

陆跃鸣的脸色不太好看："我说了你们现在住的房子归迟迟，抚养费我也会给，你还想怎么样？是不是又想作什么怪？"王子艳听后只冷笑一声。

旁边的邱华没说话，她等这一天已经等了很久，就差这最后一步。她最对不起的人就是陆宇，他以为的幸福家庭实际上如此不堪，可她能怎么做呢？她当时不过是普通家庭出身，王子艳却是有钱人家的女儿。

律师一开始没说话，看时候差不多也开了口，拿出他早就打印好的离婚协议。虽说事后还要去拿离婚证，但签下来基本就算是定了。

陆迟在楼上，楼下的动静他听不到，也不知道进行到了哪里，手机这时振动起来。

唐唐唐：今天天气很好。

陆迟一下子就猜到了她的意思，偏偏假装不知道，回了个：嗯。

唐茵盯着手机想，陆迟怎么可以这么冷淡！虽然他以前也这样，她戳了戳，发过去：要不要出来玩？不出来我可告诉别人你那天喝醉之后干了什么啊。

都快过年了，自从上次聚会陆迟就没出来过，过年后她就要回老家走亲戚，压根儿没时间找他了。

说到这里，她真是喜欢喝醉的陆迟，又乖又可爱，听话得不得了，而且愿意和她亲近。就是不知道陆迟是真不记得还是装不记得，如果是真不记得，那就很可惜，要是假不记得，那就肯定是害羞了，反正他害羞也不是一两天了。

陆迟皱眉，那天发生了什么他不太记得了，只知道陆宇让他喝酒，他喝完后就离开了包间，等他清醒过来后已经在家里了。中间发生了什么，他自己丝毫不知。但听她的语气，感觉不太好，难道他做了什么见不得人的事情？

陆迟正要回复，就听到楼下王子艳喊他："迟迟。"可能已经谈好了吧，他看了一眼手机满屏的委屈表情，轻轻抿唇，敲了两个字发过去。

陆迟下来的时候，客厅里很安静。

王子艳说："陪妈妈去民政局吧。"

陆迟看了一眼对面脸色非常不好看的两个人，没说话，只是浅浅地点头。

很小的时候，他就知道爸爸经常在外面。那时候以为爸爸出差，或者忙其他事。直到上学期他才知道，原来爸爸从来就没把这里当家。他一直以为父母不怎么说话，或者是妈妈说话爸爸不回应是很正常的，可实际上别人家完全不一样，原来他从来都是不被期待的。

陆迟看着外面明亮的天空，大概只有唐茵觉得他哪里都好吧。

陆陆陆：明天。

唐茵仰天大笑，可算是成功了。

蒋秋欢一进女儿房间就看到被窝里缩着的人，她一巴掌打上去："你都洗过脸刷过牙了，怎么还赖在床上？赶紧下来，去吃早饭。"

唐茵从里面冒出头："嘿嘿嘿。"

"神经。快跟我去买昨天那条围巾。"蒋秋欢坐下来，"乖女儿，妈妈我可喜欢那条围巾了。"

"你自己去。"

"你去，我不跟你爸说你上次的事。"

唐茵撇嘴，都学会威胁人了。

蒋秋欢又叮嘱她："我可跟你说好了，不许出格。虽然我知道那个男孩人不错，但那也不行。"

唐茵从床上跳起来，换好衣服后就出了门。她昨天陪蒋秋欢逛街，蒋秋欢看上一条围巾，走的时候却没买，回来后思来想去都后悔，还是要买。好在围巾还没被人买走，唐茵付完款就拎着袋子出了门，一眼就看到从对面出来的几个人。

对面是民政局，而陆迟恰在其中。

从民政局出来后，陆迟整个人都轻松起来。王子艳的心情也莫名地好了不少，尤其是看到刚刚那个工作人员看邱华的眼神。反正自己现在一身轻松，只要顾着儿子和自己父母就行，其他的不用管。律师为她争取到了额外的一间门面，在人流量挺大的市中心，虽然比不上其他几个门面，却也够了。

在民政局外面分道扬镳时，王子艳叫住了邱华，笑道："你一直觉得是我给他灌酒下的药，可你大概不知道，我那天只让他喝了两杯酒。"她强调道，"只有两杯。"果不其然，她看到邱华瞬间变了脸色。

邱华和陆跃鸣当初是多年的男女朋友关系，自然知道他的酒量。一般的酒，不到十杯他是不会醉的。

陆跃鸣咬牙说："别理她，她现在就是在发疯。"

邱华的脸色有点不好，只是随口应付了他一句，脑海里却乱成了一锅粥。刚才王子艳的话让她感到不安，不知道到底是真的还是只是为了让她感觉不快。可不管怎样，王子艳的目的都达到了。

王子艳深呼出一口气，盯着他们离去的背影。

站在一旁的陆迟没说话，只是面无表情地看着他们。就在这时，他抬头看了一眼马路对面，立马就看到一个熟悉的身影。隔着一条马路，两人对视。陆迟忽然觉得，自己的不堪全都摊开在她面前。

手机突然振动起来，他手指一滑打开，是唐茵刚刚发来的微信，上面只有短短的几个字。

唐唐唐：我要告诉你一个秘密。

陆迟还没收手机，几秒之后，手机再次振动，她又发过来一句话。

唐唐唐：我好喜欢你呀。

第九章

不给一个"么么哒"就不起来

1

这大概是全校都知道的秘密了，陆迟一抬头，唐茵正朝他摇晃着手。她笑得灿烂，冬日暖洋洋的阳光照在她身上，像镀了一层薄薄的金。

"迟迟，我们回家吧。"王子艳将目光从走远的两人身上收回，语气充满了她自己都没有意识到的轻松。刚才那句话她是故意说的，陆跃鸣让她不好过，她也不会让他好过。也就只有邱华还觉得他当初真是被逼的，王子艳冷笑。

"嗯。"陆迟从喉咙里发出声音。不过他的目光一直停在对面，落在那张明媚的脸上，以及令他魂牵梦萦的腰上。

唐茵今天穿的是短袄，配着半身长裙，露出一截腰。即使冬天的衣服厚，也遮挡不住她的细腰。

王子艳顺着他的目光看过去："你是在看那个女孩？"

陆迟扭过头："没。"他抬脚离开了这个地方，没有再回头。

王子艳却盯着那边看了看，觉得那个女孩有点熟悉，总觉得在哪儿见过，但就是想不起来。

唐茵看着两人走远，不禁想刚才陆迟的妈妈看过来究竟是什么意思。难道是觉得她上次多管闲事？她拎着袋子，慢悠悠地回了家。

放假的时间总是过得非常快，不知不觉，新年已经来到了。一大清早，唐茵就被远处的鞭炮声吵醒。虽然现在市内不允许燃放烟花爆竹，但实际上总会有不少人私下里燃放。被吵醒的时候，唐茵觉得真不该放，但真清醒过来又觉得放放会更有年味。

爷爷奶奶都被接了过来，他们家的年夜饭八九点的时候就完全结束了。

一家人吃饱喝足后躺在沙发上，唐茵摸出手机，登录微信，给陆迟发了条拜年的消息，然后就歪着头等回复。他们上次还是在民政局对面见的面，上次说好的"明天"结果又没成功，这次说什么也要约他出来。

陆迟这时正在做寒假的试卷，草稿纸上是规规矩矩的解题过程。手机振动起来，他打开一看，是唐茵的消息。

唐唐唐：新年快乐。

他打了同样的几个字正要回复，又收到一条新消息。

唐唐唐：嘿，今晚去跨年啊。

说到跨年，陆迟就知道她的意思了。市内有个远达广场，从几年前开始便向国外学习，弄了个跨年倒计时的活动。在家闲着没事干的人就会去到广场，喝茶、聊天、跳舞，然后在接近零点的时候一起倒计时跨年，热闹非凡。

陆迟看了一眼自己的试卷，回复道：好。

唐茵正要激动得跳起来，就见突然又冒出一条新消息：十点广场见。

电视里还在放着春晚，但她实在提不起兴趣，摸了摸自家老爸的肚皮，忽然开口："我今晚和别人出去跨年了啊。"

唐尤为慢悠悠地问："谁啊？"

唐茵笑嘻嘻地说："你女婿，哈哈哈哈。"

这句话一说完，沙发上的唐昀和唐尤为就都瞪着眼看着她。在他们眼里，凡是接近自家女儿的男人都不是好人。

远达广场离唐茵的家不过十几分钟路程，有时她和家里人也会去逛逛，只不过不会待到那么晚。但今天不同啊，今晚她约到了陆迟！

才十点多，广场上的人就已经非常多了。唐茵在广场外面的椅子上坐着，琢磨着陆迟会在哪里。昏黄的路灯加上七彩的灯光，将广场照出了夜市的感觉。

虽然夜已深，但依然熙熙攘攘。她穿过人群，最终停在广场偏西的一个地方。

她想起来这里是上次他们谈话中说到的地方，就是那次在面馆里，她逼问他喜欢吃什么，陆迟的最终答案是远达广场西角的一家店。那家店看着很普通，她不止一次路过，却从来没进去过。要不是这次，她几乎忘了有这么个地方。

也许是天意，随着她走近，店里的情况也映入眼帘。透明的橱窗内摆着好几张桌子，三三两两坐着人。唐茵没有走进去，而是站在不远处。

她果然没猜错，陆迟就在里面，坐的位子还在边上，一眼就能看到。

一个小男孩挤过来，猝不及防地撞上她，然后声音软糯地开口："小姐姐，要买棉花糖吗？"唐茵低头，小男孩看起来七八岁，一脸稚嫩可爱，手里拿着好几根棉花糖，都能把他的头遮住了。

她揉了揉男孩圆嘟嘟的脸："给我两根。"小男孩立刻欢天喜地地抽出两根最大的，还说："有点冷了。"

唐茵笑着说："没事。"广场上出来卖东西的小孩子不在少数，大多是为了给父母帮忙。比如这个小男孩，她都记得了，上次就遇见过。

唐茵不知想到什么，叫住小男孩问道："等等，小弟弟，你叫什么？"

小男孩乖巧地回答："我叫阿博。"

唐茵弯下腰，对着他小声说："那阿博，你帮姐姐一个忙好不好？不麻烦的。"

阿博纠结了一会儿，想想这个姐姐一下子买了两根棉花糖，其他人都没这样大方，于是点点头："好。"

"看见里面那个哥哥没有？围着深蓝色围巾的。"唐茵指了指陆迟，"你帮我把这根棉花糖送给他。"她又低声叮嘱了一句话。阿博听完点头，转身朝店里走。

陆迟转着手机，想着这次会不会太为难唐茵了，因为广场还挺大的。他扭头看向外面，只看得到来来往往的行人和千人一面的脸，并没有见到自己心心念念的那张笑容张扬的脸。

陆迟打开手机，正准备发消息时，他的胳膊突然被晃了晃，一个小男孩站在他前面，捧着大大的棉花糖，眼一眨不眨地盯着他。

"深蓝色围巾……"小男孩凑近瞅了瞅，"找对了。"

陆迟疑惑地问："有……有事吗？"

阿博乖巧地一笑，露出两个小小的酒窝："有个姐姐让我把这个给你。"他递过去一根粉红色的棉花糖。

陆迟接过后，几乎一瞬间就知道肯定是唐茵。他往外看，还是没看到人。

"姐姐让我跟你说，"阿博挠挠头，"粉红色棉花糖很适合少女心的陆迟迟。"陆迟还没回答，就听到小男孩又问，"大哥哥，你叫陆迟迟吗？好可爱的名字。"

唐茵也真是够了，他低头问："她在……在哪儿？"

阿博伸出小小的手，指了指一个地方。陆迟顺着他手指的方向看去，唐茵正站在那儿吃着棉花糖。棉花糖遮住了她大半张脸，只剩下明亮的一双眼。

等他走到她边上的时候，唐茵已经又握着一支雪糕吃得正开心。唐茵伸出舌头轻轻地舔，现在是深冬，外面冒着冷气，却丝毫比不上雪糕给她的感觉。

反季节吃东西有种特别的刺激感，比如夏天窝在空调房里吃火锅，又凉又辣；冬天在外面看着雪花吃雪糕，又冷又甜，是两种极致的感觉。

唐茵舔得专心，未料眼前落下一大片阴影。她眉眼弯弯地笑道："呀，少女心迟。"广场上的大显示屏正在播放国外华人恭祝新年的视频，一声声盖过了她的声音。

陆迟虽然没听到她说的话，但从她的表情上来看，也觉得她肯定没说什么好话。唐茵三两口吃完雪糕，拉着他走到广场："有没有来这里跨过年？"

"没。"陆迟拢了拢围巾，短促地答道。

唐茵满意地点头，霸道地说："那我是第一个跟你跨年的，当然也是最后一个，以后也不许你跟别人一起。"

陆迟扭过身子，微微低下头看她。

"快答应我。"唐茵捏他的胳膊，又说，"虽说你不答应也不行。"

"好。"

唐茵终于心满意足了，两个人在广场上漫无目的地逛。陆迟的话很少，一路上都是唐茵在说，还一会儿吃这个，一会儿吃那个。

不知过了多久，大屏幕上开始倒计时。广场上的人都激动起来，纷纷跟着倒数，伴随着尖叫声，还有小孩的笑声。

唐茵眯眼，突然挡在陆迟面前。他的围巾现在围在她的脖子上，所以从她的角度看，线条流畅的下巴非常完美而诱人。唐茵伸手捏上去，都没用力。陆迟没来得及反应，下巴的酥痒让他喉结微动，柔软的指腹触到了下颌。

愣神间，唐茵已经站了回去，靠着他的肩膀，笑得肚子疼。陆迟绷着脸没有说话。

"五！"

"四！"

"三！"

"二！"

伴随着"一"的到来，唐茵踮着脚，看着陆迟的侧颜，心想：这真是最好的新年礼物。

2

倒计时的热闹逐渐散去，广场上的人也纷纷离去，只有唐茵和陆迟还站在原地。

"你现在打算怎么办啊？"唐茵嘴上说着，伸手一下下戳着他的肩膀。这种行为现在成了她的一种乐趣，陆迟的身材看着显瘦，但肉还是有的，肩膀处有软有硬，戳起来感觉很好玩。

人挤人，唐茵的心神都在陆迟的回答上，自然也就没有注意到从那边挤过来的人，猝不及防被人撞到。陆迟一把揽过她，两个人贴得更近了。

他面上有点红，夜里看不太清，声音也小小的："你……你想怎样？"

唐茵却听清了，先是忍不住哈哈大笑，然后揪住他的衣服："自然是成为我的人，一辈子都别想跑了。"陆迟没料到会是这个回答。

唐茵扬眉："骗你的。"

陆迟疑惑了，他张了张嘴，想说的话最终堵在喉咙里，总觉得自己说出来的话最后会让唐茵更不开心，他的眉眼间有些失落。

唐茵没再说话，刚刚只有短短的三个字，她其实是想等陆迟自己开口说的，而不是她开口。因为这样才能让她更安心，毕竟没有谁比他自己更懂自己的心。

今晚实在让她很惊喜，但惊喜之余又可惜。每件事都由她去说，去牵引，去走每一步，这样是走不到最后的，她自然不愿意看到这样的结果。

年后不久，嘉水私立中学高三就开学了，高三的最后一个学期，学校的想法就是学生的心思最好每一天每一分每一秒都放在学习上。

每天总是感觉课上难熬，秒针走得太慢，但日子一天天就这么消失了。

不知不觉来到了三月初，还有半个多月就要进行第二次模拟考试了。教学楼的灯熄得越来越晚，留下的学生也越来越多。

第二次模拟考试还未开始，百日动员大会倒先开始了。基本上每个学校都会有这样的活动，用来鼓励即将参加高考的学生，也为了让他们放松那么一会儿。

第一次模拟考试成绩突出的几个学生自然要上台讲话，其中以陆迟和唐茵最为突出，毕竟全省排名的名次摆在那里。而第三名在全省的排名却差挺多的，虽然如此，也还是要为同学们树立榜样。

快要开始的前一天，教导主任来到零班，叫出学校拟定要发言的几人。他笑眯眯地看着陆迟："明天陆迟你第一个，今天就要把演讲稿写好，拿去给班主任审阅一下，省得出错。"陆迟轻轻点头。

教导主任又转向赵如冰："你是第二个，也要提前准备好，你们两个都是学校的尖子生，从一开始就成绩很好，一定要给同学们做榜样，必要的时候也可以分享一下学习的窍门。"

赵如冰嘴上应了，心里却在撇嘴。说得好听，以前他们听上一届毕业生演讲的时候怎么没什么窍门，都是一些老生常谈的问题，所谓的方法就是多做多练，一听就知道压根儿没说出窍门。

"然后呢，你们就适当地鼓励一下同学们，我知道你们的压力也很大，但压力再大也要努力。"

陆迟迟疑了一下开口道:"第二……不……不是唐茵吗?"

教导主任的脸色不好看了:"唐茵演讲不好,之前就差点搞砸了,还是不要了。"说到这个,他就想起上次唐茵当着那么多人的面说出那样的话,实在愧为一个学生。要不是看她成绩好,他一定会给她一个警告处分。

"我怎么演讲不好了?"唐茵的声音突然从后面传出来。

教导主任也没想到正主会从后面冒出来,于是开口:"你上次当着全校同学说的那句话,我可还记着呢。"

唐茵先笑嘻嘻地看了一眼陆迟,再说道:"我也不想您记得呀,反正是说给别人听的。"

教导主任依然摆手:"你别想,反正你就是别想演讲,这都什么时候了,别捣乱。"

赵如冰在一旁当隐形人。

唐茵撇嘴:"我写演讲稿,给您看还不行吗?"

教导主任迟疑了一下,趁着他想的时候,唐茵挪着步子靠近陆迟,手背在后面,伸过去,偷偷捏他的手。陆迟蓦地被捏住,收回手,颇为不满地看了她一眼,唐茵对他笑笑。

赵如冰咬了咬唇,自从上学期快要期末考试的时候,她就觉得两个人之间的气氛不一样了,包括在外面遇到的两次,都让她觉得不一般。两个人相处容不下别人。

"那你要保证按照演讲稿来。"教导主任妥协,"你的演讲稿我也要过目。"

"好。"唐茵点头,装作乖巧。

这次的百日动员同时举行开学后的第一次升旗仪式。升旗仪式过后,教导主任和校长一一鼓励高考生。他们都非常希望这一届的成绩能够比上一届更加出色,这样以后的名声出去了,生源会好,学生也会增加。

陆迟第一个演讲,他才站上旗台,底下就有轻微的骚动。

"这是……陆迟？他不戴眼镜这个样子啊？"

"这样看上去和以前差别太大了……头发再长点就可以装女生了，眼睛看着太像女生了。"

"唐茵知不知道？"

陆迟手拿着稿子，内容早已背了下来。他扫过底下坐着的人，整个操场都站满了，大部分人盯着他。陆迟微不可见地侧头，看了一眼那边。唐茵坐在椅子上，右手支着半边脸，朝他笑，还做着口型，虽然他看不清那是什么。

陆迟收回视线，微微闭眼，几秒后睁眼，开始语速正常地演讲。

距离他上次演讲已经有好几个月了，大部分人的记忆模糊了，丝毫不记得陆迟演讲的时候总是流畅地，当即就有几个文科班的女生眼冒星星地看着陆迟。

几个女生叽叽喳喳地说着，很快陆迟的信息就传开了。原本他喜欢戴眼镜，并没有人注意到他，都觉得他是个书呆子，就算是长得清秀，那也不出色。今天的他让不少心思不在学习的人都上了心，越是临近高考，人越放纵。

陆迟的演讲不过几分钟，很快就结束了。轮到唐茵上去演讲的时候，陆迟刚从旗台上下来。他的站姿总是非常标准，和懒散的人对比，显得与众不同。走下来的时候骨子里露出些许矜持，像一棵被人精心培育的小白杨，直挺又苗条。当然，这个人的名字就是唐茵。

两个人迎面碰上，唐茵接过他手中的话筒。还没等她离开，陆迟就微微扬了扬唇，轻轻浅浅地笑，诱人的眉眼弯弯。

唐茵觉得，这个笑容，她怕是要记住一辈子的，陆迟绝对是故意的。

3

真是不老实，唐茵心想，居然现在勾引她，还当着这么多人的面。虽然心里这样想，但她面上的笑容越来越深。

等到唐茵上台后，底下的同学都安静下来，静静地等待。这次只有高三生和高复生，大家对于唐茵和陆迟都是非常熟悉的，就算不熟悉也听过他们的事。上一次的演讲不少人还记着呢，现在看到教导主任又让她上台，都忍不住捂住嘴，怕待会儿笑出声来。

高三了，什么小事都能让他们激动。唐茵一边卷着稿子，一边吹了吹话筒。

看她一直没有展开稿子的动作，不远处的教导主任忍不住跟着揪心，不会又出什么幺蛾子吧？他就不该相信她。

唐茵随意扫了一眼下面的同学："学习方法已经有人给了，我就不讲了，反正讲了你们也不听。"

教导主任顿时倒吸一口冷气，刚刚那架势他就知道要出事。他亲自审核的稿子，明明开头写的是"亲爱的同学们"，哪是这句话。

底下的同学们立即有了兴趣，认真地听着，准备听她讲什么与众不同的。

唐茵见状，露出微笑："临近高考，咱学校情侣又增加了不少吧？既然有本事谈恋爱，怎么没本事一起考一所好大学呢？"操场顿时一片哗然。

教导主任几乎眼前一黑，他就知道唐茵不会说什么好话，下次打死他，他也不会让她上去。

"不管你们信不信，反正我是要和陆迟考同一所学校的。"唐茵瞥了一眼那边的陆迟，"主任说不准早恋，我当然要遵守规定，所以我现在可还没和陆迟在一起。"

被她的话一震，操场上的人都没反应过来。唐茵反而扔了稿子，从旗台上下去了，之后操场上响起后知后觉的掌声。

百日动员就在这样的轰动场面中结束了，演讲时的哄闹让人记忆深刻。即使已经过去好几天了，还有不少人在追问唐茵的事情，更别提零班门口偶尔出现的一些好奇心重的人了。

晚自习快开始的时候，陆迟姗姗来迟，手上拿了不少东西。

一看她又在睡觉，陆迟便没吵醒她，顺手将酸奶放在她的前方。她一直睡到第二节晚自习，还没等她太清醒，物理老师就站上了讲台，今天这节晚自习将被她拿来讲题。自从换了这个物理老师，唐茵上物理课就很受煎熬。老师声音很温柔，就和催眠曲似的，才睡醒的唐茵又眯眼。

进入高三以后，小测试是家常便饭了，随随便便一节课上到一半老师就来一句："不上了，考试。"

今天白天两节课进行小测试，做了一张试卷，成绩不太理想。临近二模，又快高考，不少人紧张起来，浮躁和不安在整个教室蔓延，直接影响了成绩。

物理老师在讲题的时候也不是很开心，讲到最后一道题的时候，她突然停了下来，对着教室张望一下，开口道："唐茵，你来黑板上做这道题。"

教室里眯眼睡觉的人都猛然惊醒，晚自习很多人都会忍不住打瞌睡，今天又是物理课，更让人忍不住睡觉。

唐茵被陆迟推醒，站起来，看到最后一道题，转了转脑子。这次的小测试她因为被教导主任叫去修改保证书，压根儿就没参加，就别提做题了，而且一时间肯定想不出什么步骤。她张张嘴，正欲说话，老师又说："你就做第一小题吧。谁来做第二小题？"

教室里没人举手，物理老师正要喊人，就看到陆迟正经地举了手，顿时满意地点头："那就陆迟吧。"

鹿野在下面捂嘴狂笑，他可是知道唐茵压根儿就没做这道题的。她回来后试卷也没补上，除非在黑板上直接写，老师肯定是看她在睡觉才故意叫她的。

也有大胆的男生在下面吹口哨，原本安静的教室里瞬间热闹起来。物理老师很温柔，从来不发火，所以班上人都比较大胆，上课也会开玩笑放松一下，不会耽误正事。

陆迟和唐茵一前一后上了讲台，一时间，教室里在睡觉的人都被刚刚的变故弄醒，睁眼看着他们。

两个人一起上讲台，虽然什么都没发生，但足够让人产生联想了，也不知道陆迟是不是故意上去的。

唐茵还处于很迷糊的状态，对着黑板，自己的试卷上一片空白，这可真要命。陆迟侧头，就看到她揉着眼，又打了个呵欠，估计是还没睡醒。他往后看了一眼，物理老师才往后走，背对着他们。

陆迟顺手抽出唐茵手里的试卷，把自己的试卷塞到她的手心，动作非常自然。底下人都看着，顿时口哨声与掌声齐飞。

物理老师回头，只看到讲台上两个人都在做题。

4

原本大家都在物理老师温柔的声音中昏昏欲睡，遇上这样的刺激事，哪还瞌睡？看热闹的看热闹，撇嘴的撇嘴，鹿野更是起哄拍起了桌子。

陆迟已经对着一张空白的试卷写起自己的答案来，动作流畅自然，一点也看不出来是现写的。

底下围观的同学惊叹，起码他们就做不到这么快就能写出答案来，还能把数字记得清清楚楚，都不用算的。

物理老师说："起哄什么？赶紧看试卷。这次班上除了陆迟，竟然没有一个人把最后一道题全部解出来。"教室里顿时响起叹气声。

看人家陆迟在上面陪妹子做题，物理还是满分，他们坐在下面还在挨老师的训，人与人之间的差距怎么就这么大呢？

唐茵虽然醒得慢，手上动作倒挺快，眨眨眼，三两笔就把工整的答案抄了上去。不得不说陆迟的解法很棒，她一路抄下来，再加上刚才看完题目，都能直接懂。

唐茵写完又打了个呵欠，陆迟刚好也写完，扭头看她。虽然没笑，眼里却露出一些笑意，显然心情不错。

唐茵已经清醒了，两人从讲台上下来，走在过道上的时候，她伸手去挠陆迟的后背。陆迟把手往后一抓就抓到了她的，反手捏住。

过道两边的同学都忍不住了："呸。"大庭广众之下，居然让他们吃狗粮。

回到自己的座位上，唐茵踢了一脚他的椅子："多管闲事。"

物理老师已经回了讲台上，她的声音再次让人要么把目光集中在试卷上，要么继续昏昏欲睡。

陆迟还了她试卷，唐茵直接放在桌上。陆迟看她没动作，又伸过去帮她展开，然后翻到了最后一道大题上。

唐茵看到了边上的一行字：心情不好？她扭过头，盯着他，不满地道：

"谁让你这么吸引人。"

陆迟哭笑不得。

物理老师还在上面讲题："你们怎么就不能向唐茵和陆迟学习学习？两个人的解法多好，思路相同说明肯定不是只有一个人能想到，你们认真想也能想到。"

下面的人腹诽，明明是唐茵拿了陆迟的试卷，能写出不一样的答案就怪了。

唐茵手撑着脸，她只是不乐意有人惦记着她的人而已。不过似乎今晚陆迟很关心她，这让她很开心，于是她笑眯眯地享受班里同学的注视。

日子很快过去，第二次模拟考试到来。连着两天考试就跟一场梦似的，轻飘飘地就画上了句号宣告结束。

一出考场，整栋教学楼就都弥漫着伤心情绪。试卷分数还没出来，大家又都放松起来。也许是因为试卷太难了，也许是因为破罐子破摔了。

而唐茵还在为检讨发愁，因为上次的百日动员造成轰动，教导主任把她教训了一顿，最终还是口头严厉警告了一下就让她回去了。

本来这样就算是过了，但教导主任可能心理突然又不平衡了，竟然在第二次模拟考试结束的当天找上了她，要她写检讨，可能是因为教导主任不相信她的口头保证吧。

"哈哈，不相信不是很正常吗？谁让你前科累累呢？"

坐在窗边的男生叫苏询，是曾经和唐茵同一所初中升上来的。虽然两人不经常说话，但实际上关系是非常不错的。唐茵这次找上他，是因为他从初一开始就经常因为逃课之类的事被要求写检讨，可以说是写检讨中的战斗机。

她基本上没有写过检讨，这次竟然还被要求写得诚恳，要深入人心，还不如让她去跳楼。

苏询笑道："你两次都耍了教导主任，都在他跟前保证得好好的，结果却还是一样的，他能高兴就怪了。"对于自己的这个老同学，他是非常敬佩的。

尤其是上高中以来，她的所作所为比以前更要让人心生崇拜。那两次演讲，一次比一次厉害，连他当时都瞪大了眼。

唐茵歪着头看他："要不你帮我写？"她现在坐在窗台上，晃着腿，逍遥自在得很，一点也看不出来为写检讨而烦恼的样子。

苏询摇头："我现在可是好学生，不干这种坏事。"他现在可是三好学生，不能回归当初的生活，虽然这只是空话。

闻言，唐茵一巴掌拍过去。苏询往后仰，躲开这一掌。

唐茵扶住了窗，才找回平衡："你这样子让我很不满意。"

"那没办法。"苏询笑眯眯地摊手，"去找你家陆迟给你写，他肯定愿意。"前几天黑板前交换试卷那一出，他到现在还记得呢，他可不想招惹陆迟。

鹿野从办公室出来，猝不及防撞上了一个人，抬头一看是陆迟。他一掌拍在陆迟的肩膀上："你怎么站这里啊？把我撞坏了可怎么赔呀？"

陆迟没说话，只是动动肩膀，移开了鹿野的手。

见他一直盯着前方，鹿野也转头去看，然后秒懂："哎，你又偷看唐茵，当心我告诉她。"

陆迟隐在镜片后的眉皱在一起，淡淡地问："苏询……询和……"

鹿野还没听完就知道他要问什么，笑着说："你说苏询啊，他和唐茵是初中同学。嗯……我记得上学期开学前，你还没转学来，她就和苏询去收拾二中的人了。"这件事当时传得特别厉害，即使他没见过，也晓得。

闻言，陆迟的心情更不好了。两人并肩往教室走，不远处突然有人发出尖叫。声音不小，楼上楼下几层教室出来很多人围观，走廊栏杆处黑压压的一片人，搞了半天才发现竟然是东西从楼上掉了下去。

鹿野围观了一会儿热闹，一转眼就看到陆迟已经走到了后窗处，正在看唐茵那边。

唐茵还在和苏询扯皮："你真不帮我写？"

文月经常来找唐茵，苏询老早就看上文月了，只可惜一直没约到人。他当然约过她，只不过都没成功，可以说也就唐茵能约到了。

苏询想起这事，立刻露出笑容："好姐姐，我写。检讨这种事，小意思啦，包你满意。"

"只要教导主任满意就行。"唐茵满意地点头。算你小子识相，她伸手拍了拍苏询的头，又要伸手去捏他的脸。苏询虽然吊儿郎当的，却长了一张娃娃脸，捏起来手感极好。还没等她碰上他的脸，边上突然横插过来一只手，挡住了两人。

唐茵本就是歪坐在窗台上的，她腿长，压根儿没悬空，被这样一拉顿时回到了地面上。还没等她站稳，又被摁在墙上，背贴着瓷砖。陆迟冷着脸，将她的头扳正。

唐茵转眼看到陆迟，疑惑道："陆迟，你干什么？"

苏询伸出头来："怎么了？"陆迟脸色不好，单手拉上了窗户，将苏询挡在里面，说话都听不见声。

苏询的鼻子撞上窗户，叫了一声。他不就是和唐茵多说了几句话吗？至于这么不高兴吗？

唐茵被他压制住，挣扎了一下："快放开。"

陆迟盯着她看，目光落在红艳水润的唇瓣上，眼前突然飘过某些画面，眼神微闪。他皱眉，声音很弱："不喜……喜欢。"

唐茵一向有个技能，他话没说完就能猜到意思，接了他的话："不喜欢我碰别人？"他这样可真是让她开心。两人离得近，呼吸可闻。她笑得开心，看他这样子，悄悄地舔了舔唇。

殊不知这样简单的一个动作令她更为诱人，她还没注意到，陆迟将她摁在墙上，到现在也没放开。就在她出神时，陆迟直接欺身而上，用手堵住了她的嘴。

一瞬间，刚刚因为看热闹还没走掉的人，全都发出起哄声，像是烟花爆炸，比之前操场上的动静还要大。不远处的鹿野张大嘴，手里拿的试卷也差点被他不小心撕开。

所有人的目光都集中在零班的后窗处，没戴眼镜的也眯着眼看，让旁边人口述发生了什么。这下高中部全吵闹起来，走廊栏杆处全趴着人，口哨声和起哄声充斥着两栋四方教学楼。

听到这边轰动的高三生也纷纷跑到走廊上，看到了让他们吃惊的一幕。

5

唐茵终于回过神，十四班窗户里的苏询已经整个人变成了木头。教室里本就有不少同学在自习，听到动静都往外跑，结果发现轰动点就在自己教室外。等看到此情此景，都忍不住咽了一下口水，他们真的没想到陆迟会这样。

"你现在可是在全校人面前。"唐茵推开他，提醒道。

陆迟只是侧了侧脸，正大光明"偷看"的同学纷纷装没看见，假装在聊天。

陆迟站直身子，居高临下地看着她："不许……许和别……别人走近。"

唐茵忍住笑，心里虽然知道他这是吃醋了，同时也为苏询默哀，嘴上却还是问："别人是什么人？"

陆迟皱着眉，给出了答案："男的。"

唐茵也没想到陆迟的醋劲这么大，上次还否认自己是醋罐子呢，今天这行为不就肯定了嘛。她静静地靠在墙上，没过几秒又将头靠在他的肩膀上。刚才那一切让她觉得自己似乎不是在学校，而是在梦里。

陆迟没推开她，从当初的第一次遇见，到意外的重逢，再到后来的慢慢接触，她的每一个举动一点一滴地侵入他的世界。

唐茵突然问："你现在要对我负责。"

陆迟却说："不……不好。"见唐茵要发火，他补充道，"等高考……考完。"

闻言，她撇了一下嘴，心想：高考完和高考前有什么区别吗？该学习的还是会学习。

正要说话，不知谁突然大喊了一声："老师来了！"声音洪亮，整个楼道的人都听见了。往下一看，果然那边走来好几个正在聊天的老师。顿时走廊上的人纷纷跑回了教室里，改成趴在窗户旁偷看。

刚到楼下的老师都一脸茫然，不知道发生了什么。

唐茵也拉着陆迟飞快地跑进教室，做坏事的可是他们，被逮到了教导主任又要教训一顿，要是再写检讨，她可写不过来。

周成从外面回来，刚进门，就看到办公室里一群老师都看着自己。他连忙看了看自己，很好啊，裤子拉链拉上了，身上也没什么毛病。他是上学期新来的，这边几个老师都不怎么喜欢他也算正常，于是他没再看他们，径直回到了自己的座位上。

几个老师又开始议论起来。往常这边的办公室都很安静，周成耳朵尖，虽然不明白刚刚发生了什么，但在他们有意无意地透露下，大概也拼出了经过，无非是陆迟和唐茵又闹事了。

五楼一间办公室，里面有高复四个班，以及新开的零班，五个班的班主任都在这边。可以说，每个班主任都对周成负责的零班羡慕嫉妒恨。

说起在这所学校的资历，他们都比周成老，结果零班这样明显是为了高考突击全国前几所学校的班级成了他的囊中物，也就代表大额奖金跟着飞了，他们能高兴吗？这次两熊孩子闹事正好在第二次模拟考试结束，要是第二次模拟考试他们考得不好，那可就有好戏看了。

高复三班的英语老师见周成一脸轻松的样子，忍不住开口说："周老师，你们班的唐茵和陆迟可不得了啊。"

周成直觉有事，他虽然刚接触这两个学生，不过也听闻了他们之间的事情。上次演讲的事，教导主任还发火了，肯定是他们又干什么轰动的事了。

办公室的老师都竖起耳朵，八卦地等着周成回答。

周成笑笑："刘老师你怎么知道啊？我刚拿到成绩单，陆迟和唐茵的二模考试成绩全省排名分别是第一和第二，我也觉得很厉害。"

问话的刘老师差点把舌头咬掉，谁说这个了？谁说这个了？他明明说的是刚刚发生的不成体统的事情。等等，刚刚周成说什么了？

"全省第一第二？"

周成自然地拿着成绩单扇风，其实办公室里压根儿就不热。

"是啊，这次除了他们，班里其他人也相当出色，我正要说呢。"

闭上你的嘴吧，刘老师在心里叫道。

他对桌的女老师又开了口："周老师，你可不知道，刚刚我们说的是你们班的陆迟和唐茵又引起了轰动，学生都看到了。"

刘老师补充道："这要是在我班上，一定要叫家长！"说完，他就想到唐茵的家长是唐校长，眼角抽搐。

听到他的话，周成愕然，陆迟这么大胆？要说唐茵他还相信，毕竟之前她就调皮，现在干出这样的事也不奇怪。可放到陆迟身上，那就让他吃惊了。

面对他们的幸灾乐祸，周成假装惊讶道："是吗？你们看错了吧？"他就是不提其他的，反正他没看见，他们也不能拿他怎么样。

女老师捂着嘴笑："可是高中这边的学生都看到了。"

周成惊讶地道："那我没看到嘛，也不知道具体情况。"

正说着，办公室的门被敲响，一个学生突然推门进来说："周老师，教导主任请您过去。"

周成站起来就去了教导主任办公室。办公室里的几个老师原本被他堵得说不出话，听到这话，心里顿时舒坦不少，这次去不剥他一层皮就怪了。

周成一进教导主任办公室就发觉他心情很差。

"周老师。"

"主任。"

教导主任语重心长道："你们班上的……唐茵和陆迟太不像话了！今天做出这样的事，以后还想怎么样？"

周成跟着痛心："主任我也是刚刚才知道，是该好好说说他们。不过好像他们没亲……"

"说说就行了？你身为班主任，不能不对他们进行管教啊！你这班主任当得不够称职！"

周成赶紧否认："当然要惩罚，只不过还没有弄清楚事情的经过。不过现在的年轻人比较冲动，尤其是快到高考了，会比较紧张，可能想发泄一下，我一定会好好惩罚教育的！"

教导主任被他这话说得半天没回过神来，恰好在这时，办公室的门被敲响了。

教导主任坐回位子上："进来。"

唐茵和陆迟才进办公室，就看到新班主任坐在那里，和教导主任一起盯着他们。

教导主任咳嗽一声："唐茵，你检讨写好了吗？"

唐茵说："没。"

"没？"教导主任一拍桌子，"上次的检讨还没写，今天又做出这样的事，你们太过分了，成何体统，在全校人面前……"

话未说完却被陆迟打断："只有高……高中部。"

唐茵补充道："真没有，我是好学生，不会早恋的。"

教导主任被这么一堵，气道："你们这样严重违反了校纪校规，严重破坏了学校的作风，影响学风，要严惩！"整个办公室只有教导主任愤怒的声音，陆迟和唐茵并肩站在办公桌前面。

教导主任看着十分碍眼："你们还想不想上学了？"他十分生气，"太嚣张了！太嚣张了！"

一旁的周成真想闭上眼，眼前这一幕怎么看得他突然想笑呢。

陆迟急忙道："是我……我做的。"

教导主任冷笑："你以为我会信？"

唐茵心想：真是他做的，不能因为她经常做这种事，就把这次也赖在她头上啊，真是比窦娥还冤。

周成见他如此生气，赶紧开口："主任，马上高考了，他们两个这次二模成绩相当出色，全省排名第一和第二，如果在档案里留下不好的纪录，会影响后续的志愿录取的。"

好学校肯定会看考生的档案里有没有处分，如果留下不好的纪录，绝对会有影响。虽然第二次模拟考试不代表高考，但他们都清楚，基本只要高考不出错，陆迟和唐茵两个人是拿定这成绩了。

听到他的话，办公室里寂静下来。几秒后，教导主任从办公桌后走出来，指着唐茵和陆迟说："为了学校着想，下周一，在全校人面前，做检讨！"看见唐茵，他又想起前两次的事情，眼前差点一黑，补充道，"稿子给我过目，如果不按稿子说，后果你们自己知道！"

唐茵趁着他转身吐舌头做鬼脸，教导主任突然转过头来，见她这样，手指着她："看看你们现在，简直太放肆了！太放肆了！"

周成也眯眼看，而后诧异地看向陆迟，原来自己这学生喜欢这样啊。

6

听到教导主任的话，唐茵侧过头看向陆迟，他也正在看她。

教导主任见两人这个样子，摸了摸自己的秃头，气不打一处来："你们两个真是……"

周成也在一旁捂脸，这两个小兔崽子，在教导主任面前一次又一次地挑衅，他不生气就怪了。

教导主任直接将两个人赶走："检讨检讨！必须按照稿子念！"往常演讲都是背的，现在在教导主任都有很大的阴影了，觉得念出来会更好一点，省得出事，到时候还得再敲打敲打。

等唐茵和陆迟出了办公室，外面围着的一圈人也赶紧散开。唐茵和陆迟并肩走着，唐茵问："检讨写什么？"

陆迟停顿了一下："我写。"

"你会写吗？你怕是从来都没写过检讨吧？"唐茵怀疑地看向他。之前都有人给她提供模板，随便糊弄一下就行了，但显然这次教导主任不会轻易放过她。

陆迟含糊道："总有第……第一次。"来到这所学校，认识了她之后，似乎所有的第一次都做了，写检讨好像也没什么。

"算了，反正就检讨，也没什么。"唐茵嘻嘻笑，"一起写呗。"距离下周一还有好几天呢，她肯定能憋出几百字来，可是又不想按照稿子来读，怎么办？

似乎察觉到了她的想法，陆迟只是嘴唇微扬。

走近零班的教室，唐茵又突然说："醋坛子。"陆迟正要回答，她就进了教室。

刚回到零班，一直在偷偷议论这件事的几个人便围了上来。

"怎么样？"鹿野凑热闹地问，"教导主任准备怎么惩罚你们？处分什么的有没有可能？"

"又没亲。"唐茵大大咧咧地坐下，"检讨呗。"

闻言，鹿野露出古怪的神色。教导主任居然还敢让唐茵做检讨，前两次的演讲还没有吃够亏吗？唐茵一看就不是那种安分写检讨的人啊。他突然有点期待下星期一的升旗仪式了。

事后他们思考了一下陆迟当时为什么会冷着脸，联系当时的情况，肯定是他看到唐茵和苏询讲话，吃醋了。看不出来话少的好学生居然醋劲这么大，看来以后还是得少接近唐茵。

陆迟的耳朵尖微红，冲动劲儿过去了，想想还有点刺激。

"都赶紧让开。"唐茵挥挥手。

鹿野说："这就开始嫌弃我们了。"

大家笑开，就在他们以为没什么事的时候，教室门又被推开，周成又让人将唐茵和陆迟叫去了办公室。

鹿野好笑道："自求多福。"谁让你们做出这种天怒人怨的事呢？他看向陆迟，真是越看越觉得这个同学不简单。现在看起来这么镇定，要不是亲眼看到，他恐怕打死也不会相信陆迟会做出那样的事。

办公室里，周成早就在等着他们了。他刚从教导主任那边回来就有老师打听教导主任做出什么惩罚了，可他一个都不想回答。

两个人一进来，办公室里其他老师的目光就都投过来，各种情绪都有。大部分老师在想，陆迟怎么就和唐茵搅在一起了呢？

周成说："站过来点。"

可就在这时，物理老师突然出声："哎，陆迟你来得正好，我这儿试卷改不完。周老师，把他借我用用。"老师都喜欢好学生，尤其是有天赋的学生。

陆迟每节物理课都听得认真不说，做作业也极为认真，更别提考试了，就没有一次失误的，而且解题方式简洁明了。遇上这样的学生，真是又省心又省事，一点也不用担心。物理老师看学生受罚，自然也想帮忙。

周成停顿了一下说："陆迟你过去帮物理老师改试卷吧。"

陆迟看了一眼唐茵，唐茵眼巴巴地瞅着他。

周成看两个人在自己面前这么光明正大，怪不得能做出那样的事来，于是咳嗽了一声。

"是我……我做的。"陆迟突然开口。

周成真想捂住脸，他又不是不知道是他干的，况且这么多人都看到了。

周成说："我知道是你干的，等会儿再收拾你。"

陆迟抿唇，缓步走向物理老师那边。物理老师和周成的办公桌在两个角落，两张办公桌的距离算是办公室里最长的了。

唐茵一下子就知道周老师想要做什么了，肯定是被教导主任说了，要让他们好看。虽然惩罚很多，但当时很过瘾啊。不过为什么她要被训，而陆迟就能去改试卷？

周成开口说："唐茵啊，你这次二模成绩比上次有所提升，但不能骄傲。有老师跟我反映，你晚自习经常睡觉，是不是？"

"嗯，我就睡了一次。"

周成敲了敲桌子："一次也不行，马上就到高考了，晚自习是自己可以利用的最后时间。睡觉是什么情况？你想高考的时候后悔吗？"这些话其实说过无数遍了，周成只是想找个借口说说两人。

实际上，他上高中时也想干这样的事，只不过没有勇气。只要两情相悦，不耽误学习，又不耽误别人，不做其他过分的事，在他眼里其实都还好。但这个办公室不止他一个老师，该做样子的时候还是要做做样子。

办公室里很安静，大部分老师没有出声，只有几个盯着周成那边。

因为是大课间，足足有二十分钟时间。物理老师从外面回来的时候问："陆迟，试卷改得怎么样了？"

陆迟答："还差……差一点。"他一心二用，效率下降了不少。

物理老师没打扰他，在边上坐下来一起改试卷。良久后，她突然想到什么事，抬头要去翻文件夹，看到陆迟停笔看向周老师那边。

她跟着看过去，唐茵在那儿罚站。现在的学生啊，心思不少，但也不难猜。作为老师，经常关注学生必然会知道一些情况。唐茵和陆迟的关系基本是全校都知道，教导主任被气了好几次。想想也挺心疼教导主任的，换作是她坐那个位子，估计也会被气得不行。

物理老师见陆迟一直盯着，也没注意到自己的眼神，就咳嗽了一声，唤回了陆迟的心神。陆迟有点不好意思，略微掩饰性地看向手下的那张试卷，却半天没打出分来。

物理老师看在眼里，忍不住打趣："心疼了？"

听见这声音，办公室里一群老师都支着耳朵准备偷听，其实他们也很无聊。然后，他们听见陆迟应了声："嗯。"

声音不轻不重，恰好整个办公室的人都能听见。

7

刚好有老师在喝水，听到这个答案，一口水直接喷了出来。这么大胆？刚刚物理老师问陆迟时，他们没想到还真会听到这么劲爆的话，一时间都不知道如何反应。

零班的物理老师已经结婚了，她丈夫是博士，两人是学校里公开的模范夫妻，挺恩爱的，她每个周五还会出去做美容。不止一次有人猜测，每到周五，她都是要和老公出去约会的。就算这样，她也觉得这次自己被学生喂了狗粮。

物理老师连着咳嗽几声，拿手挡住了嘴，忍不住偷笑。陆迟是真的一点都不怕啊，班主任还在那边待着呢，居然就敢这么正大光明地说出来。

但她听着还挺感慨的，没怎么觉得是破坏了校风。不过她是老师，还得做做样子，于是她面无表情地道："行了行了，试卷给我吧，你去你们班主任那儿吧。"

话音刚落，陆迟就站了起来。物理老师忍不住心想：臭小子，一提到唐茵，精神就振奋了。

陆迟的声音不轻，周成自然也能听到。他抬头看了面前的唐茵，一眼就看到她偷笑，有一点无奈。真是的，陆迟是故意说给她听的吧。想想在这儿站了半天还没什么效果，周成也不好再罚唐茵了，挥挥手说："行了，唐茵你回去吧，下次别犯这样的错误了。"

"是。"唐茵应道。

周成低头摆弄教案，几秒后抬头，见她还站在那儿，问："你怎么还不走啊，还想站着？"刚说完，那边的陆迟就过来了。

周成说什么好呢？唐茵和陆迟可真是天生一对啊，都不怕老师教训，光明正大的。

唐茵和陆迟擦肩而过，两个人对视了一眼。唐茵扬起大大的微笑，把陆迟看得耳朵都红了，差点没撞上桌子。

周成看在眼里，说："看得怎么样？过瘾吧？"被他打趣，陆迟更不好意思了。

"你们现在不要那么光明正大，以后还有很多机会啊，还是高考重要。你们俩都是学校寄予厚望的学生，一定要好好努力，争取考上清华。"哪个老师不希望自己的学生上好学校？周成也不例外，"这段时间不要浪费心思了，等高考结束还不是想干什么就干什么？"

最后陆迟点头："嗯。"他自然是知道的，不会让任何事影响到成绩，也不会让成绩影响到他们的事。

周成满意地点头，比起唐茵，他更放心陆迟这个学生。从平常做事就能看出来他很理智，有自己的主见，不用多说就能明白。

"行了，你回去吧。下次再出事，我就把你们俩调开，别想坐一块儿了。"周成威胁道。

"嗯。"陆迟抿唇，离开了办公室。

星期日的时候，教导主任又将两人叫进了办公室。

"检讨写好了没有？"唐茵将两张纸递过去，洋洋洒洒一大篇，看上去极为认真。只有教导主任才知道，上次她也是这么认真地写了好几百字，结果就说了三四句话，还句句要气死他，这次打死也不能再出现那样的情况。

陆迟也递过去一张纸，教导主任看着眼前站着的两人，没发现什么特别情况，不过心还没放下来，就拿起纸来看。看到唐茵那两张检讨的开头都是"亲爱的同学们"，他眼皮就一跳，记得她上次的开头就是这个，结果把他气得要死。

唐茵耸肩，这检讨还是陆迟帮她写的，她就抄了一下，要不是字迹不同，她都不准备抄了。陆迟不许她去找苏询，那就只能他自己上了。

　　良久，教导主任终于看完了检讨。他轻咳几声，语重心长地道："你们成绩这么好，把重心放在学习上多好，还有两个月就高考了，不能再浪费时间了。"

　　唐茵乖巧地说："是。"

　　她这么乖，教导主任反而觉得古怪，又叮嘱道："这次不好好检讨，就不会只简单地惩罚了。"

　　陆迟和唐茵都点了头，教导主任这才放两人离开。

　　星期一，下了一点小雨，举行升旗仪式的时候，天又晴了。不少人知道这次是唐茵和陆迟要做检讨，都准备下雨也去操场看，不然会错过好戏。

　　因为这次全校师生都参加，所以有点挤，连操场外面的广场也被"征用"了，整个高中部的都兴致勃勃。

　　国歌过后，照例是领导讲话。往常都是教导主任讲话，这次因为来的是全校学生，所以是校长讲话。唐尤为看着底下黑压压的学生，心里很满意，对未来对高考畅想了一番，结果说得人昏昏欲睡。

　　教导主任在一旁叹气，之后话筒还是回到了他的手上。他看了一眼那边的唐茵和陆迟，冷哼了一声。

　　"上星期，高三零班的陆迟和唐茵同学在下课期间公然做出违纪之事，没有起到好学生的引导作用，反而严重破坏了校纪校规，这是一个很大的错误。"刚起头，瞬间高中部这边的同学全都抬起了头。

　　教导主任说："下面就让他们俩在全校师生面前做检讨，大家也要引以为戒，以学习为重，不要想不该想的事，不要做不该做的事，争取在考试中取得好成绩，也对得起自己努力的这几年。"他下来后，把话筒递了过去。

　　唐茵伸手要去接，教导主任却中途转了方向："陆迟先来。"

　　教导主任都有心理阴影了，还是让陆迟先来。他已经冲动过一次，接下来应该不会有什么出格的行为了。

陆迟接过话筒，临走前看了一眼唐茵。

唐茵被他看得不明所以，小声问："你看我干什么？"

陆迟却没回答，只是抬了抬眼镜，转身上了升旗台，唐茵半天搞不清楚是怎么回事。

底下响起欢迎的掌声，经历过几次，大家都知道陆迟演讲时不会结巴，这也是很多女生从那以后就喜欢上他的一个原因，并且他的声音很好听。

这次大家都认真听，比教导主任和校长说得好就是了。陆迟站在那儿看了几秒，在教导主任的注视下开口，一系列尊敬的问候语过后，终于到了正题。

初中部的想知道发生了什么，高中部的想知道检讨的内容。两伙人马都看着台上，竖起耳朵，不敢走神，生怕错过了重要情节。

"上星期下课期间，大庭广众之下，我对唐茵同学做了不可描述之事，违反了校纪校规，给大家做了不好的引导。"

操场上一片寂静，众人都被这话震得有些愣神。而在领导座席那边，教导主任直接跳了起来，哆嗦着手指着陆迟，半天没说出一个字来。

零班最后一排已经热火朝天，鹿野瞠目结舌地看着最前方，忍不住说："这不是唐茵那天写着玩的吗？陆迟真把它背下来了？"

上次，唐茵从教导主任那儿回来，花了一个晚自习的时间，写了份搞怪的检讨读给陆迟听。鹿野离得近，自然也听到了，和刚刚陆迟说的一模一样，这回教导主任恐怕要气出病来吧。

旗台上，陆迟抿唇想了想，继续背："原因是她太可爱了，我忍不住。在此我要为此行为道歉，不应当在学校如此严谨的地方做出这样的事。我和唐茵现在只是单纯的同学关系，希望大家不要向我学习，要引以为戒，以学习为重。"

"单纯的同学关系"这句话让底下的人都震惊了。后面的就都是一些劝诫的话，操场上还是一片寂静。

突然，有人大声叫道："我也很可爱啊！"

这下终于大部分人回过神来，瞬间情绪高涨，从刚才的话里理出来很多信息。

初中部的孩子们终于知道发生了什么，现在的孩子都早熟，看到这情景忍不住激动得蹦起来。男生们吹口哨，女生们则抓着自己好朋友的胳膊尖叫。一时间，整个操场仿佛成了演唱会现场。

8

不仅校领导呆住了，底下很多同学也呆住了。陆迟不像是能做出这种事情的人，看上去冷冷清清的，一副好学生样，难道知人知面不知心？只不过这些追寻着刺激的学生很快就反应过来，恨不得自己就是台上的人。

知晓所有内容的零班最为轰动，当时唐茵在陆迟那边读她写的检讨时，一圈人都竖起耳朵偷听，也都知道里面的内容有多令人激动，可是私底下读与在全校人面前读实在是两个概念。

原本高三的生活就很紧张，整天除了试卷就是试卷，除了做题就是做题，整个人都像是呆滞了。而唐茵和陆迟就像是两块放进杯子里的冰块，一下子让平静的水面动荡起来，并且逐渐产生变化。

操场上不乏议论的人，而陆迟已经拿着话筒走下了升旗台，下面一声又一声的起哄声仿佛没能打扰到他。唐茵原本站在他那边要接过他手中的话筒，这时也忍不住开口："你怎么敢的？"

原来上去之前，陆迟看她的那个眼神是这个意思，她压根儿就不知道。一个害羞的小结巴，竟然真的敢在全校面前这样说。可是这个样子的陆迟，让她好心动。

唐茵的脸颊泛出淡淡的红色，衬得人更加明媚妖娆，如同四月枝头的桃花，带着醉人的馨香。

陆迟也是陶醉者中的一个，但他只是淡定地看着她，镜片后狭长的眼睛微弯，指尖触碰到她的手指时，心里有种莫名的悸动。

"等等！"教导主任终于回过神，大叫。他大步走过来，拿走了陆迟的演讲稿，凑近看了好几秒，果然看到和刚才说的完全不一样的内容。他顿时气得直哆嗦，"陆迟你……你……你也要和唐茵学，走上歧途吗？你还记得来这所学校之前的你吗？"他痛心疾首。明明陆迟刚来时那么乖巧，几个任课老师都说陆迟自律，肯定能考上好大学。

结果现在出了这样的事，他实在是太生气了，好好的检讨怎么就变成了这个样子，严重破坏了校纪校规。但是考虑到他的成绩和未来，处分是绝对不可能的，只能让他回家检讨或者在校检讨。

现在又处于高三的关键时刻，还有两个月就要高考了，回家是不太现实的，所以最终还是不能给大的惩罚。

陆迟看着他，声音有点小："我……我检讨了错……错误。"他的确检讨了错误，只是方式有些独特。

陆迟的话让教导主任指了半天也没说出一个字来，要不是这边学生多，他直接就把陆迟推到一边去了。真是看到他就气得要死，中午恐怕也吃不下去饭了。

他深呼吸几下，一转头就看到唐茵在偷笑，原本有点平复的心情又冒出火来："唐茵，你还在笑什么？"

唐茵瞬间变为面无表情，她只是觉得今天的陆迟很可爱，可爱到想把他藏在家里，不让别人发现。即便有很多人喜欢陆迟，也没人能从她手里把他夺走。这是她从来就有的自信，也是对陆迟的信任。

陆迟看着她，悄悄红了耳朵，只不过除了唐茵以外没人能发现。

教导主任还在说："你也别检讨了，从今天开始你们不许坐同桌，如果再让我知道有什么亲密接触，你们就等着受处分吧！"

唐茵开口："别啊，主任，我保证我会按照稿子念的，不然我就被雷劈。"

教导主任被她弄蒙了，陆迟也看过去。

唐茵朝他眨眨眼，又对教导主任说："主任，这次我一定会安全地把稿子背完，不然你就给我处分好了。"

教导主任去看后面的校长，唐校长正和几个领导说话，恐怕也在议论这件事情。

他还是有点不放心："你真会按照稿子一字一句念出来？"

唐茵点头："绝对，不会漏一个字。"

想到之前的两次，教导主任还是有点不放心，毕竟前科就在那儿，他当然不能忽视。

　　操场上的学生有些不耐烦了，议论纷纷。大家都在议论刚才那件事，很多人的目光集中在这边。

　　教导主任看着唐茵，这次她保证得这么好，应该不会反悔吧？毕竟老师都说她还是说话算数的。

　　"如果你不按照稿子念，我就把你们分到两个班。"他威胁道。他觉得分座位还不行，要是再胡闹就分两个班。

　　唐茵说："主任，如果我今天没有把稿子的内容完整说出来，你尽管分。"

　　见她如此果断，教导主任终于放了心。边上的陆迟却觉得这里面肯定有问题，对上唐茵的眼神时，他还能看到里面的狡黠。

　　教导主任把话筒给了唐茵，回头瞪陆迟："你跟我过来！"陆迟薄薄的唇微抿，跟在他后头。

　　唐茵一上旗台，操场上的欢呼声就不绝于耳。前两次的演讲他们还记忆深刻呢，她可是从来都不按套路出牌的。虽然不知道为什么教导主任还是让她上来检讨，但如果能让他们听到一些不一样的，他们还是很激动的。

　　唐茵侧头看教导主任那边，陆迟站在他对面，估计是在挨教导主任的训。但他没怎么听，反而侧脸和她对视。

　　唐茵露出浅浅的笑，然后站直，摊开准备好的稿子。这份稿子是陆迟写的，当然是最正规也是最正常的，是教导主任最喜欢的风格了。底下的同学们都仰着头，心快要蹦出来。

　　唐茵一定要来点轰动的，让他们在高考、中考前再放肆一次，也可以向他人诉说自己的学校生活是与众不同的，是不枯燥的，是波澜壮阔的，即使主角并不是他们自己。

　　"敬爱的老师，亲爱的同学们，大家上午好，我是高三零班的唐茵。"一听这个无聊的开头，大家虽然有点失望，却还是耐着性子，毕竟刚刚陆迟就是在这个开头后走不寻常路的。

　　唐茵轻咳一声："今天我感到十分愧疚，上星期由于我的行为触犯了学校的校规，没有将老师的话放在心上。事后，我知道自己的行为不仅影响了自己，也影响到了别人，给学校的校风造成了严重的破坏。"

她说得中规中矩，抑扬顿挫。教导主任终于长舒一口气，唐茵可算是正常一次了。想到这里，他又对陆迟怒目而视："你成绩这么好为什么非要和唐茵学这些影响学习的事？万一以后影响到你的前程怎么办？你有没有想过这个问题？"

陆迟一直听着，没有反驳教导主任，只是眉眼低垂。他不会让这些影响到成绩，也不会让成绩影响到其他，不然他该如何面对唐茵？殊不知，教导主任对他沉默的反应很满意。

学生就该像这个样子，面对老师的训诫做出相应的忏悔，而后将心思都放在学习上。

升旗台上的唐茵还在努力地读着检讨："对于自己的行为，找出根源，并认清其中的后果，进行了这次检讨。"

零班末尾和十四班的人看着唐茵如此正式，心情复杂，又吃惊又想笑。他们以前每个星期都要听千篇一律的演讲，每隔几个星期都会有当着全校师生做检讨的学生。可以说，唐茵的这份检讨实在让他们提不起兴趣。

微弱的太阳从云缝里透出来，洒落在操场的众人身上，像镀了薄薄一层金。唐茵的声音越发缥缈，在大家昏昏沉沉时送入耳朵里。

"希望学校老师、教导主任能念在我的深刻认识和平时表现上，对我进行严格的监督……检讨内容到此就结束了，但我还有几句话要和各位说。"

等等，检讨结束了还要说什么？一瞬间，打瞌睡的人都从梦中惊醒。

唐茵的声音还在继续："首先是要好好学习，天天向上。不要因为任何事让你留下遗憾，你得对得起给你支持的家人。高中结束前，我是不会谈恋爱的，毕竟早恋不好。"

似乎没什么特殊的，早恋这种的话题，在高中生的眼里总是充满神秘感的。

教导主任十分满意唐茵的这次检讨，她总算是正常一回了，还知道告诉同学们要引以为戒。

停顿了一秒，唐茵又开口："之前，我好像见过很多同学到三楼围观。说了那么多情话，现在我只说两个字。"以前去偷偷围观过的同学都有点脸红。

他们以前也只是想看热闹，谁知道唐茵跟陆迟在一起时会说那么多令人脸红耳热的话。

升旗台上的唐茵轻轻抬手，众人瞬间安静下来，可脸上和眼底的激动之情出卖了他们。

唐茵看向领导那边，教导主任被陆迟扶着，脸通红，怕是真被气着了。可她现在不说，以后恐怕就没有这样的机会了。委屈你了，主任。唐茵心想。

她突然对着话筒喊道："陆迟！"

"嗯？"陆迟转头看她。

微小的应和声，唐茵却能从杂乱的声音中捕捉到。

他长身玉立，背着光，投下轮廓分明的阴影。唐茵看着心动，将稿子捏成一团，拿着话筒从升旗台上跑下，留下下面仰着脖子一头雾水的同学们。

有人突然大叫："两个字？陆迟？"这声音突破了吵闹声，传到所有人的耳朵里。刹那间，整个操场像是秋季的麦田，被风一吹便形成了层层麦浪，涌起了爆发性的浪潮。

唐茵的意思还不清楚吗？他的名字，陆迟，恰好两个字，胜过一切情话。

9

操场上众人还在起哄吹口哨，唐茵已经跑到了陆迟边上。她其实很想跟他来个拥抱，像电影里那样被他接住，只可惜教导主任还被他扶着。那边台上几个领导都已经处于瞠目结舌状态，唯一尚正常的唐校长也半晌不知该说什么。

唐茵看了陆迟一眼，笑嘻嘻地说："哎呀，教导主任晕了，咱们赶紧送他到医务室去吧。"

教导主任猛然惊醒："唐茵！你……你也……"

"主任，我念完了稿子，并且真诚地检讨了，不信你问同学们。"唐茵连忙开口，"别气。"

教导主任当然知道她念完了稿子，谁知道她还来了个结束语，那才让他气得要死。

唐茵做出一副好学生的样子："都快高考了，让他们放松一下。"

教导主任气了半天，也醒悟了。以后，绝对要让唐茵远离演讲远离检讨！他深呼吸几口，先是看了一眼扶着自己的陆迟，又看了一眼乖乖认罚的唐茵，再一想两个人干出来的事，真是一口气上不来。

唐尤为走到他边上说："你们俩不把老师放在心上，仗着成绩好就乱引导，严重破坏了杨主任的工作。"见校长大义灭亲，教导主任心里舒坦了不少。

他站起来后，陆迟便松开了他，和唐茵并排站在一起，面对他们。

"这次检讨还做出这样的事，一定要严加惩罚。杨主任，你觉得怎样惩罚好？"唐尤为看向教导主任。教导主任犹豫了一下，虽然被唐茵气得不轻，但他真怕会影响她的成绩。

唐尤为叹了口气："既然这样，就回家反省，什么时候反省好了再过来。尤其是你，唐茵，不满三天别回学校。"

唐茵没说话，教导主任也觉得这个惩罚还行。不重，但要让他们记着才好。要不是怕影响学校录取，他绝对要给他们俩一个处分。

陆迟眉目俊秀，在微微阳光下更加清冷诱人。唐茵看得心动，趁教导主任还在说教，偷偷用手指去勾住他的手指。

手被碰到，陆迟稍微侧脸，看到她眯眼的样子，张着嘴没说话。随后他的小拇指动了动，借着宽大的校服弯了弯。

触到细细一节小指后，陆迟喉咙微动，细腻的皮肤又让他想起冬季那个夜晚，他们两只手窝在同一个口袋里的场景。而在当晚，他便做了一个梦。

"好好反省，早点回来学习，专心准备高考。"教导主任终于说完了一大堆话，满足地眯眼。

就该这样才对，犯错的学生在他面前就是要沉默听话才好，不然还怎么教？

"听明白了吗？"

唐茵说："知道了。"

陆迟低低地应道："嗯。"

教导主任背着手，舒心了不少，也不那么生气了："行了，你们俩回去吧，好好反省。"

唐茵和陆迟勾在一起的手指悄悄松开，升旗仪式结束后，旁边的人围住了陆迟和唐茵。

鹿野摸着下巴："真没想到啊真没想到，你们俩真的是我学生时代最为敬佩的人了，太可怕了，太可怕。"他无法用言语形容那一瞬间。

唐铭则说："陆迟你是怎么想起来念唐茵写的检讨的？那明明是用来搞笑的。"

"喜……喜欢。"陆迟抿唇。

"哇！大学霸告白了！"

唐茵高兴死了，嘴上却说："问什么问啊，让你们都开心了，我们俩得回家反省了。"

鹿野哈哈大笑："你的反省那不是回家玩吗？"唐茵翻了个白眼。

周成作为零班的班主任，升旗仪式的时候是和几个老师站在一块的。事情一尘埃落定，他就觉得周围人看自己的眼神都不太对了。

有幸灾乐祸的，也有揶揄的，更多的还是对他的怜悯，恐怕都觉得他摊上这两个学生很不好吧。

可他觉得还挺好的，两个人既没耽误学习，也没耽误别人，成绩更是让人没话说。这样的学生，哪个班主任不想要？周成对他们的幸灾乐祸只是一笑而过。

教导主任宣布结束之后，操场上的众人虽然不愿意走，却也没办法，必须按班级排队离开。不过就没进来时那么严肃了，女生们三三两两地挽着胳膊一起走，嘴里讨论的自然是刚才的事情。直到很久以后，回想起这个画面，很多人还是忍不住激动得脸红。

回家反省是真反省，唐茵和陆迟在升旗仪式结束后就直接回了家，而且教导主任目送着两人离开。他当然是为了杜绝两人再次接触，原本是想着让双方父母来接的，可陆迟的母亲没有时间，唐茵的母亲又在外地，不可能来。

教导主任也是这时才知道陆迟的父母离了婚，他跟母亲过，父亲与他关系不好也不可能来。至于唐茵，又不可能让唐校长抛下工作送她回去。最后只能让两个人自己回家了。但他也不可能离开学校太远，所以最后的方案居然是陆迟先走，唐茵后走。

教导主任觉得要是让唐茵先走，那她肯定是会等陆迟的，非得等到陆迟出来不可。但陆迟就不同了，看他似乎已经感觉到自己做错了的样子，应该不会出现那种情况。

实在是这次检讨给教导主任的打击太大了，他自己也做了深刻反省，从此以后再也不能让他们接触检讨演讲一类的活动。

可一想到每年都要请优秀毕业生来给学弟学妹们传授经验，不出意外，优秀毕业生肯定是他们两个。要是再发生这样的事情，他可怎么办哟，真烦人。这样想着，他等唐茵走了之后便回了学校。

他没想到，唐茵才走到一半便看到陆迟等在那里的身影。现在这边没有车，两个人只能步行。过了桥后，交通方便了，唐茵的眼睛却定在一家冰激凌店里。

陆迟没听到后面的脚步声还觉得奇怪，一回头就看到唐茵眼巴巴地盯着那边。他走过去问："没……没带钱？"

唐茵点头，可怜兮兮道："是啊，我身无分文，好心的大爷请我吃吧。"她作怪的样子很可口。

陆迟盯着看了半晌，转身去那边买了个大杯的，现在天气不热，放在那儿也化不了。

唐茵本以为陆迟是买给她的，结果他回来后丝毫没有递过来的意思。

不得了了，陆迟长心眼了，开始诱惑她了。看他捧着个大号的冰激凌又不吃，且冰激凌看上去非常可口。

"书呆子你给不给？"

"不。"

"你真不给？"

"不。"

唐茵终于忍不住了，伸手拽住陆迟的胳膊，直接一口咬上去，咬了好久才站回原地。她说："作为惩罚。"一口实在太凉，她忍不住哈气。

陆迟看她这个样子，叹了口气，拿纸巾放在她的下巴处，声音小小的："我说着玩……玩的。"

唐茵却转了转眼珠，哼唧几声，索性在桥边的长椅上坐下来不走了。

陆迟捧着个缺了一口的大号冰激凌站在面前，看着就像犯了错的小少爷。

不远处走过来一个老大爷，正哼着歌，眯眼看到他们俩，忍不住走过来出声："小伙子，要哄！"

唐茵听到大爷说的话后憋住笑声，而陆迟则被旁边的声音吓到，转头去看。

老大爷见他在听，更来劲了，直接说："想当初我和我老婆子，就是她一生气，我就哄嘛。女孩都要哄，你看你惹人生气了你还不哄。"老大爷似乎有说不完的话，开了口就像决堤的黄河，停不下来了。

陆迟想开口说的话也被老大爷的话堵在嘴里，说了好一会儿，老大爷才满意地离开，临走时还不忘叮嘱："要哄好啊！"现在的小年轻啊，真是太害羞了，还要他一个老头子来教。

陆迟被说得脸颊泛红，一直到老大爷走了也没有消下去。唐茵一直在偷听，她知道他一向是少话的性子，哄人好像从来没有过，也许今天就要试一次。

陆迟的声音一向很好听，有时候她上课听他回答问题都忍不住舔嘴唇，实在是太诱人了。要是再配上甜言蜜语，恐怕更动听。

见陆迟红着脸也说不出哄人的话来，唐茵主动开口："今天我要一个么么哒才起来，不给不起来。"

闻言，陆迟原本白皙的耳朵不可避免地染上红色，张嘴，却没有发出声音。

唐茵不满地催促道："快说快说。"哎呀，一想到要从他嘴里说出"么么哒"三个字，就好想尖叫呢。

　　时间一分一秒地过去，就在唐茵以为陆迟不会说的时候，他却突然弯下腰，在她耳边小声地开口："么……么么哒。"唐茵几乎瞬间腿软。

第十章 。 ○

1

说完这句话后，陆迟很快站直，立在那里。神情淡淡的，只有微红的耳根出卖了他的心情，唐茵捂脸。

陆迟一本正经说这话的时候，声音明明很正常，她却觉得好像在勾引人。恐怕教导主任看到这一幕要气死了，特地让他俩分开走，结果他俩还是一起回家了。

唐茵说话算话，真站了起来。她有些遗憾地说："你应该身体力行，我人就在这儿呢。"

要是这样估计会没完没了吧！想起软嫩的触感，他胸口发热，目光落在她艳色的唇上，喉咙动了动，最后移开了视线。

见他脸皮薄，唐茵笑着没再调戏他，伸手接过大号冰激凌，边吃边走。到公交车站时，两个人便分别坐上了车。反省反省，在家不出门就是了。

三天时间一晃而过，唐茵在晚自习前回到了学校。两个主角再次出现在大家伙面前，他们就又想起了上次的检讨事件。

学校的处罚是公开的，由于恶劣的行为，她愣是被要求在家反省三天。整整三天没去学校是唐校长同意了的，陆迟也被弄回去反省了一天。

他们一回来，几乎成了学校的关注重点。不管是初中部的还是高中部的，路上遇见他们，都要露出意味深长的微笑。

以往女生宿舍里的夜间谈话，话题都是哪个男生帅，哪个班级又怎么了，哪个老师又怎么了，最近变成了唐茵和陆迟，这大概就是传说中的全校都在看他们。

回来不代表事情结束了，教导主任说不让他们两个同桌的决定是真的。大家一开始都以为这只是句气话，谁知等他们从家里反省回来后，位子真换了。

唐茵喜欢坐后面，教导主任也不能让她去前面，再说她的个子坐前几排也不合适。

陆迟个子也高，自然也不能坐前面。最后的结果是两人分坐教室的两个角落，一个靠墙，一个靠后门，离得很远。为了防止他们阳奉阴违，教导主任竟然每隔几节课就来视察一遍，神出鬼没的。

鹿野和苏询两人可是非常幸灾乐祸的，尤其是苏询，上次被吓了一跳，就因为和唐茵说了两句话。

下节课是生物课，生物老师是个女老师，以前也是带实验班的，虽然不如李老师说话温柔，但是她性格开朗，能和学生聊到一块儿去。

去年她由于身体原因缺了一学期的课，这学期回来后就上零班的课，大家还是非常喜欢她。

物理老师开明，她更加开明。之前学校检查纸质言情杂书的时候，她就帮一个女生藏了好几本，而且自己看得津津有味。可以说她在零班的人气丝毫不比物理老师差，每次上课，专注听课的人总是很多。

唐茵的生物挺好的，第二次模拟考试只丢了一分，还是由于马虎造成的。高三以后基本都是复习，知识对于她来说没什么难度，她比较担心的是数学和物理会出新题型。

鹿野支着下巴说："昨晚的测验还没改，我刚去办公室，老师说这节课边改边讲。"现在为了节省时间，都是学生自己交换着改卷。

唐铭就是生物课代表，他刚把试卷发下去，还故意把唐茵和陆迟的试卷发给他们两个。鹿野眼睁睁看着卷子飞了，说："唉，我还想看看大学霸的试卷呢，同桌不厚道。"

唐铭笑着说："谁让我和唐茵五百年前是一家人呢，嘿嘿嘿。"而那边的唐茵这时已经睡醒了。

陆迟摊开试卷，熟悉的字迹映入眼帘，干净整洁，和她本人有点像，又有点不像。他转头看后门处，正巧看到唐茵的新同桌坐下。

理科班男生多女生少，个子高的女生就更少了。唐茵坐后面，自然没有女生可以和她坐一起，只能是男女同桌，而她前面坐的就是苏询。

陆迟眯眼，看着苏询正回头不知道和唐茵说什么，嘴巴一开一合，显然心情不错。

唐茵手枕着胳膊，睡醒后的慵懒一览无余。

苏询说："茵姐，你就帮帮我呗。"

"你都约了这么多次，人家文月不想答应你，你找我也没用啊。"唐茵慢悠悠地道。

苏询双手合十："借你的名义帮我一次，请你吃东西。"

唐茵抬着下巴，似在考虑这个问题。身旁忽然落下一个阴影，轻轻拉开椅子的声音唤来两个人的注意力。

唐茵扭头就看到陆迟坐在自己边上，疑惑道："你怎么在这儿？马上就要上课了。"她往他原本的位子一看，自己的新同桌正在那和鹿野他们聊天聊得很开心。

陆迟绷着下巴，矜持地道："换……换位子。"

陆迟一来，苏询就直接转过了头，并且决定打死也不再和唐茵说话了。

上课铃声响起，对于班级里已经固定的座位，老师们基本都清楚了。生物老师一进来也没有发现他们换了位子，就是觉得哪里有点不对。

"这道题，你们有人居然还会错？"她正说着，目光在教室里环绕，很快就反应过来刚才觉得不对的点。她轻咳一声："陆迟啊，你的座位不在那里吧？"

之前的事情那么轰动，她们当老师的自然不可能不知道。而且教导主任给他们换位子的事情在办公室已经传开了，教导主任有时候来视察还会和周成撞到一块儿。

教室里的人一起回头，他们之前下课要么在做试卷，要么在睡觉，根本就没有注意到后面角落的事情，这时才知道陆迟居然偷偷跑到那边去了。

真是太大胆了，也不怕教导主任来视察。

生物老师憋着笑，忍不住感慨："陆迟，你这太明显了啊。"何止是明显，简直就是光明正大。

被当面戳破，再厚的脸皮也会红，更何况是陆迟了。但他的表情倒是没变，直接将试卷拿起来，挡住了自己的脸。

旁边的唐茵看得一清二楚，他又害羞了，可爱死了。她偷偷伸手去捏他的脸："醋罐子。"

陆迟微微侧头看她，眼睛里似乎有委屈，唐茵真想要抱抱他。好在生物老师只是调侃了一句，并没有多说什么，几句话就将同学们的注意力转移到了试卷上。还是会有些人偷偷往后看，但只能看到单薄的一张试卷。

中午午睡后，唐茵和苏可西她们一起去教学楼。没过多久便看到了前面熟悉的人，陆迟和鹿野、唐铭他们正走在一起。

她笑开，和室友们挥挥手，悄悄地从后面追了上去。大概是因为时间充裕，他们走路的速度并不快。

"今晚物理老师又要测验，唉。"鹿野感慨道，不小心将笔弄掉了，他一低头去捡，就看到唐茵在后面。他正要出声，唐茵向他摇摇头，鹿野点点头，便装作什么都没发生的样子，不动声色地追上前面的两人，走到了唐铭边上。

唐茵放轻了脚步，伸手去拍陆迟的肩膀。谁知就在这时，陆迟突然回头，两人直接对上。看他的表情，恐怕早就知道她在后面了，唐茵感觉自己刚才好像有点蠢。

"哈哈哈哈。"看她吃瘪，鹿野和唐铭都忍不住大笑，陆迟眼里晕出浅浅的笑意。

到行政楼这边，人就少了许多，毕竟初中部的不走这边。

"物理课要是我睡着了，你可得把我弄醒啊。"唐茵嘴上说着，"物理老师最近好像很喜欢找我提问。"

陆迟心想：可能是你太猖狂了。

时间一晃而过，第三次模拟考试如期而至。不知不觉已经到了五月初，大部分人还在埋头苦学。考试结束后轻松的轻松，哭的哭，各种各样的情绪弥漫了整个教室。

考完试当晚也不会有别的安排，都是自己上自习。周成对他们的情绪早有预料，往常最后一节班主任的晚自习讲话也提前到了第一节晚自习，用来开班会，其实也是想让学生们舒缓一下情绪。

距离高考只有一个月的时间，容不得出丝毫差错，他这个做班主任的自然要做得更多。

班主任周成在上面啰唆地当着心理医生，底下唐茵和陆迟说话开小差。

唐茵在纸上写了两个字，平摊在他面前，问："来，这两个字怎么念？"

陆迟的目光落在上面，半晌没说出话来。

唐茵却兴致勃勃："快说快说。"她促狭地看着他笑。

陆迟忍不住瞪她，因为没有眼镜的遮挡，没有力度。

唐茵立马说："犯规。"

唐茵继续将纸放在他的面前，又加了条件："快说，不许结巴，之前我教你的。"虽然她觉得结巴可爱，但这样对他也没什么好处。

头顶上有灯光落下来，照得陆迟的眉宇间仿佛流光溢彩，并且他的脸有点红。唐茵伸手指偷偷戳他的肩膀，隔着薄薄的一层衬衫，有点硬，挺有手感。

心紧张得要跳出来，陆迟的呼吸渐急促，脸稍稍别开，声音小小的："甜心。"没有丝毫停顿。

2

第三次模拟考试结束后又进入紧密的复习中，学生每天上课看着钟表，期待着下课，时间怎么过得那么慢。可等六月到来的时候，大家就都沉默了。

周成拿着准考证进了教室："我先把准考证发下去，你们别弄丢了。如果怕弄丢，可以放在我这里，等明天放假再拿走。放假三天不能太放松，也不要过于紧张。不求超常发挥，只求稳妥。"

带了这个班一个学期，他也有点感慨。这个班的学生都是尖子生，但高考也就一两个复读生参加过一次，其他人都是大姑娘坐花轿头一回，说不紧张恐怕是不可能的。要是因为紧张导致分数不高，那就太可惜了。他将准考证一一分发下去。

陆迟先拿到准考证，考场在一中。看到是自己待了两年多的学校，他有点愣神，沉默良久。

"我们在同一个学校呢。"

耳边突然传来唐茵的声音，脖颈上有头发拂过，痒痒的。陆迟耳根一红，退开一点，小声说："这是班上。"

唐茵毫不在乎。

他们的确都在一中考，而且是相邻的考场，这样的运气也是极少了。见他情绪不对，唐茵声音软糯地说："教我做物理题呗。"

陆迟拿她这样的声音最没辙了，每次都忍不住心狂跳，偏偏唐茵只有偶尔想要调戏他时才会这么开口。他转过去："哪里？"

足足两个月的时间，陆迟的结巴有了很大的好转，只是说话速度变得慢了些，就连老师也有些吃惊。然而这种慢吞吞的调子听在唐茵的耳里，就像是中世纪低沉的音乐，带着吸血鬼般的诱惑。

唐茵随手翻开模拟试卷，指了指。她最喜欢陆迟给自己讲题，表情认真又可爱，声线清冷，让人爱不释手。

最后一节晚自习的时候，周成来到了教室。三天后就要高考了，现在的这个时间，同学们基本都没有心思复习，更多的是有不知名的烦躁。

周成敲了敲桌子："明天放假三天，今晚就不让你们上自习了，你们想听音乐还是放电影？"太过紧张也不是一件好事，他自然知道不能让学生一直紧绷着神经，那样只会适得其反。

原本无精打采的人立刻抬头："放电影！放电影！"平时教室里的多媒体设备都没怎么派上过用场，这次快离开学校了，终于可以用上了。

周成点头："我准备了好几部电影，你们自己想想看什么。"他早有准备，很快那上面就显示出几部电影名称，都是非常经典的老片子。

鹿野忍不住说："老师，这些我们都看过了，放点别的吧，来部恐怖片！"

追寻刺激的男生立刻附和："对对对，都快高考了，就一起看一部恐怖片吧！"

周成严肃地道："看什么恐怖片，我这儿没有。"

鹿野不怕死地叫道："可以联网啊，班主任，我们都快离开您了，您还不能满足我们这个愿望？"

零班女生不多，只有几个，意见被扑灭在众男生的起哄中。其实她们也挺想和全班同学一起看恐怖片的，感觉肯定不一样。自己一个人看会害怕，但边上都是同学肯定就没那么怕了。

周成不同意，这时，教室门被敲响："周老师，主任有事让您去他办公室一下。"

"好，我知道了，谢谢你。"周成又转向同学们，"我先去开会，你们等等，等我回来再说。"说完，他就离开了教室。

鹿野看着老师出了教室，直接就跑上了讲台，咳嗽几声："同学们，解放的时候到了，大家都想看恐怖片吗？大多数人想看的话，我可就直接搜了啊。"话音刚落，就举起一片手。

鹿野也没数，一眼看过去差不多是大半的人，心里有了数，快速地搜片子，最后定了一部电影，讲的是在学校里发生的灵异事件。国产片没有那么可怕，看太可怕的万一被吓着了，考试受到影响也不好。

鹿野抬头指挥："把灯都关了，我开始放了啊，大家做好准备。待会儿你们周围的可能就不是同桌了哦。"他阴森的语气配着那边的光，显得有些瘆人。前排女生忍不住拿书打他："废话怎么那么多！"

鹿野笑着，点击了"播放"，然后跑回了自己的位子。

为了方便同学看电影，营造一种恐怖的气氛，桌子都被搬到了一起。黑暗中，只有前方亮着灯，诡异的音效回荡在教室里。

唐茵和陆迟一直在最后一排，从头到尾都没说话。一直到大家渐入氛围，唐茵才把头转向陆迟，毕竟看恐怖片没有谈情说爱好玩。她紧盯着他，目光灼灼，让人无法忽视。

陆迟无奈地转过头："你干什么？"

"看你啊，秀色可餐，我正好饿了。"说完就见陆迟从桌肚里掏出来一袋薯片，还是白天唐茵放进去的，他一直没动。

唐茵接过来，从口袋里摸出一颗糖，轻轻剥开，送到他面前："啊，张嘴。"

清浅的柠檬味蔓延在鼻尖，陆迟最后还是张口吃了下去，不可避免碰上她的指尖，两人都是愣了一下。

几秒后，率先回神的唐茵将他的衣领一扯，猛然把他从那边扯了过来，上身倾斜在她这边。陆迟猝不及防，整个人向她那边歪过去，差点撞上她："怎么了？"

两个人靠得很近，窗外的光能照清各自的脸，更不用提喷在对方脸上的气息了。唐茵捏住他的手，露出笑。

陆迟被她看得有些害羞，又带着渴望，尤其是艳丽的唇瓣近在眼前。他动了动，想要推开她。

唐茵却拽紧了他，猛然凑上前去，在他别开的侧脸处轻轻地用手捏了一下。

陆迟的鼻尖全是她身上特殊的香味，清淡又好闻。他的手已经松开了，撑在她两侧的椅子上，眼里全是她皎洁如月的脸，还有亮晶晶的眼。

唐茵凑在他耳边问："没捏疼你吧？"陆迟缩了缩，耳朵痒痒的，低头目光落在她的唇瓣上，不自觉地舔了一下自己的唇。

就在这时，鹿野突然大惊小怪地叫起来："哇！我看到了什么？"好在他知道分寸，声音没多大。

陆迟愣了一下，坐直了身子，仿佛什么也没发生过。

唐茵瞥他一眼："鹿野你有毛病吗？"

鹿野"嘿嘿"笑道："我不是故意的，谁让你们太投入？我错了，别打我！唐茵你可真下得去手！"他摸着头叫了几声，这打得也太狠了，果然不能惹女人，不就是不小心看到了吗？

教室里黑黢黢的，其实并不能看清什么。只不过因为他们坐在接近窗户处，有外面的光照进来，他一不小心看到了。

"我转头、我转头。"鹿野急急忙忙道，再也不回头了。

陆迟虽然知道鹿野了解他们之间的事，可还是忍不住皱眉，心里不太舒服。唐茵倒觉得没什么，只是陆迟脸皮太薄，接下来怎么也不肯回她话了。

她愤恨地拿笔戳了鹿野几下，之后就拽着陆迟出了教室。幸好老师不在，教室里的人都沉浸在恐怖片的气氛中，根本注意不到离开的两个人。

他们直接去了楼梯间，现在大家都在教室里上晚自习，要么在开班会，要么在看电影听音乐，没有人会出来。

这里是顶楼，又是角落处，除了零班和高复一班外，基本就没人从这儿走了。楼梯间里的灯时好时坏，必须很大的声音才会亮，唐茵和陆迟下了几层台阶都没亮。唯一的灯光是从高复一班的窗户和后门处漏出来的，却也照不到楼梯间这里。

唐茵忽然开口："放假三天都见不到你呢。"

陆迟："三天也不是很长。"

唐茵又说："你说过的，高考后就答应我，可别忘了。"

"嗯。"陆迟低低地应了一声，他自然不会忘。他转了转楼梯间，瞟了一眼零班外面黑黢黢的走廊，又不禁想起刚才教室里发生的一切，心跳忽然加快了。手往外一碰，捏住了唐茵的手腕，又细又滑，触感极好。

"嘿嘿。"唐茵还在偷着乐，猝不及防被拽到了一旁，后背抵上了硬硬的墙壁。黑暗中，她只能看到自己面前的影子，仰着头才能看到他那完美的下巴阴影。

两人同在一级台阶上，陆迟低头，居高临下地看她。他抿着唇，不知道该说什么。

唐茵突然轻咳几声，说："突然被'壁咚'，我有点紧张。"

她的话还没说完，对方突然沉下身子，手捏住了她的下巴，轻轻往上抬了抬。而后她便看到阴影中的脸落了下来。

唐茵感觉到他的脸就在自己的脸颊边，呼出来的气息里有她今晚给他吃的那颗柠檬糖的香味。

旁边是教室，里面传出男生的起哄声和女生的尖叫声，在夏夜里谱成一首曲子，回荡在楼梯间。唐茵陷在他怀中，周身是熟悉又陌生的味道，身处黑暗中。

3

高考第一天正值6月5号，下了雨，天气变得阴凉。可七号突然出了大太阳，又闷又热让人难受不已。好在唐茵家里有车，不用忍受外面火辣辣的阳光。

车子一路上速度很慢，路边都是家长和孩子，还有很多超市打上了"高考加油"的横幅。唐茵看了一路，打开车窗，一股热浪扑面而来。蒋秋欢的叮嘱声不绝于耳。

有时候，家长反而比参加考试的孩子更紧张。

几分钟后，一中近在眼前，那边有交警拦着，蒋秋欢把车停在路边："要我送你进去吗？"

唐茵摇头："别，你这样我更紧张。回去和阿姨去逛商场吧，平时怎么样现在怎么样就行了。"

蒋秋欢翻白眼，怎么可能？她神经再大条，也不会连自己女儿参加高考都无所谓："加油。"

唐茵眉眼弯弯："嗯。"她下车撑开了伞。从冷气中出来整个人就被热气包裹，有些不舒服。

门口处有志愿者服务站，摆着很多没拆封的矿泉水。志愿者一瓶瓶地递给家长和考生，鼓励道："考试加油。"

唐茵盯着看了几秒，转身进了一中。第一场考试是语文，九点开始，她到的时候才八点。她拿着准考证找到了考场，是二楼楼梯边上的那间教室。此刻门窗紧闭，上面贴着封条。

要八点半教室门才会打开，教室外面有空出来的桌椅堆在那里，唐茵抽出一把椅子，直接坐在那里，顺着栏杆看下面的人。

随着时间推近，陆陆续续有人往楼上来。唐茵把椅子放回原处，背靠在墙上，也不知道陆迟什么时候会来。正这么想着，她就看到楼梯上一个直挺单薄的身影，穿着一件T恤，依旧干净美好。

"陆迟！"她叫道。

陆迟转头看到她飞奔过来，一脸茫然，被撞得往后退了一小步。

唐茵搂住他："有没有想我啊，这三天？"

陆迟将她推开，看到从楼梯上来的人都盯着他们，红着脸说："好多人看着。"

唐茵毫不在意："让他们去看，反正你是我的。"虽然这么说，但她还是离开了陆迟一点。毕竟天热，靠近了也不舒服，她拉着他往边上走了走。

有老师开了门，考生大多进了教室，仅剩一些嬉皮笑脸的男生在走廊上打闹，看好戏似的看着唐茵他们。

陆迟看了一眼时间，低声说："好好考。"想了想，他又补充，"物理最后一道题多留点时间，不会……会就算了。"一紧张他就又结巴了，便顿住没再说。

唐茵最爱他认真的模样，捏他的脸，笑嘻嘻地道："理综在明天呢，要不你晚上给我做考前辅导啊。"

她加重了"晚上"两个字，陆迟自然能听得出她什么意思，神情微动，既没反驳也没同意。

走廊尽头有老师拿着考卷袋往这里走，陆迟开口："该进去了。"

他正要走，唐茵突然又多事："你把眼镜摘掉吧，也许我会超常发挥。"

他看了一眼周围，其他考生都进了教室里，这才亲手摘了眼镜，微眯着眼。

唐茵像是要望进他的眼里，只见他眉毛微蹙，可澄澈的眼中似乎闪着光，灿若星辰。

被这么看着，陆迟有点不好意思，嘴唇动了动："别。"

唐茵放开他，在他往前走时又拽住他的胳膊，将他转了过来，轻轻踮脚，小声道："考试加油。"他们所在的位置正是门边，教室里的人自然看得清楚，都小声地起哄。

距离开考还有将近十五分钟时间，有的人趁着老师还没来、手机还没上交偷拍。陆迟红着脸忙不迭地进了隔壁教室，唐茵倒是漫不经心地走进教室，找到自己的座位。

考试的时间总是过得很快，唐茵对语文一向不用担心，今年的语文卷也就后面的题型偏灵活，最后的作文写完唐茵还多了十几分钟的空闲时间用来检查。

总体来说，她觉得还算顺手，没有出乎她的意料。只不过考场里还是有一交卷就哭出声的。

中午放学的时候是蒋秋欢来接她的，唐茵原本还想和陆迟过二人世界，都没机会，在学校门口就分开了。

一天很快过去，等到第二天考生物化时，唐茵先看的就是物理大题，也不由得松了口气。整整高三一个学期，每晚陆迟都要和她说一种题型，不听的话，第二天就不理她。

一看到熟悉的变形题，她就忍不住想起那些晚自习。夜幕的灯光下，陆迟认真为她讲题的样子让人记忆深刻。

考了一天半，一切顺利。第二天中午的时候出了点问题，唐茵回到家后便觉得有点不舒服。她没说，省得蒋秋欢和唐尤为担心，午饭只吃了一两口，但躺在床上休息了一个多小时也没见好转，还有加重的趋势。恐怕是因为昨天考完后吃了雪糕，晚上又吹了空调，受凉了。

下午出门的时候，她的肚子越发难受，一路上都没说话。

蒋秋欢还以为她考差了心情不好，也没敢问她考得怎么样。有些担忧地送她进了学校后，回头就给唐尤为打了个电话："茵茵的脸色好像不太好，不知道是怎么了。"

唐尤为打断她的话："现在什么也别说，她自己愿意说，自然会跟你说的。"

蒋秋欢叹了口气，往学校里看。马路上都是考生，还有的在笑。她忍不住心想，可千万不要出问题。

好在下午考的是英语，是唐茵擅长的，而且这次高考卷竟然没有想象中那么难。因为不舒服，她便加快了速度，涂完答题卡后，还剩将近半小时。她的额头上已经冷汗涔涔，还有点恶心。

讲台上的老师提醒道："还有三十分钟，没有写作文的抓紧时间了。"

一个考场配两个老师，每场考试都是不同的老师。

有个女老师见唐茵脸色惨白，主动上前询问："同学，你身体不舒服吗？能不能坚持考完？"

唐茵正好想交卷，于是咬牙开口："我交卷。"她几乎趴在桌上，将试卷往外推了推，"老师，我写完了，提前交卷。"

女老师看她实在坚持，就点点头："要不要叫120？你脸色不太好。"

唐茵摇摇头，从后门离开了教室。一出教室，热浪便扑面而来，让她更加难受，衣服也黏在了身上。唐茵扶着栏杆，忍不住干呕了几下，然后蹲在地上喘气。

"不要东张西望，自己答自己的试卷。"伴随着老师的提醒，陆迟认认真真地收好自己的东西。

试卷答完后一身轻松，这是最后一场考试，明天就是暑假了。教室里有空调，所以就算是考完了的也会想在这里多待一会儿，出去实在太热了，太阳还火辣辣的。

陆迟靠窗，不经意朝外看了一眼，视线顿时定在某处。他皱着眉，将唐茵干呕的动作看在眼里。恰好唐茵抬头，惨白的脸映入他的眼帘。

"这位同学，你站起来做什么？"讲台上的老师吓了一跳。

陆迟目光依旧在窗外，快速说："交卷。"说完便离开了教室，老师嘴里的话都没说出来。

"呼。"唐茵终于喘了一口大气，这种不间断的干呕实在太难受了，以后再也不随便乱吃东西，瞎吹空调了。

"你……你哪里不舒服？"陆迟的声音突然出现在她耳边。

唐茵扭头，陆迟蹲在她旁边一脸不好受的表情，就跟他现在也不舒服似的。

没等她回复，陆迟突然伸手过来，捏住她的手腕。她虚弱地问："你怎么在这儿呢？"说着，她又忍不住干呕了一声，嗓子难受得紧。

她乱动的刘海儿被汗浸湿，贴在脸上，一副小可怜的样子。

陆迟轻轻替她拨开刘海儿，将她背了起来："去医院。"柔软的触感，要是往常，陆迟恐怕会脸色通红，但此刻他根本注意不到。

唐茵搂着他的脖子，脸靠在他的肩膀上，虚弱地呼吸，难受得不想说话。从楼梯上下去时，陆迟非常小心，生怕一不小心踩空了。好在只是二楼，并不高，两分钟后便下了楼。

校门外都是等着的家长，见两个人出来，都看过去，想着幸好不是自家女儿。陆迟直接无视他们，扭头看了一眼身后的唐茵。她紧闭着眼睛，睫毛颤动，鼻尖有冷汗冒出。

这样的唐茵，有他不曾见过的脆弱模样。即使痛苦转移到他身上，他也是愿意的。

4

校门外有几个用手扇风的家长上前问："她怎么了？要不要送去医院？"其实见他们从考场出来，就知道发生了什么，只是现在还没到考试结束的时间呢。

"我送你们去医院吧，这孩子怕是中暑了。"那人没再说话，只是觉得可惜了。这时候身体出毛病实在影响考试，但愿他们考好点。

陆迟乖乖地道了谢。

那边执勤的交警也主动走了过来："是不是中暑了？赶紧送去医院。"旁边的志愿者借来一把伞，撑在他们头上。

一中是老学校，周边有个第五医院门诊部，走几分钟就能到。

交警说："快上车。"因为高考总会有意外发生，所以每个考点外都有守候的120，就停在不远处。

医护人员一开始还没注意到，看着交警叫便立刻抬过来一副担架，帮着陆迟把唐茵放上去，陆迟也跟着上了车。

唐茵似乎睡着了，他将她放下来时她也没有睁眼，只是眼皮动了动，头歪向一边。车上的护士和医生检查过了，发现她并不是中暑，但具体情况还需要去医院检查。

好在几分钟后就到医院了，唐茵也醒了，躺在担架上被送进了医院。看着一直陪着自己的陆迟，她默默地叹了口气。

进医院后来来回回检查了一遍，医生又问了她几个问题，最后说："急性胃炎，是不是乱吃东西又受凉了？"最近好几个乱吃东西还受凉的孩子过来打点滴。

陆迟看向唐茵，唐茵和他责怪的眼神对上，悻悻地回答："昨晚偷偷吃了一支雪糕。"

医生一副了然的表情。

唐茵又去看陆迟，他脸色不太好，直接转过头不去看她。

"你们是今天的高考生吗？"医生写着病历，不经意地问。

陆迟应道："嗯。"

医生又用不赞同的眼神看着唐茵："今天高考，昨晚还偷吃雪糕，真是不注意身体，受罪了吧！要是影响了考试你心里会舒坦吗？"

唐茵没说话，她实在不敢反驳呀，不然恐怕要被陆迟念叨死了。

医生开了点药，又让她去打点滴，足足两瓶。可能是看她身体太弱，别人打点滴是在大厅的椅子上坐着，唐茵还得了个病床。

一路上都是陆迟跑前跑后，毫无怨言。唐茵趴在床上看他的身影，心里只觉得暖，她真没看错人。

幸好点滴瓶不大，两瓶加起来恐怕应该两小时不到。护士给她打针的时候，陆迟就在那儿盯着，看她一次成功才移开视线。

他紧张过头的样子让护士忍不住打趣："我都工作好几年了，不会让你女朋友受罪的。"陆迟脸红了，没说话。

唐茵插嘴："小姐姐，他害羞，你别逗他，不然他今天要不理我了。"

护士忍着笑点头："待会儿药快没了记得喊我，小男友也要看好了，不然会回血。"这次陆迟乖乖点了头。

一瓶药水快到头的时候，那边病床送进来一个中暑的姑娘，家长骂骂咧咧地："这怎么这么差，有没有好点的？医生呢？护士呢？当心我投诉！囡囡你有没有哪里不舒服？妈妈这就去喊人！"

女人跑远了，过了几秒还能听见她的大嗓门。没过一会儿，她又回来了，嘴里又嘀嘀咕咕的。病房里就他们两个病人，所以她的声音在安静的病房里异常明显，听得人心里烦躁。

唐茵还打算睡一觉，被她这么一吵，瞌睡全没了。

陆迟皱着眉，出声打断："请你安静点。"

女人回头，看见是个学生模样的年轻人，冷笑几声："关你什么事，真是闲的。"

刚才打针的护士敲门："女士，请您安静点，不然我们会请您离开这间病房。"

这话一出，女人总算安静了点，不过还是隔几分钟就说话一次。

唐茵瞪了她几眼，躺在那里发呆。陆迟在一旁拿个水果慢慢削。他泛白的手指和银色的水果刀相衬，唐茵目不转睛。久了，她就恍惚睡着了。

于是陆迟放下刀和苹果，轻轻给她掖了掖被角。

高考完，成年了，自然是要聚会的，十四班一向对考试放得开，当天晚上就宣布出去吃饭，再玩个通宵。

唐茵虽然下学期去了零班，但同班了两年，她肯定是要去的，毕竟十四班的人和她关系都不错。

她生病的消息没人知道，所以约她的时候，她还正在打最后一瓶点滴。

"茵姐，你可一定要来，一学期没有一起出去玩，都想死你了。今天晚上先吃一顿好吃的，然后七点在'晴天'，不来不行啊。"打电话的是于春，他一向管这些事。

唐茵说："去，不过我可能会迟点，直接'晴天'。"

她话还没说完，手机就被陆迟拿走，低沉着声音说："她身体不好，今晚不……不去。"

于春"哇哇"大叫："陆迟你和茵姐在一块儿？茵姐怎么了？中暑了？考试的时候没事吧？"他一听就知道是陆迟的声音，又被唐茵生病的消息吓了一跳，明明上午碰见时还好好的。

唐茵拿回手机："我会去的。"

陆迟不满："你要……要休息。"

唐茵可怜兮兮地看着他："我就去那边待着，全班聚会我不去多没意思啊。可就这一次呢。"

她伸出完好的右手去摇晃他，陆迟抿着唇，没再说话。看他这样子，显然是同意了。虽然可能心里不太爽，不过到时候哄哄就好了。

"晴天"算是比较正规的适合学生去的KTV，十四班一群人高中三年来过无数次，生日聚会也会来这里。

唐茵和陆迟到的时候已经七点半了，外面天刚黑，里面五光十色的。

凑巧碰上于春出来上厕所，看到了唐茵和陆迟走过来的身影："哇，茵姐，你到了，身体没什么事吧？"

唐茵摇头："已经好很多了。"

"嗯。"陆迟突然开口。

唐茵觉得他语气不怎么好，估计还在生气自己打完点滴就跑过来了。不过打了点滴之后，她的确不恶心了，只是有点无力，但她能撑住。

于春也不知道怎么了，挠挠头："茵姐，陆迟，你们快进去吧，里面人都到齐了。"他们订了大包间，虽然有十几个人没来，但也够多了。一推门就听见乱哄哄的音乐声和笑声，还有起哄声。

苏可西眼尖，跑过来："没事吧，看你的小脸，怎么这么惨？"

唐茵一把推开她作怪的手："这么黑也能看到惨，你眼神可真好。"

"看你这样子，应该还行。"苏可西脸上笑嘻嘻，又担忧地问，"你考完了吧？"高考进医院还真不是小事。

唐茵说："都写完了，你放心。"她并不担心自己的成绩，是考最后一门时不舒服的，而且她做完检查了一遍。

"那就好。"苏可西说完，目光落到陆迟身上，又想起之前的那件事，其实已经过了好几个月。

陆迟对她点头，苏可西也尴尬地和他点头示意。

一群人看到这边，听到动静都围了过来。之前就听于春说了，大家还准备一起去医院嘘寒问暖，结果于春没让他们去，说陆迟在那里，不能打扰他们二人世界。

于春此时已经回来了，指了指角落："茵姐，就那里，你不舒服就坐那边，没人打扰你。"

陆迟和十四班的人基本不认识，互相点点头，唐茵直接拉着陆迟坐过去。

高考完一身轻松，大家都放飞自我了。

男生们点的歌一首比一首没"节操"，偏偏还唱得很起劲，又朝班里的女生抛媚眼，结果被嘲笑了。

角落里难得成了圣地，唐茵伸手去拿茶几上的果汁，嘴里都是葡萄糖的味道，感觉不太舒服。

结果边上一只手按住了她，只听陆迟说："不行。"

音乐声太大，唐茵没听到，在他耳边大声问："你刚刚说什么？"

陆迟的头偏了偏，稍微放大了声音："你现在不能喝。"他说话依旧很慢，但能听出来其中的强势。

唐茵笑道："我听不见。"

陆迟的耳朵简直遭了罪，她贴近时呼吸落在上面，又痒又麻，结果下一刻就那么大声地说话，震得他瞬间没了感觉。他转过头，看她笑得见牙不见眼的，伸手捏住她的脸："你不……不能喝，听到了吗？"

唐茵点头，无奈脸被他捏着，动不了。

陆迟触电般收回手，装作若无其事地端起茶几上的饮料抿了一口。

唐茵看着好笑，凑过去说："你喝的这个是我刚要喝的，咱们怎么这么有默契。"正巧彩光照过来，把唐茵的脸映得五光十色，唇上艳红鲜润，有种独特的美。陆迟又喝了一口饮料。

那边唱歌的人都自觉没来这边打扰他们，自顾自地玩着。

没过一会儿，安静几分钟的唐茵又挤了过来，苦哈哈地在他耳边说："陆迟，我饿了，嘴巴好苦。"

陆迟愣了一下，轻声问："要吃什么？"

唐茵报了一串菜名，听得陆迟的眉角一跳一跳地。不是烤的就是炸的，每种都是油腻的。

看着她期待的眼神，他点头说："你等着。"说完便放下饮料，离开了包间。

于春看着陆迟离开后，凑过来："茵姐，陆迟怎么走了？你们俩是不是闹别扭了？我看他今天进来时脸色不怎么好。"他今天看陆迟不想说话的样子就觉得怪异，肯定是哪里出了问题。十四班的众人也算是看着两个人走到一起的，要是分了还真是觉得唏嘘。

唐茵偷偷喝了一小口陆迟的饮料，说："你想多了，他去给我买吃的了。"不知道待会儿他会买什么回来。虽然现在身体不好，明天还要继续打点滴，可她还是想吃有点味道的。

于春立刻夸张地表演："哇，看来离喝喜酒不远了，茵姐，我一定备好红包！"还没等唐茵开口，他就闪离了角落，和其他人闹去了。

唐茵等了大约二十分钟，差点在沙发上睡着了，陆迟才回来，手上的吃的看着好像有点少。

她伸着头，看陆迟修长的手打开袋子，又打开外卖的盒子，骨节分明真是越看越好看。唐茵欣赏了一会儿，随即目光定住。

"陆迟。"她难以置信，伸手将他的头扭向那边狂欢的人，"你看看他们都在吃烧烤，你居然给我买粥？你忍心吗？"

陆迟蹲在那里，将她的手轻轻拨开，抬头看她："你只能……能喝粥。"说着，递过去一柄小勺，放在她的手心。

5

包间里飘荡着烧烤的香味，她这边吸了吸鼻子，乖乖地喝粥，还得被陆迟看着。

她伸手去拿勺子，半途又缩回去，说："你喂我，我手疼。"

陆迟的目光落在她的手上，他可是知道，明明打点滴的手是左手，吃饭用右手。

捕捉到他的眼神，唐茵面不改色地撒谎："我是左撇子。"

陆迟叹了口气，过去坐在她边上，拿过勺子舀了一勺，晃了晃后轻轻递到她嘴边。唐茵笑眯眯地咽下，一碗粥其实不多，没过多长时间就见底了。陆迟把东西收拾了放到袋子里。

唐茵凑过去小声说："其实我看你就饱了。"陆迟瞥她一眼，淡定地继续收拾。要不是看到他发红的耳根，唐茵还真以为他变得淡定了，原来他是学会隐藏了。

直到晚上十点多聚会才散，唐茵也想早点回去睡觉，她现在浑身都是软软的。她从来没得过胃炎，这下知道了厉害，尤其是恶心干呕那一阵，真的是难受至极。虽然她嘴上说着想吃烧烤，可实际上是不敢试的。

陆迟将她送到家门口附近，便不再靠近。唐茵想让他多走一段他也不肯。借着灯光，她小声问："你是不是还记着上次那事呢？"不会是真的产生阴影了吧？那她回去要揍唐昀一顿。

陆迟摇头，回道："你快回去，早……早点休息。"

唐茵不再强求，乖乖地转身回去。

看她进了院门，陆迟才沉默地转身离开，身影渐渐消失在黑暗中。

第二天晚上，零班又有聚会。和十四班相比，零班就较为激动了，整整三年一点娱乐活动都没有，自然要玩起来。唐茵现在只能吃清淡的，怕去了馋嘴，准备晚上直接去包间。

一群男生憋坏了，叫了不少啤酒，一杯接一杯，围着一张小桌子玩真心话大冒险。一转到女生，有的直接喝，有的就央求着关系好的男生代喝，玩得不亦乐乎。

赵如冰坐在角落里嗑瓜子，一点也没被影响。鹿野中途来叫过她一次，被她冷淡地轰走了，就没有男生再过来拽她了。

唐茵到达包间的时候才八点，她张望了一下，没见到陆迟，顿时兴趣就少了一大半，找了个角落坐着玩手机。

唐铭过来喊："唐茵，过来玩啊，在那儿坐着多无聊，今天好多人呢。"

唐茵摆摆手："我刚打完点滴，你们玩吧。"

见她真的兴致缺缺的样子，唐铭也没再强求，自己又回去了。

过了一会儿，唐茵放下手机。她眼珠子转了转，把鹿野叫过来："交给你一个任务。"

被拖出来的鹿野张嘴就是一口酒气："什么任务？包在我身上，一定让您满意！"

唐茵说："待会儿陆迟来了，你想办法让他喝点酒。不多，半杯就行。"上次他好像喝了一点就晕了。

鹿野貌似察觉到了什么，豪气盖天地拍着胸膛说道："包在我身上！不喝也得让他喝！"

"行，你去玩吧。"唐茵满意地点头。鹿野又回了包围圈，和大家吵来吵去。包间里又是起哄又是音乐，非常热闹。

赵如冰在边上突然出声："你为什么要让陆迟喝酒？"她搞不懂唐茵的心思，她不是应该把陆迟捧在手心上才对吗？居然会让人灌他酒！

唐茵看了她一眼，从进来到现在，她就没和自己搭过话，现在关系到陆迟她就出声了？唐茵淡淡地回道："自然有我的想法。"

赵如冰就没有再说话，继续嗑着她的瓜子。一整个学期她算是见识到了，不说唐茵对陆迟，单单陆迟做的事情，说是把她宠上天也不为过。

而且两个人丝毫不避着他人，最后那次检讨她记忆最深刻，也忍不住去想，怎么就没有一个人为自己做这样的事呢？

鹿野从圈子里退出来，给陆迟发了一条消息，问他什么时候到。正巧陆迟已经到了门外，马上回了消息。

鹿野急忙跑到门边，一打开门，正好陆迟伸着手。他眼前一亮，将陆迟揽过去："来来来，进来的都要喝一杯，不然不让进。"

喝了酒的鹿野比平常胆子大了不少，直接带着陆迟去了桌子那边。桌边的同学散开一点，男生也跟着起哄："喝一杯！"

鹿野笑嘻嘻地道："不喝不让过去，唐茵可是坐在那边了。"

陆迟扭头去看，唐茵果真坐在那里，正在对他招手，小脸兴奋得发红。

鹿野遵循唐茵的意思，只倒了半杯啤酒递过去："看你恐怕平时不喝酒，这次只半杯就行！"

陆迟皱着眉："必须喝？"

男生们果断地点头起哄："当然必须喝！不喝不行，不喝不让走！"

纠结了一会儿，陆迟慢慢喝了半杯酒。

除了上一次陆宇逼着他喝一点，他真的再没喝过酒，这次是第二次了。"喝……喝完了。"他将杯子倒过来。

鹿野接过去："行了行了，去陪你家唐茵吧。"虽然不知道唐茵为什么让他这么做，但肯定不是什么好事，没准陆迟喝醉酒会做出惊天动地的事来。

唐茵迫不及待想知道这次陆迟会不会像上次那样可爱，偏偏陆迟这一段距离走得极慢。等陆迟在她边上坐下，她屏住呼吸，伸出手指在他面前晃了晃，满心期待着。

陆迟的眼珠动了动，伸手捏住她的手指，说："你……你做什么？"

唐茵有点失望，难道他喝啤酒不会醉？她撇了嘴："没什么，我就晃晃。"

陆迟觉得怪异，歪着头看她，目光澄澈，在灯光闪烁的包间里熠熠生辉。

哎，长得真好看，唐茵心想。她还存着期待，就随手抓了把瓜子嗑。陆迟也伸手去抓，只不过是用手剥，自己并不吃。

没过一会儿，他把瓜子仁递给唐茵。一直在边上嗑瓜子嗑到舌头都麻了的赵如冰忍不住哼了一声，真是气死她了。

两个人不停地嗑瓜子，等桌上瓜子都嗑没了，已经过去了大半个小时。

唐茵回神，转头喊："陆迟。"

陆迟扭头，亮晶晶的眼睛看着她，一言不发。

她没觉得哪里怪，他一向话少，她就又喊了一声。陆迟还是不说话，只目不转睛地看着她。

这回唐茵总算觉得不对劲了，凑过去观察他，发现他脸微红，安静的样子很像他上次醉酒时的。唐茵伸手过去晃了晃，陆迟的目光移上去，眼珠子跟着转了转。

这回不含着她的手指了？唐茵心里纳闷。

就在她不知道该如何试探的时候，陆迟突然开了口："唐茵。"

唐茵应道："嗯？"

陆迟抿了抿唇，慢慢说："我……我……"他说了两个"我"字之后话还没说出来，急得脸皱成一团。

真是小可怜，唐茵哄道："你要说什么？慢点说没关系。"

陆迟安分下来，又说："唐茵。"

唐茵无奈地看着他，继续应了声。

陆迟安静下来，没过一会儿他又喊："唐茵、唐茵、唐茵。"

唐茵几乎要抓狂，这喊老半天名字却又不说话是怎么回事？虽然他声音很好听，但这样也不行啊。她威胁道："你要说什么？快说，不然我打你。"

陆迟露出委屈的表情，眼睛瞪圆，像小鹿一样，慢吞吞地开口："我……我喜欢你。"怕她打自己，他补充道，"我特别……特别喜……喜欢你。"

第十一章。○

1

怎么这么可爱！唐茵被陆迟的样子弄得心都化了，忍不住捧着他的脸，小声问："你真喜欢我？"

陆迟乖乖回答："喜欢，喜欢，喜欢。"他一连重复了三遍，含了蜜糖一样。

唐茵凑上去，贴着他的脸慢悠悠地说："我也特别特别特别喜欢你。"

陆迟高兴得笑起来，浅浅地，眼尾微扬。

唐茵真是爱死他了，又凑上去亲了一口。今天醉酒的陆迟和上次又有点不同，唯一的相似处可能就是他依旧那么乖，还那么可爱。

一旁的赵如冰也没听到两个人在说什么，包间里很吵，她离两个人又有点距离，只能听见模糊的声音。她扔了手里的瓜子壳，去了人多的那边，索性眼不见心不烦。

过了一会儿，陆迟动了动。他伸手拽下唐茵还放在他脸颊处的手张口含住，柔软的舌抵住指尖，湿润酥麻。

唐茵最后还是抽回了手，这里还有其他人，要是被别人看到可就不好了。想到这里，她捧住他的脸叮嘱道："以后只能有我在的时候才能喝酒，知道吗？"

陆迟看着她，半晌才回答："好。"

唐茵摸摸他的头，决定奖励他一下，便用水洗了手，按了按他的唇。

陆迟伸出舌尖，没有舔到，心情不好。

唐茵看他急躁的样子，忍不住笑起来，连忙安慰道："以后再这样，今天先回家。"

"好。"他依旧是这个字。

等聚会散场时，大家才发现，角落里的唐茵和陆迟两个人早已经不见了。

"去厕所了？"

"提前走了吧，唐茵今天好像不舒服。"

"我发微信了，他们说回家了。"

六月二十三号上午是查高考分数的时间，天刚亮，蒋秋欢和唐尤为就起来了，等时间到了就在电视机前坐着，听那些专家分析这次高考的相关信息。

唐茵下来的时候，两个人坐得端端正正，一脸严肃。上次看到他们这么严肃的表情还是在她上初中时，因为调皮被叫家长。

蒋秋欢叹了口气，听着电视里的分析，越来越觉得自家女儿可能会考得不好。虽然唐茵上次说没事，但她心里总有点慌，不知道待会儿查到成绩会不会吓晕过去。

唐茵看他们这样，只好又悄悄回了房间，等时间到了就上网查。

九点一到，发布会宣布结束，系统便宣布可以正式查分了。她坐在电脑前，第一次觉得紧张。如果最后一场考试出错，不能和陆迟上同一所学校，那她就填和他同一个城市的，相邻也是好的。

做好心理建设后，她登录查分入口，对着输入自己的准考证号码，最终点击确认。谁知下一秒跳出来的却是系统繁忙的提示。唐茵差点想踹一脚电脑，她又输入了一遍，还是那样的提示，最后她直接用手机拨打了查分的官方号码，报了自己的准考证号。

"语文 138，数学 141，英语 146，理综 287，总分 712。"成绩缓缓地报出来，每知道一科，唐茵的心就下落一分，最后听到总分，她忍不住笑了。这次的成绩似乎比以前的模拟考还要出色一点。

省内至今采用自主命题，没有用全国卷，唐茵也做惯了，只是没想到这次会高上二十几分，可能主要是因为数学比平时简单点。记得省内组织的三次模拟考，她最高也就考了六百九十多分，这次算是超常发挥了。

她放下心，又给陆迟发了微信，没得到回复。唐茵跑下楼，脚步声让沙发上的两人一起回头，两人紧盯着她不放。

过了一会儿，蒋秋欢问："茵茵啊，成绩查到了吗？"

唐茵面无表情："嗯。"

看她这样子，两个人就更忐忑了，刚刚做好的心理准备一下子变成了灰。

唐茵挤到他们中间，然后才缓缓开口："出来了，712分。"

蒋秋欢瞪大眼，这和她想得不太对啊。唐尤为先回神，一拍大腿："好啊！不愧是我女儿！哈哈哈哈哈哈！状元都有可能了！"

"爸，你想太多了。"唐茵说，"你女婿还在呢。"

"什么女婿？人家有自己的名字。"唐尤为瞪她，"陆迟的成绩多少，你问了吗？"

唐茵正要摇头，手机响了。她点开，是陆迟发来的微信。

陆陆陆：不太好，728。

蒋秋欢从边上瞅到，忍不住说："这孩子，728还叫不太好，那茵茵你这成绩在他眼里就是很差了。"

唐尤为摸了摸下巴："人家成绩一向好，咱学校都指望着他拿状元呢。"

高考前其实老师们都想去找陆迟谈话的，后来怕影响他高考，就都没有去。现在这个成绩，状元应当是稳的了，怕就怕突然冒出来一匹黑马啊。

下午是学校高考志愿预填时间，外面天很热，大太阳挂在天上。唐茵本来不想去的，但想想能见到陆迟，就来了劲。她去得早，陆迟还没来，教室里的人都在问成绩和填哪所学校。

鹿野也超常发挥，比他前几次模拟考都要出色不少，兴奋得想在桌上跳舞，嘴里一直哼着歌。看到唐茵进来，他迫不及待地问："唐茵，你多少分？"

唐茵笑笑，没说话。

唐铭转过头："她肯定比你考得好，我都听说了，咱学校有两个七百分以上的。"

"你怎么知道的？哪两个？唐茵和陆迟？"鹿野惊讶，问题一个接着一个。

唐铭想了一下没想起来："我也没听清楚，刚才路过办公室听说的，有老师推门出来，我就跑了。"两个人就这次的成绩和自己的志愿畅谈起来，没过一会儿就忘了唐茵的事。

唐茵手撑着下巴，她和陆迟应当是可以被同一所学校录取的，就看那学校的专业她感不感兴趣了。正想着，她身边落下一片阴影。她一歪头，陆迟正正经经地坐在旁边，今天没戴眼镜，显得格外诱人。

也许是因为热，他的衬衫扣子解开了一颗，露出一小片皮肤。不像往常那样紧紧系到顶，随着喉结微动，那皮肤也微微起伏，看得人口干舌燥。

"你别这么看我。"陆迟转过脸去，差点又结巴，伸手盖住她的眼睛。

清爽的气息扑面而来，唐茵拉下他的手，问："你要填哪个学校？"

陆迟想了想："还没太确定，目前就一个。"

唐茵又问："哪个？"

陆迟看她，轻轻说："S大。"S大是一所综合性大学，在首都，距离他们这儿还挺远的，不过名气很大，全国排名第一。

以陆迟的成绩，完全可以读S大的王牌专业。唐茵想了一下，以自己的成绩应该也是可以的。每年上七百多分的没多少人，而且学校里的专业也多，她之前考虑的也正是这所学校。

"你呢？"他问。

"巧了，我也是和你一样的想法。"唐茵笑道，随后叹了一声，"我比你少十几分呢，你还跟我说你没考好，这不是打击我吗？"

陆迟的嘴角悄悄扬起，前排两个偷听的人都在偷偷翻白眼。

这时，班主任周成拿着预填表走进来："这只是预填，让你们熟悉一下，不过还是要好好对待，有什么问题来找我。"他将表一人一张发下去。

唐茵拿着笔，又上网查了一下S大历年来的录取成绩，去年的最高成绩七百三十多分，最低六百九十多分。算了算，和今年的情况相差不远。不过她没马上动笔，而是伸着头看陆迟要填什么。

陆迟只是写了个大学名，专业还没写，扭头说："你写你自己的。"

唐茵吐了吐舌头，想了想，在自己的表上填了英语专业。看来看去，也就这个专业她有点兴趣了。她没有遮挡，陆迟轻而易举就能看到她的选择，过了一会儿回神，又握笔认真地勾了个专业。

唐茵填好后去看他的，出乎意料的是，他选的不是和物理学相关的，而是临床医学专业。等全班都填好后，周成又将表格收上去，宣布大家可以回去了，过几天再来学校上机填志愿。

"你们不要让别人看到自己的信息，也别相信什么野鸡大学，每年都有上当受骗的，还有被篡改志愿的。这关系到自己的一生，可一定要仔细了。"随着最后一个字落音，教室里的人一起应了声。

周成脸上露出欣慰的表情，不少人都跟他打电话说过成绩，虽说没有超常发挥的，但还是符合正常成绩的。

唐茵还在和陆迟说悄悄话，她一想到就要和陆迟读同一所大学就很开心。

陆迟的确是省状元，他的照片和分数当天就被传上了网。

第二天，电视台安排人来采访，原本只采访状元的，现在状元和榜眼同在一所学校，自然也就顺带采访榜眼了。教导主任叮嘱："这次是电视台，你们可不要乱说话，一定不能，是会播出去的。"陆迟倒是应了。

教导主任转头看向唐茵："尤其是你，你代表学校的形象，千万不要在记者面前也这么说话。"唐茵笑眯眯地应了。

很快，一男一女两个记者带着各自的摄影师和工作人员到达，并被学校领导迎进了学校。女记者采访的是理科班，进来后，看到两个学生都这么出色，倒是惊讶了一下。她先问了教导主任一些问题："陆迟同学和唐茵同学平时在学校成绩也十分出色吗？"

教导主任公式化地笑："这是自然的，他们两个三次模拟考都是全省前三，每次联考都是第一第二，平时也热爱学习，有自己的学习方法，能有这样的成绩其实很正常。"

听着教导主任夸自己的话，唐茵差点绷不住笑了。

一连几个问题，教导主任都极尽所能地将他们往乖巧学生的方向上引，看记者的样子，恐怕也是信了的。轮到陆迟和她说话的时候问题就简单了。陆迟一向话少，对记者的回答也是几个字就解决。女记者觉得自己都快问不下去了，最后只能转向一旁的唐茵。

唐茵笑得明艳动人："能有这么好的成绩，多亏陆迟给我讲题，高中最幸运的就是遇见他。"

陆迟侧过头去看她。

怎么听着有点不对劲？记者心生疑惑，但还是带着微笑结束了采访，被教导主任送出了学校。当晚，采访就在电视台播出了。大多数考生被家长押着看状元是怎么成功的，被教育以后也要这么干才行。

看到陆迟和唐茵时出现的时候，不少人傻了眼。陆迟没戴眼镜，好看的一张脸露出来，在电视上更显精致，比起那些精修的明星丝毫不差，甚至更胜一筹。在他旁边的唐茵也是一点也不落后，容颜明艳，笑起来的时候眉眼弯弯，一双眼里仿佛有星光闪烁。

唐茵他们自己学校的学生都是一脸高深莫测，看到神态自若、郎才女貌的两人，忍不住想起那次精彩的检讨，真是到现在还记忆深刻。一些曾经在一中考场见过两人的人，心情就更不好了。

当初在一中看到两个人在一起的时候，还以为是两个"学渣"，结果现在告诉他们：一个状元，一个榜眼。

眼尖的人还细心地发现，他们居然在采访时还偷偷牵着手。

2

不到一天，陆迟和唐茵的名字就传遍了网络，原本经过三次省内的模拟考后，很多人就对他们印象深刻，毕竟他们每次都排在最前面。

每年到了成绩出来的那几天，网络上对于高考成绩的讨论总是非常热烈的，每个省的高考状元都会单独上微博热搜。今年省内还是自主命题，省状元只能算是省里的，没有可比性。不过就漂亮的成绩来说，是个人都知道他们考得出色。不过媒体方面没有从学校弄到图片，只是文字报道了一下。

电视台的采访一播出，一些整天盯着高考信息的知名博主就迅速截图放出了这条信息，毕竟陆迟所在的省也算十分出名的。

采访时唐茵就坐在陆迟旁边，截图时被一同截了下来。

嘉水私立中学的不少同学上网去看新闻时，看到自己学校的人，心中别提多骄傲了，纷纷在底下评论。评论一再被赞，最后顶上热门评论，搜索量跟着话题度一起上升。

不过高考的热度也就那么一会儿，很快就落下去，并没有引起多少人的注意。网络上的新闻唐茵并没有关注，她也没多大兴趣。

几天后，总算要上机填志愿了。她和陆迟不坐在一起，最终还是优先选了预填的那个志愿，最后两个也都选了首都的。填完后，她往前面那一排看了一眼，陆迟坐在那儿，背对着她，挺直后背。她看了几秒，然后出去站在外面等陆迟出来，仰着头问："你最后填了什么？"

陆迟张了张嘴："和之前一样的。"原本只准备填一个的，最后还是选了另外两所首都的学校。听见他的话，唐茵笑了，眼里荡着独有的明媚风情，流光溢彩，让人移不开眼。

陆迟愣了一会儿神，不自在地转开了视线。

七月上旬的时候，录取信息就能上网查到了，其他人要等到下旬才能知道录取信息。他们这一批是最先出来的，到时候通知书也会先一步送到学校。

这段时间，唐茵一直处于亢奋状态，一会儿担心陆迟不会和自己在一起，一会儿又担心自己没被录取，连晚上做梦都能梦见。

昨晚她还梦见自己没被录取上，填的三所学校一所都没有录取上，最后回学校复读去了。早上醒来一身冷汗，她紧绷着心，上网查自己的录取信息，当看到上面的"已被录取"后才大大地松了一口气，专业也是自己填的那个。

她当初勾了服从调剂，也是怕报名的人太多，万一没录取上就完了，不过现在的情况倒是不错。她在床上蹦了好几下，差点尖叫出声。

蒋秋欢推开门进来："发什么疯啊？小心床塌了没人给你买，自己睡地上去。"

唐茵笑："我被 S 大录取啦。"

"真的吗？"蒋秋欢瞬间将刚才的事忘到脑后，"哪个专业啊，英语？"

"嗯，英语。"

蒋秋欢进了房间坐下来："那可太好了，我实在忍不住了，我要去跟你爸说。"她急急忙忙出了卧室，家里的一堆亲戚都对唐茵关心得很。

去年一个亲戚的女儿考了六百八十多分，考上了首都一所知名师范大学，炫耀得厉害。蒋秋欢后来才知道，原来这个人曾经对别人说过，唐茵现在成绩好没用，高考指不定遭遇滑铁卢。当初出来成绩她忘了说，现在录取学校也能甩她女儿一大截，看她还怎么炫耀。

唐茵合上门，将头发扎到耳后。就在这时，放在床头的手机屏幕突然亮了起来，她立刻趴到床上拿起手机解锁滑开。

陆陆陆发来图片。

唐茵深吸一口气，手有点抖。点开，要不是同一所学校，她就追去陆迟家里，先打他一顿再说。把图片放大，看到的是他的录取信息。

S大，临床医学系。

得知录取信息后，唐茵的心就放下来了，没有什么比一切尘埃落定更加让人开心的了。

志愿出来的第二天天气还不错，她决定偷偷去陆迟家。

蒋秋欢正春风得意地和人打电话："哪有，这个成绩很正常，还是按正常发挥的学校填了。S大，你女儿也很好，谢谢。"挂断电话后她又接到了另外一个人的电话。

唐茵换鞋的时候，就听蒋秋欢一直在讲她的高考成绩，很正常的对话，可听意思能听出自豪来。她无声地笑，能让妈妈这么开心也是挺好的。

坐车到陆迟家的小区外面后，她走路进去，几分钟就能到。看着和自己家差不多的房子，唐茵却感觉没有多少人气，冷冷清清的。

她给陆迟发短信：我在你家下面。

也许是这个信息太过骇人，没几秒后她就听到动静，抬头就看到二楼的一扇窗户被从里推开，陆迟的上半身映入眼帘，有点像王子来拯救被困的公主。

唐茵被自己的想法逗笑，冲他挥了挥手，没发出声音，不然被人听到就不好了。没过一会儿，正经的陆迟从大门出来。他迟疑道："你……你怎么过来了？"

唐茵笑："当然是想你啦！"

陆迟的耳根露出可疑的红色，也许是因为在家睡觉，他头发有些乱，却衬得人更加慵懒迷人。又也许是因为戳破了，暧昧直达末尾，两个人之间的气氛与往常相比完全不同。

唐茵拍了拍他："快回去换衣服，我们出去玩。"

陆迟点点头，慢吞吞地道："你要不要进来？"

这次轮到唐茵迟疑了："你妈妈不在家吗？"

陆迟摇头："不在。"自从离婚，他妈妈倒是一腔热情地出去找工作，现在每天都在关心自己的工作业绩，闲暇时间也是去逛街打发的。看到这样的她，陆迟心里非常开心。总算是摆脱以前的那个她了，不再只盯着一处，拥有了自己的生活和新的模样了。

"好啊，那我可就去参观一下了。"唐茵推着他进了屋里，观察着周围。和她在外面的感受是一样的，客厅里摆放的东西很少，十分单调，空间又大，更显得冷清。

唐茵跟在他后面上了楼，进了他的房间。陆迟的房间和她的完全不同。

她家里的装修全是她自己想的，喜欢的就装上，不喜欢的一样也看不见。和家里的其他装修也合不上，至少每次她妈看到房顶的大海绵宝宝就翻白眼。这个房间就像陆迟这个人，看着很正经，规规矩矩的，那边的书架一眼看过去就能清楚什么书在哪里。东西都收拾得整整齐齐，和他穿衣服一样，扣子都要扣到最后一颗。

桌上摆着一张照片，唐茵的指尖落在上面，背景是一中。她看着上面清冷的人问："这是你什么时候拍的？"

陆迟目光微动，轻声道："高一开学。"

那时候可真稚嫩啊，和现在差距很大，唐茵看着照片心想。她在参观其他的时候，陆迟已经从洗手间出来，换好了衣服，并将衣服叠得整整齐齐放在床上。

唐茵转到他后面，盯着他。回头的时候刚好陆迟站在床边转身，她猛地脚一勾，陆迟一时不察，径直倒在了床上。唐茵偷笑一下，趁他还没起来就压过去，两个人的重量让床下陷了一点。

陆迟没想到这种发展，尤其是唐茵的身体全压在他身上，肌肤相触的感觉让他口干舌燥。有点要命，像那个夜晚的梦。

唐茵趴在他身上，陆迟加速的心跳隔着单薄的衣服很容易传到她这里，真是纯情得可爱。

她侧脸贴在他的胸口，说：“你的心跳得很快呢。”

她说话的声音震在自己身上，让陆迟几乎喘不过气来，一紧张就又结巴了：“你……你起来。”

“不。”唐茵摇头，伸手在他唇上描了描，小声说，“我要亲你了。”

话音刚落，整个人就天旋地转，等她回神的时候已经躺在陆迟刚刚的位子上。

唐茵也没惊慌，反倒是眯眼笑了笑，再扬眉挑衅：“有本事你来亲我啊。”

3

也许是唐茵的话太挑衅，陆迟的目光锁定在她唇上。泛白微冷的手直接握住她的手，十指交缠，触感从接触的地方传遍全身，带来一股燥热。

唐茵穿平底鞋的时候只能到他的下巴，每次都要仰着头。现在这样的情况，她被居高临下地注视着，那种感觉几乎要跳出喉咙。

阴影落下来，唐茵甚至激动地闭上眼。最终他的唇瓣只从她的脸颊擦过，两个人贴在一起，卧室里的气氛十分安静。

唐茵睁开眼，很想打他一顿。

陆迟贪婪地呼吸着她身上的味道，鼻尖被清香萦绕，沉溺在其中。

不知过了多久，楼下忽然有了声音。卧室的房门是开着的，能清晰听见高跟鞋走在地板上的声音，唐茵听得特别清楚。

她出声问：“是不是你妈妈回来了？”自从那一次和他妈妈见过面，好像后来就再也没有见过了。现在她也弄不清他妈妈到底对她印象如何，万一来个棒打鸳鸯可就完蛋了。

陆迟迟疑了一下，说："应该是。"

两人离得近，呼吸拍在对方身上，那种酥麻感让唐茵忍不住挠了挠脸："那快起来快起来。"

陆迟被她着急的样子逗笑，听着脚步声越来越近。唐茵推他，嘴上说着："还不起来，你妈妈过来要打你了。"

"是你先的。"陆迟说，脸上的表情似在控诉她的行为。

"你又没亲。"唐茵反驳。话音刚落，陆迟的脸就在她眼前放大，感觉嘴巴被轻轻地啄了一下。

等她回过神的时候，陆迟已经坐在她旁边了。唐茵没想到他竟然会使诈，一时间反应不过来。要不是脚步声就在外面，她都打算要反攻了。

"迟迟，你在家吗？"王子艳的声音从外面传来。

陆迟看了一眼唐茵，应道："嗯，刚起来。"

现在连撒谎都不一样了，唐茵去捏他的耳朵，有点热，摸着软软的，舒服极了。陆迟拉下她的手，看着她。

王子艳没有怀疑："那我走了，你注意别让不认识的人进来。"

陆迟说："好。"

脚步声渐远，最终一点也听不见了。这回两个人也不浪费时间了，唐茵是来找他出去玩的，不是在家里玩，两人便很快出了门。

S大报到的时间在八月末，唐茵其实改了志愿的专业，当初预填选的是英语，后来上机填写时又改成了商务英语，也成功地被录取了。

早上将东西收拾好，唐茵就准备出发了。蒋秋欢在一旁道："真不用我们去？"

首都在北方，他们这儿算南方，过去还挺远的，虽然飞机只要两小时就能到。

唐茵摇头，挽住她的胳膊说："不用了，东西可以到那边再买，我带得不多，不用送了。"最重要的是，她和陆迟一起走啊。

"妈你还问，她都约好和别人一起走了，肯定又是上次那个小子。"唐昀从楼上下来，正好听到，开口嘲讽。

哪知蒋秋欢很淡定："那个陆迟啊，好像你爸说他挺不错的，和他一起我也放心。"出远门，总会担心女孩一个人不安全，听有同班同学一起，就放心了，好歹也有个照应。

唐昀没想到会是这个答案，有点瞠目结舌："咱家是只有我一个人了吗？"

"是是是，只有你一个人。"唐茵冲他笑，唐昀气得龇牙咧嘴。

王子艳看着自己儿子将行李箱合上，叮嘱道："路上小心点。"一转眼都要上大学了。她最得意自豪的就是这个儿子，聪明乖巧，细腻贴心，从来不会让她操心。

陆迟站起来，和她对视，轻声说："我走了。"王子艳点头，重复了刚才的话。

外面并不是很热，雾蒙蒙的天气，偶尔有风吹来，吹得树叶沙沙作响。陆迟走出大门，走上树荫下的大道。

街上的出租车不少，陆迟停在路口，正要拦车，马路对面的状况让他眯了眯眼，是他父亲和那个阿姨。

陆迟在马路对面，将两个人的争执听完后，心中没有丝毫波澜。他叹了口气，拦下一辆出租车，却在进去的前一秒看到了不远处的陆宇。

他站的位置挺隐秘的，距离他妈和陆跃鸣不过几米远。因为被东西挡着，所以没人发现。

恐怕他最清楚刚才发生了什么事情。

随着车子远离，人变得越来越小，最终消失在视线内。陆迟收回目光，翻开手机，看到上面新发来的一条消息，心情忽然变好了。

唐唐唐：我已经出发了。

说了不用送，但蒋秋欢还是将她送到了机场，并一路跟进去。见自个儿女儿看着一个地方这么认真，她也跟着看过去，就见一个挺拔的男生站在那里。

蒋秋欢问："那个就是陆迟？之前我接你时，好像见过他一次。"唐茵点头，不由得想起去年的事。那时候陆迟还没有被她追到呢，还是一个可爱的小结巴、书呆子。

两人走过去，蒋秋欢主动开口："你是陆迟吧？"

陆迟转身，对她点点头，礼貌地道："阿姨好。"

他这样子让蒋秋欢心生好感，看着乖巧，长得也不错，性格听老公说好像也很好，就是说话有点少，当女婿倒是挺合适的。

蒋秋欢又看唐茵的表情，觉得她估计就吊在这一棵树上了，说了几句后就满意地离开了机场。

等她消失在门口，唐茵才开口："看来我妈对你很满意啊。"

陆迟自然是能看出来的，目光转向她，提醒道："该登机了。"唐茵笑着拉着他朝那边走。

天气热，机场里倒凉快。他们是九点多的飞机。十一点多就能到首都，然后报到等一系列事情忙完，估计差不多到吃晚饭的时候了。

排队托运完行李，两人很快就上了飞机。座位是相邻的，靠窗。飞机起飞后不久，唐茵就睡着了。

她坐交通工具一般都不会醒着，中途总会睡过去，然后神奇地在到达目的地之前醒过来，没有一次失误过。虽然边上是陆迟，但她也抵挡不住睡意，眼罩才戴上几分钟就进入了睡眠状态。

陆迟一开始看杂志，后来被旁边的一点一点吸引，扭头一看，唐茵的头一点一点，晃来晃去，显然睡得不安稳。思索间，唐茵迷糊地坐直了，没过几秒又歪过来，眼见就要直直地砸在他的肩膀上。

陆迟眼明手快地伸手挡住，她的脑袋垫在了他的手上。陆迟的心绷着，松了口气，轻轻将她扶正。可还没等他松开手，她又歪了过来。这次他吸取了教训，从空姐那儿拿了条毯子，叠好后垫在肩膀上，直接让她靠在自己的肩头。一切做好后，他才重新去看杂志，偶尔也会侧脸去看唐茵。

唐茵醒来的时候一脸茫然，过了一会儿，她眨了眨眼才恢复了意识，看时间还剩下半个多小时就到了。她转向旁边，陆迟好像睡着了。闭上眼的陆迟看着很乖巧，和他安静下来的样子很像，只是要更清冷。

唐茵盯着看了一会儿，偷偷凑上去，在他脸上亲了一口，然后又偷偷坐回去。虽然也有过几次，但偷偷亲他的感觉让她觉得十分刺激，心都要跳出来。

陆迟没有醒，唐茵也没打扰他，一转头就看到对面有个女生在看这里，小脸通红，一双眼睛亮亮的。一见她看过去，那个女生就收回了视线。

唐茵心里虽然奇怪，却也没有多想，也许是别人觉得自己偷偷亲陆迟的行为不怎么好吧。趁着陆迟没醒，她又偷偷亲了一口。

4

出机场时，唐茵又碰见了那个女生。按道理说唐茵不认识她，但那个女生就是一直盯着她，而且中途被发现的话也会很快转头，实在是很奇怪。

陆迟在她后面，见她停下来，问："怎么了？"

唐茵朝那边努嘴："那个女生和我们是一趟航班的，她刚才好像就一直看着我们。"

闻言，陆迟看过去时那个女生已经转过了头，正背对着他们。

"不管了，我们先去学校。"唐茵说完拖着行李箱就要走，陆迟轻轻回答了一声。

那个女生已经上了车，他们紧跟其后，坐上出租车后直奔 S 大而去。只是他们都没注意到，那个女生和他们是同一条路的，在他们前面下了车。

S 大新校区在市中心，非常繁华。出租车直接停在校门口，就怎么也不愿意进去了。

司机说："学校里面人太多了，我进去不知道什么时候才能出来。"

陆迟没强求，和唐茵一起下了车。正好不知道为什么天阴了下来，他们舒服不少，没有那么热了。

S 大建校已久，处处都流露出知名学府的气度。今天是报到时间，和他们一样的新生很多，还有很多私家车。

校门口有志愿者在发地图，免费的，人手一份。唐茵只拿了一份，反正她都和陆迟一起。两人并肩走在梧桐大道上，树荫挡住了又冒出来的阳光，有微风轻轻袭来。

唐茵说："看上去挺不错的。"她歪着头看陆迟，"以后你就是陆医生了，穿着白大褂，正正经经的。"一想到那个画面，她感觉自己就要流鼻血。

见她如此兴奋的样子，陆迟眼里溢出笑意，并没有打破她的幻想。片刻后，他指了指一栋楼："医学院。"

唐茵的目光移过去，这栋教学楼很气派，而且有自己的风格特色，上面的标识清楚地表明了它的身份。

新生报到的地点设在食堂，因为有足够的桌椅。唐茵和陆迟才进食堂，就看到里面全都是人，有新生也有家长，连空调都不怎么管用了。地图上标出来每个学院的报到点在哪儿，医学院和外国语学院的报到点分别在两头。

陆迟没说话，只是圈住唐茵的手腕，将她往前面带。有他在前面挡住不少挤来挤去的人，唐茵在后面就走得很轻松。没过一会儿，外国语学院报到点就到了。

陆迟停在那里："到了。"

食堂里的人很多，唐茵没有听清他在说什么，大声问："你刚刚说什么？"

陆迟露出无奈的表情，因为吵，不得不贴近她耳边："你的报到点到了。"

他个子高，唐茵在他后面基本不用看路，也被挡住了视线，所以不清楚。

自从陆迟在暑假练习流畅说话，她基本上听不到他结巴的时候了，不过这样也挺好。唐茵从他的肩膀探出头去看，对面有块牌子上写着"外国语学院"，两位学长站在那里，边上还有几位学姐。

她踮起脚问："你要不要先去报到？"

陆迟几乎没有思索便摇头，让开了点。唐茵从他边上钻过去，小声说："等我，一会儿就回来了。"陆迟点点头。

外国语学院每年录取的女生居多，男生很少，今年更是只有一百多个男生，分到每个班也就四五个。

"请问商务英语专业是在这里登记吗？"清脆好听的声音瞬间将伸长了脖子往外张望的学长唤了回来。两人连忙回神，递过来表格："是啊是啊，外院的在这里登记，填好了交给我们就行。"

唐茵的行李箱在陆迟那边，她很轻松地填完表格，然后交给他们："谢谢学长。"外院女生多，但这两个学长还是单身，会过来当志愿者，也是存了其他心思的。

唐茵生在南方，五官精致细腻，肤色白皙，看上去就娇娇嫩嫩的。学长们的眼睛都放光了："不用谢，学妹行李多吗？需不需要我们帮忙？我们是可以进宿舍的。"

唐茵转了转眼珠子，懂了他们的意思，明媚地一笑："不用了，我男朋友在那边。"她指了指几米外，两个人往那边一看，高挺的青年站在那里，长身玉立，浑身气质都和他们不一样，而且一直盯着这边，眼神锐利，大概是看他们在对自己女友献殷勤，不高兴了。

既然名花有主，两个学长也不过多纠缠，遗憾地道："那学妹小心点，不要迷路了。"唐茵拿上自己的东西，和他们道谢。还没等她转身走，手腕就被人拉住。陆迟的眉宇间隐隐有些不悦，看向唐茵的表情没什么变化，但声音很轻柔："好了吗？"

唐茵点头："好了，走吧。"

两个学长看着他们离开这边，临消失前还看到那学弟回头看他们。那意思，就差没把他们碎尸万段了。

医学院的报到点在食堂最里面，也是另外一张后门的旁边。那边新生就比较少了，一路上也轻松不少，不用挤来挤去。

唐茵察觉到了陆迟的心情，一出来，陆迟就没再说话，和刚刚的样子完全不同，肯定是心里不舒坦了。

她凑近了问："你是不是又吃醋了？"每次他不开心的时候都这样，当然绝大多数是他吃醋的时候，唐茵了如指掌。

陆迟微低头看她，抿了抿唇，良久才说道："不舒服。"看她对别人笑，就不舒服。

唐茵慢慢勾住他的小拇指："报到啊，不能没礼貌。你个醋罐子，要把盖子盖好。"

陆迟没说话。

5

大学里宿舍和高中的有很大的不同。唐茵的宿舍是 6 号楼，而外院和医学院之间有很远的距离，只是 6 号楼离报名的食堂比较近而已。

两人并肩走到路口，唐茵对他说："你先去宿舍吧，咱们待会儿再联系，然后去吃饭。"

陆迟犹豫了一下没同意，轻声说："那个学长说可以进女生宿舍。"

唐茵有点吃惊，没想到他听到了这句并且记到现在："你真要跟我进去？不行，那么多女生，万一看上你了可怎么办？"

陆迟盯着她，最后还是唐茵被他打败："好吧，进。"谁让他长得好看呢。

6 号楼门口全是家长和新生，一个个大包小包地，拎着上了台阶，旁边还有学长学姐相伴。他们一早拒绝了这项服务，就只能自己动手了。

唐茵在门口拿到了自己寝室和柜子的钥匙，还有对应的床号，就和陆迟一起进了宿舍楼。由于报到时间是连续三天，第一天来的人并不多。

S 大是知名学府，条件自然比高中要好很多，宿舍的条件也是相当不错的。唐茵运气好，就在一楼，不用爬楼。

寝室门一推开，唐茵就见到了一个正在吃苹果的圆脸女生，正在铺床的应当是她的父母。陆迟一眼扫完整间寝室，面积挺大，有床位和独立的柜子，还有阳台和卫生间，都很干净，而且看上去很新。

唐茵一开始和家里打算的是，先把前面军训撑过去，等之后便搬出去住。她查过，S 大并不强求学生住宿舍，只要家长同意并让辅导员签字就行，所以这次她带的东西很少。

圆脸女生主动跟她打招呼："你好，我叫赵乐。"

唐茵也说："唐茵，这是我男朋友陆迟。"

赵乐好奇地问："他也是我们学校的吗？"

"医学院。"唐茵说完就不再多说，她没有要把陆迟介绍给还不太熟的室友的意思。

看出来她不想多说，赵乐也就没有再问。

没过多久，其他两个女生也到了，目光在唐茵边上的陆迟身上停留了许久。

唐茵看着不舒服，随便收拾了一下就和陆迟离开了宿舍。

开学没过多久便是军训。一个学院在一个地方，每个班自成一个方阵，有时候练正步可以看到别的院系的同学。

天气热，外院这边的教官也不敢太严，前两天就有一个女生直接中暑了，现在的学生都比较娇弱。休息时间，他便让大家坐在阴凉处，好在学校大路旁都是树，足够遮挡阳光。偶尔有风吹过来，稍微凉快一点。

外院女生多，八卦也多，叽叽喳喳的议论声传到唐茵耳里。她摸出手机，想了想，给陆迟发了一条消息。

边上的赵乐出声："给你家医生发消息呢？"

唐茵眯眼，将矿泉水贴在脸上："是啊。"

军训已经差不多一星期了，她和同寝室的赵乐相处得不错，跟其他两个人关系一般。

自从上次知道陆迟是临床医学系的，赵乐就喜欢用"你家医生"来称呼陆迟，这种称呼让唐茵感觉很好。

开学以来仅有一次自我介绍，班上的人唐茵基本只和寝室里的三人说过话。旁边突然传来一道声音："医生？唐茵有男朋友了吗？已经在社会上了？"声音不大，但这边半个班级的同学都能听到。有几个女生闻言看过来，打量了一下她，目光有些奇怪，然后小声地讨论起来。

唐茵皱眉，没回答。

女生捂着嘴娇笑："不好意思啊，我不是故意的，不知道你没和别人说。"

"关你什么事？"唐茵淡淡地道。

女生脸色一僵，顿时觉得她恐怕是恼羞成怒了，否则怎么会突然变得这么强势？

边上的赵乐心里不舒坦："什么社会上的，人家可是医学院的。"说真的，她觉得唐茵和陆迟可配了。

傍晚，军训终于结束了。今天训练了一整天，再加上前面的一星期，唐茵觉得自己的脚底应该磨破了。昨天就有点起泡的迹象，还有点疼。

周围人三三两两地坐在路牙子上休息，都不想立刻回去，因为实在太累了。赵乐已经脱了鞋，把里面垫的纸巾扔进旁边的垃圾桶后道："唉，我的妈，脚断了。"见唐茵在捏脚腕，脸色还行，她也就不担心了，"今天晚上要是有人给我按摩按摩就好了。"

唐茵瞥她，笑道："你可以去学校外面，有专业按摩的。"

赵乐小声说："那估计明天整个学校都知道我去了，形象尽毁。说到这里，上次我倒是看到几个像是我们学校的学长去了。"

唐茵正要回话，手机振动起来。

陆陆陆：你在哪儿？

唐茵手指轻点，回复：明德路开头那个转角。

她知道陆迟知道这里，前几天他们都没怎么见面，军训结束后就各回各的宿舍，想想也挺可怜的。

唐茵站起来，脚底板传来一阵疼痛，她皱着眉又坐下去。

赵乐问："是不是脚起泡了？早让你垫东西你不干，我跟你讲卫生巾最管用了，不然卫生纸也行。"

唐茵一开始觉得大学的军训应该也没什么，然后就吃亏了。

唐茵呼出一口气："明天试试吧，今晚回去把泡挑破了。"

两人说话间，赵乐发现周围人的目光都移向了右手边。她转头去看："你家医生来了。"

这个词在商务英语的女生中并不陌生，这几天赵乐不止一次和唐茵说过。大家伙都知道，但很多人私心里就认为她男朋友是社会人士。

唐茵扭头去看，她还是第一次见陆迟穿军训服。深绿色的迷彩服衬得他皮肤更白，笔直挺拔，精致完美的身材和脸让不少女生都愣住了。随着他的走动抬头，露出帽檐下一双狭长的眼。

赵乐忍不住叫："你家医生真好看呀。"她怎么就遇不到一个好看的呢？

班上的男生都入不了她的眼。

唐茵骄傲地微抬下巴，心情愉悦地伸手晃了晃。于是众多女生就看到那青年目不斜视地走了过去，一点目光都没分给别人。怎么这么好看的人就被那个气人的唐茵叼走了？之前说话的女生这才知道，原来赵乐说的医生真的指的是医学院的学生。

陆迟坐在唐茵旁边，将手上的东西递过去，轻声问："累吗？"

唐茵惊喜地道："啊，酸奶。"她好久没喝酸奶了，想想也够可怜的，"累啊，一看见你就不累了。"她一边将吸管插进去吸酸奶，一边问，"你们军训累吗？听说那边树荫很少。"

陆迟现在被她这样普通调戏都不会红耳朵了，只微微点头，那边树荫的确很少："还可以。"

他话一向少，周围又有外人在，他就更不喜欢说话了。唐茵将酸奶喝完，扬手准备扔进垃圾桶。

几个偷看到现在的女生有点激动，心想最好扔不进去，丢脸丢到外婆家。谁知酸奶盒画出一道弧线，准确地进了垃圾桶。

还是很准，如同她的投篮技术。唐茵吹了一声口哨："我们回去吃晚饭吧。"

陆迟应道："好。"两个人就要站起来，旁边的赵乐却"嘿嘿"一笑："陆医生，你家唐茵的脚可都起泡了。"

陆迟看了一眼唐茵，唐茵乖乖地说："军训嘛，破了皮正常，我又不是瓷娃娃。"

话还没说完，她的鞋就被陆迟脱了下来，连带着袜子，小巧莹白的脚被他握在手里。脚底通红，的确有几个水泡，都磨破了一大半，看得出来她这段时间很受罪。陆迟心里一紧，轻轻地揉动，强硬地道："要上药。"

"好好好，上药。"唐茵一被揉就想笑，"哈哈哈——陆迟你别揉了，我会笑死的。"

陆迟嘴角微扬，映着垂柳的背景，如同从漫画里走出来的。他站起来，半蹲在她面前，说："上来。"语气虽轻，却不容反对。

唐茵一向知道他什么时候可以回绝，什么时候不可以回绝，就比如这时候，她要是拒绝，陆迟肯定会非常不开心。

于是她趴上去，搂住他的脖子。在这么多人面前被他背着，感觉棒棒的。一直到两个人走出去很远，班上的女生们才回过神来。赵乐被丢在原地，默默地心想：估计陆迟真把唐茵当瓷娃娃了，瞧他心疼得。

6

陆迟背着唐茵去了校医院，一路上遇到的人都会将目光投在两人身上。尤其是看到两人还穿着军训服，知道他们是新生。新生就这么亲密，估计在高中就是一对了吧。

校医院一楼办公室里只有一位男医生，正在记东西，见他们进来，问："哪里不舒服？"

陆迟眉头微皱，将唐茵放在病床上，开口说："脚起泡了。"

男医生点点头："嗯，我看看。"

他放下笔，才走出几步就听见眼前的男生问："请问这边有女医生吗？"

被这么冷不丁一问，男医生不高兴了："你这小伙子，我是男医生怎么了？"

唐茵拽了拽陆迟，陆迟没说话，倒是从门口进来一位年轻的女医生，穿着白大褂，脸上带笑。

她忍不住笑："怪不得你找不到女朋友，人家是不想让你碰他女朋友呗。"她招招手，"我来看看，你做你的笔记去。"

男医生心情不好，狠狠地瞪了陆迟一眼，陆迟默默承受了这记白眼。

女医生蹲下来看了看："军训很辛苦吧？你要实在受不了可以请假，不用逞强。"每年军训都这样，这两天也有很多脚起泡的人来她这边处理，她都习惯了。她先用酒精擦了擦，又用针轻轻挑掉，流出一些浅色的水。

陆迟走到唐茵旁边，在她耳边悄悄问："疼吗？"

女医生耳力好，忍不住调侃："挑个水泡疼什么？这男朋友当得，小姑娘你算是被捧在手掌心了。"她见过不少情侣，这一对实在是少见。

陆迟也没想到会被人听到，有点尴尬。

唐茵勾着唇笑，捏了捏他发热发红的耳朵说："别人都羡慕不来。"

女医生道："好了，我给你抹了消炎药，你每天晚上泡完脚后继续抹一点，过几天就好了。"她站起来，笑着对陆迟说，"好了，先结账，然后就可以把你女朋友背回去了。"

唐茵也跟着说："回去回去。"陆迟蹲下来看了几眼，她的脚底现在令人不忍直视，和光滑的脚背形成了鲜明对比，这让他心里很不舒服。他几乎是皱着眉去外面结了账，回来后恢复了原样。

陆迟给她把鞋穿上："走吧。"

唐茵乖乖趴上去，两条腿晃来晃去地。等出了校医院的大门，周围空无一人时，她伸长了脖子，凑在他耳边说："我家迟迟真是个好男友。"其实她还想咬上去试试的，但又怕过了。

陆迟没说话，但整张脸上五官生动，嘴角稍弯，无处不散发着愉悦的气息，耳根处还热热的。

唐茵还是在宿舍吃的晚饭，陆迟给她订了外卖，不许她下地出门。原本宿管阿姨是不准男生进来的，长得好看也没用。要不是看唐茵似乎真不能走路，她才不会放人，最后还要求陆迟必须在十分钟之内出来。

等她吃完收拾好，寝室的其他人都晃晃悠悠地回来了。另外两个人和唐茵不太熟，就随口问了一句，唐茵也随口答了一句。

过了一会儿，赵乐进门，看她抱着平板在床上看电影，问："怎么样？脚没事吧？"

唐茵笑笑："没事，就是起泡，医生给我挑了。"

赵乐点点头，一屁股坐在凳子上："累死我了，明天要是阴天就好了，太热了，我涂了好多防晒霜，还是变黑了。"她坐那儿没动，想起刚才唐茵和她男朋友走后，几个女生议论的话语。

赵乐就和她提了一下，毕竟陆迟这么好看，看她们班就知道有几个人蠢蠢欲动。虽然她们俩才做了一个多星期室友，但听到那些人的议论也是不舒服的。

唐茵捏了捏她的圆脸："没有谁可以从我身边带走他。"她相信陆迟，自然是因为高中相处后和对他信任。

赵乐愣了愣，半晌终于回神："唐茵，你这句话太霸气了，我喜欢！你家医生知道吗？"

唐茵关了视频，点点头："知道啊。"上高中时那么多次，陆迟早知道她是什么样的人了。

赵乐忍不住问："我看微博上，好像很多你们学校的人都说你很大胆，你是先追的他吗？"

唐茵眉眼弯弯："是啊。"如果当初不大胆，又怎么会和陆迟在一起？说起来陆迟也是被她带坏了，也许教导主任很庆幸他们毕业了。

赵乐看着她，再想想仅见过几次的陆迟，他眼里就只有唐茵一个人。自己虽和他说过一句话，但他的回答只有一个字，简直就是话少的行动派。

军训结束后没多久便是选社团的日子，一大早，学校广场那边的空地就被各种各样的社团占领，尽情地展示着，一直从广场延伸到后面的操场。

西门的操场很漂亮，不仅有排球场，还有乒乓球场，最里面的是篮球场，每天晚上都有很多同学在这儿锻炼。

唐茵转了一圈，觉得没什么感兴趣的。偏偏学校强制要求每名学生至少参加两个社团，不然就修不到相应的学分。

陆迟也不怎么感兴趣，两个人都悠闲地走着，到处看看。唐茵指了指那边的汉服社："要不你去汉服社，穿袍子和他们一起扇扇子？"

陆迟看过去："不去。"

唐茵哈哈大笑："逗你玩的。你要不去学生会？"

陆迟还是说："不去。"

边上有个男生正发传单，看到唐茵，眼睛一亮，快步走过来拉人："学妹要不要来？"

陆迟在一旁听到后，还没等人把一句话说完，就把唐茵拉到了一旁，远离了刚才的位置。

唐茵一开始还不清楚，后来回头看到目瞪口呆的那位学长，直觉他很心塞。自从上了大学，陆迟就越来越不喜欢她和男生离得太近，尤其是陌生人。

班上的同学还好，她在食堂被人要过微信，当时陆迟的脸色就不太好看，还闷在心里。虽然如此，陆迟却从来没干涉过她的行为，仅仅偶尔皱眉，这一点让她很喜欢。

转了好一会儿，唐茵眼睛一亮，篮球社！

陆迟自然也看到了："你要去吗？"他还记得刚转到唐茵所在的学校没多久，唐茵在操场上的那次投篮，漂亮又自信。当然，那时候她是和别人一起打球的，他心里不舒服来着。

唐茵点头，笑嘻嘻地说："要要要，大学里应该分男队女队的，你就不用担心啦。"

陆迟面无表情，装成什么都没听到。

两人很快就到了篮球社，就是在篮球场边的路旁摆了个摊，架了棚子。篮球社已经招满了男生，所以围着的人并不多。

摊子后面坐着一男一女，正在说话。男生说："张媛，你就别指望今年有女生进来了。你不知道现在的女生多娇贵，学篮球多累啊，打乒乓球还差不多。"他说的是实话。

学校的篮球社分为女篮和男篮，每年的社团招新男篮都很快会招到新人，女篮则要花很长时间去说服。

男篮队伍加起来都有三队了，这还是因为严格控制人数。而女篮队只有一队，可见其中的差距。其实他们也算是校篮球队的，为了学分才有了篮球社。

只不过男篮里最好的一支队伍会出去和人比赛，其余的都是在学校里练习。

张媛手撑着脸，看着女生都目不斜视地进了旁边的社团，默默地叹气。一个多月后她们和隔壁的大学有一场友谊赛，招到新人才能补上空缺。

她原本是副队，领队本来是大三的学姐，现在升大四了，要为论文实习和工作忙碌，自然就退了出去，而她就成了队长。本来打篮球的女生就少，又少了几个，就更少了。

友谊赛虽然是比赛第二，但谁都想拿冠军，不为学校，也为自己，不拿冠军总是让人觉得很心塞。她正想着，面前来了两个人。

"咦？"张媛没想到会是这个学妹。她上次还在飞机上偷看他们呢，结果被正主发现了，想想就觉得尴尬。

里面的男生看了一眼陆迟，赶紧说："不好意思，男篮队已经招满了。"喜欢篮球的男生实在太多了，看着他感觉有点像小白脸，不知道篮球技术好不好。不过人满了再好也没用，倒是这个学妹长得挺好看的。

他瞅了一眼唐茵，笑着问："学妹，你也喜欢篮球吗？加个微信吧，以后有比赛我可以给你留位子。"这年头，喜欢篮球的妹子可不多。

唐茵还没说话，陆迟就先开了口："没微信。"过了几秒他又说，"不用留位子。"

唐茵反应过来，跟着说："不用了学长，有比赛的时候我会和我男朋友去看的。"陆迟紧跟着点点头，表示肯定。

张媛对陆迟的反应忍俊不禁，捅了捅发愣的男生，低声说："人家男朋友在边上，你要什么微信啊？"

男生十分挫败地坐回椅子上，叹了口气。

桌子有点高，唐茵悄悄从底下牵住陆迟的手，眉开眼笑："女篮还有名额吗？"

张媛难以置信，猛地站起来："你要报篮球社？"

唐茵点头："还是女生不行？"

7

张媛又问了一遍："你要报篮球社？会玩篮球吗？"

唐茵看了不远处的篮框，没有回答，反倒问："学姐，你是社长吗？"

张媛摇头："不算是，女篮的新任队长是我。"

唐茵指了指那个篮板："学姐，我看你现在也没事，不如我们试试？"

张媛顺着她手指的方向看去，忍不住笑："你确定吗？如果报名是可以直接进的，毕竟女生很少。"

进了社团后有时间再进行选拔，现在只是报名而已。话虽如此，她还是觉得这个学妹很有感觉，和她在飞机上见到的那次一样。张媛最终应道："好。"

唐茵赶紧转向陆迟，星星眼地看他："快给我爱的鼓励。"

被紧盯了好一会儿，陆迟终究开了口，掷地有声："加油。"

唐茵哼哼道："给你看看你女朋友什么水平。"

高三之后她便很少打篮球了，偶尔会在操场上活动一下，一个月才那么一两次。倒是回到家里以后可以和唐昀打一打，学一些技术。所以这个暑假，她大多数时间也是和篮球一起过的。

也许是因为天气热，篮框下并没有人，给了两人方便。两个女生打篮球，瞬间吸引了不少人的目光。

张媛一开始觉得唐茵的自信也许来自高中，可真正开始打她才知道，压根儿就没那么简单，反倒是她吃了大意的亏。五球一局，她竟然第一局直接输了，输给了一个新生。

唐茵身形姣好，偶尔投球时的侧脸认真漂亮，再加上技术不错，围观的男生都忍不住鼓掌。陆迟拎着她的包站在边上，心情不怎么好。

结束的时候，张媛和唐茵身上都带着汗："你学过吗？看你的样子似乎有人教过。"

唐茵细细地喘着气："我哥是篮球队的。"

张媛"哎"了一声："怪不得。你看这周围的男生，都是看你的，眼睛都快放光了。"

唐茵心里"咯噔"一声，果然抬头就看到那边神色淡淡的陆迟，他可能心里不开心了。

她加快语速说："学姐，商务英语（1）班唐茵，报名的事情你帮我一下，我先走了。"唐茵直接离开了操场，闻了闻自己身上有没有汗味，什么也没闻到才放下心来。

她跑到陆迟边上，小声问："是不是又不开心了？"

陆迟瞥她一眼："没。"

唐茵就知道他口是心非，突然肉麻地道："想什么呢？我心里只有你一个人，哈哈。"

"我知道。"他当然知道，从高中到现在一直知道。

没几天，唐茵就找好了公寓。学校外面公寓很多，这间公寓的装修和周围的设施环境，还有到学校的距离，都让她十分满意。

蒋秋欢对她搬出去住没意见，只是后来又问了陆迟是不是和她一起住。唐茵自然说不是。她已经问过陆迟了，可惜陆迟很强硬地回了句"不行"。

大学的课程虽然不多，但一天至少也有两节课，平常更是以一天四节、六节课居多。和她相比，陆迟的生活好像更惨。

唐茵看过他的课程表，几乎天天满课，而且非常紧密。不像她，周六、周日都是空闲的，相当于放假。

赵乐下午两点的时候迷迷糊糊地醒来，看到唐茵换好衣服要出门。她问："你要出去吗？今天下午没课啊。"

唐茵说："去医学院。"

赵乐点点头，也没再追问："那你记得带钥匙，我待会儿可能出去吃晚饭。"寝室里的其他两个室友基本上是看不到人的，一到了空闲时间就会出去玩。

唐茵应了一声，关上了门。从开学到现在她还没有去过医学院，外院的教学楼和医学院的教学楼还是有点距离的，不过陆迟的班级她倒是知道的。

医学院的教学楼和外院的有很大区别，她进了教学楼就看见了两个穿白大褂的女学生，看上去与真正的医生没有差别，除了依旧有些稚嫩外。

唐茵从一行人身边经过，和她们一起上楼，最后停在了同一间教室门口。两个人还多看了唐茵一眼。

唐茵咧开嘴，自然地朝她们笑。两个女生也笑了笑，推门进了教室，唐茵紧跟其后。

这节课并不是大课，所以只有一个班，人也不多。没有到上课时间，里面的人三三两两地坐着。教室里开着空调，很凉快。

唐茵走的是后门，一眼就看到坐在最后面窗边的陆迟，他最喜欢这个位子。和她高中时看到的一模一样，直挺地坐着，认真地看书。

　　陆迟一如既往地让她沉迷，她勾了勾嘴唇，抬脚走过去。反正学校也不管来听课的，只要不耽误上课就行。唐茵大步跳过去："没想到吧？"

　　陆迟点头："你怎么来了？"

　　"想你了。"唐茵抬着下巴，"自从你上课后就很少见到你了，一日不见如隔三秋……"陆迟默默地翻书，任由她说。

　　上课铃声响起，一个戴眼镜的中年女人走进教室，看上去不苟言笑，十分严厉。

　　唐茵看了一眼陆迟的书——《高数》。她们外国语学院，数学和语文都没有开设课程，很多科目也是全英文的。

　　老师先点了名，对学生都到了感觉很满意，便开始上课。听了一会儿，唐茵就没了兴趣，小声地捂着嘴说："晚上出去吃火锅吧。"

　　陆迟记笔记的手停了一下，侧脸看她："你前天才吃过。"想了想，他又开口说，"不是说上火了吗？"

　　唐茵讪讪地笑，指了指嘴唇："看，这里没起泡。"她一上火就会嘴角起泡。前两天拉着陆迟去吃火锅，回来后觉得要上火，可实际上并没有。

　　陆迟把目光放在她莹润的唇上，移开视线："好。"

　　唐茵还要说什么，感觉到讲台那边有异样，抬头就看到老师正面无表情地盯着她这边看。

　　她赶紧从陆迟的手里抽了一本书过来，装模作样地看。她没把心思放在书上，老师讲的她也基本听不懂，又不好打扰陆迟学习，只好拿出手机来玩。

　　微信上赵乐发过来一条消息：医学院的课是不是很严？是不是很可怕？有解剖吗？

　　唐茵想了想，回复：人很齐，不像我们班还有逃课的。今天是高数课。

　　她登录微博，逛了一会儿微博，觉得无聊，就拿手撑着下巴发呆。医学生的课程真的比她的要多得多，而且听起来很复杂。至少她现在不用学《高数》，这样想想她又觉得生活挺幸福的。

她的心神不知不觉就飞上了天，最后还是旁边的陆迟突然站起来惊动了她。唐茵看过去，又看向讲台，前面的学生都把目光集中在他们这里。

老师点了点黑板："你叫陆迟是吧？我没喊你，你不用站起来。你旁边那个穿鹅黄色上衣的女生，你来回答一下这个问题。"

唐茵看看她，指了指自己，慢慢地站起来。这叫什么事啊？教室里很安静。陆迟的视线在她身上转了转，很快开了口："老师，她是我女朋友，只是过来旁听的。"

8

一时间整个教室的人的目光集中在两个人身上，讲台上的老师笑笑："既然来旁听，那就更要解这道题了，让我看看旁听的效果怎么样。"她上课不时地往那边看，这个女孩不是玩手机就是在走神，听课的时间只有几分钟。

唐茵：我能怎么办，我也很无奈啊。

唐茵踢了踢陆迟，陆迟叹了口气，明白老师的意思了，嘴巴轻轻动了动。他声音很小，但很清晰。唐茵耳朵尖，很快就听到他说的步骤，虽然不是详细的，但也足够她写一段了。而且刚开始学，并不是多难的题目。

唐茵轻咳一声，走上了讲台，最终在黑板上只写了一半，然后朝老师笑笑。《高数》和高中的数学不一样，她就算很聪明，也要认真学才行。她没有学这门课，所以没那么容易全写出来。

不过陆迟跟她说的步骤很简单，记住就能往下推导，这个她还是会的。老师一直在看，也没想她会答，看到她写出来一半还点点头："你是哪个学院的？"

唐茵乖乖地回答："外院。"

老师没把她怎么样，只摆摆手让她坐回去，自己继续讲题。

回到座位上后，唐茵长出一口气，抱怨道："你要是跟我说你们老师上课会点人回答问题，这节课我就不来了。"太可怕了，比高中还可怕。

陆迟看着她，不说话。

唐茵立马反应过来，他给了答案还被自己抱怨，赶紧顺毛："我的锅，来来来，天天来看你。"

陆迟这才满意地点头。

唐茵忍不住心想，真的是到大学后，陆迟越来越多地暴露自己的性格，现在一点都不遮掩了。

过了一会儿，她又凑过去小声说："明天我也许要去比赛，你去不去看啊？"阳光从窗外洒进来，被窗帘半遮半掩，落在她脸上，衬得肌肤白皙细腻，似乎看得清细细的绒毛。

陆迟听见自己的声音："好。"

十一月友谊赛周日开始，这件事情张媛告诉了唐茵。因为今年学校招的体育特长生不多，女篮特长生更少，不过人倒是够了。

唐茵被她安排为候补，对这个安排，唐茵没什么感觉，她上场就努力打球，不上场就在下面加油。

不过她还真从没打过真正的比赛，以前她去唐昀的学校看过一场比赛，那是男篮赛，帅哥多，来看的大多是女生，欢呼声震天。不过那场球赛实在打得很过瘾，她作为观众看着都很开心。

这场比赛在 G 大举行，G 大的篮球场在室内体育场里，建得非常漂亮，座位也相当多。为了这次的友谊赛做了很多工作，还拉了赞助，当然 S 大也有赞助。

她们整个队都去了那边的体育场，在后面的休息室里待着，等着待会儿上场。友谊赛很简单，和联赛不一样，只是打着锻炼而已。不过两校的学生倒是很热情，早早就坐满了，不光有女生，还有一大半的男生。

休息室里，张媛正在和队友们活动身体。唐茵在那儿无聊地转着球，面色淡定，一点也不着急，也许她今天还出不了场呢。

她能进候补，还是张媛出的力。她和队里几个人都打过了，而且与队友一起训练了两个月。不然光她一个人技术好，无法融入团体也没用。

队里和张媛同班的林路问："哎，唐茵，你男朋友来不来看你比赛啊？听说是个小帅哥噢。"她和旁边的队友挤眉弄眼地笑着问。

唐茵转过头来，看到两个人笑成一团，露出神秘的微笑："他敢不来，我就让他好看。"

林路叫道："好！让我们一个队的女生都给他好看！"女生们瞬间笑弯了腰。

唐茵摸出手机打开微信，发了条消息过去：你到了吗？

对方没有回。

唐唐唐：下午一定要来。

陆迟对着手机里的课程表看了好一会儿，最后盯着那节课，还是关闭了手机。

室友都起床准备去上课了，这节课是大课，并不是太重要，期末考试也只是考查，平时上课也没人听，不过偶尔会点名。

其中一个室友问："陆迟，你还不走，今天不去了吗？万一老师点名怎么办？"

旁边的男生搂住他："你不知道啊，今天咱们学校和G大打篮球赛，陆迟的女朋友在那里，他肯定要去看的。"

室友挠挠头，笑道："这样啊，如果点名，我看能不能给你答个'到'。"做室友三个月了，他们已经处得相当不错了。

一开始他们以为陆迟很难相处，后来发现还真不难。说什么他都不会生气，脾气算好的了。

上次女朋友的事情全班都知道了，回来后他们也调侃了许久，这才知道两个人高中就认识了。虽然没有男女朋友的名头，但也差不多了，现在到了大学就放飞自我了。

陆迟收起手机："谢谢。"

"都是室友，说什么谢谢，下次指不定还要你帮我呢。我先走了，你一定要记得锁门。"说着，三个人出了寝室。寝室里的空调刚关上，还有一股凉气。

陆迟收拾了一下东西，最后从桌上拿了一盒酸奶，放进包里，关门走了出去。外面和室内成了鲜明对比，十分热。

下午天热，又是星期天，学校里的人不多。陆迟一个人往外走，鼻尖沁出一点汗。想了想，他撑开了上次唐茵丢在他这儿的太阳伞。

　　他平时不怎么打伞，可唐茵就经不起晒，两个人出门如果有太阳就会打伞。当然他觉得打伞也挺好，免得她被晒伤了，不舒服。

　　S大和G大相隔不远，陆迟出了校门后十分钟就走到了。路上一眼就能看到室内体育场的顶部，建造得非常有个性，亮眼突出，身旁也有两个要去看比赛的女生正在讨论。

　　"听说今天方铭和也会去看比赛，不知道能不能遇上，要是能说上话就更好了，我都喜欢他好久了。"

　　"话说，方铭和都大三了怎么还没谈恋爱？G大的美女说起来不少吧？"

　　"我也不清楚……"

　　陆迟听着两个人不停地说着"方铭和"这个名字，一路跟到了体育场里面，再收了伞。

　　里面来了不少人，三三两两地坐，他找了个空位，确保自己能看清下面场地。再打开微信，看到唐茵刚刚发的消息，回复过去。

　　陆陆陆：到了。

　　激昂的音乐响起，啦啦队开始跳舞。两个学校的队伍也开始上场，引发了不小的欢呼，看得出来人气都不小。

　　陆迟收好手机时，旁边坐下了一个人。个子高挺，看上去阳光俊朗，穿着大号的球衣，头发湿湿的，向上扬起。

　　对方朝他看了一眼，笑笑。陆迟对上他的目光，微微点头，很快便收回视线，将眼神放在进场的人身上。

　　S大的队服是暗红色的，无肩长款，高个子女生穿在身上十分英气，历来都被女生所喜欢。

　　陆迟一眼就看到了唐茵，白皙的肌肤被暗红色的衣服一衬，让人移不开眼，小巧的脸仿佛发着光，五官精致靓丽，眼睛笑成了月牙，还是那么引人注目。

　　比赛还没开始，观众席上的人很容易就把两队的队员看了个清楚，并

——给旁边不知道的人介绍。

"哎，对面那个是新生吗？看上去长得不错，脸好小，叫什么名字？"

"我看看……我查到的好像是叫唐茵，是今年的新生没错，不过 S 大怎么会让新生过来？"

隐隐约约的议论声传入陆迟的耳里，他深呼吸几次，掩饰住眼睛里的沉沉目光，最终还是面色淡定地看着下面。他早就知道唐茵很吸引人，毕竟当初他就是这样被吸引的。

林路喝着矿泉水，看唐茵在找什么，凑过去打趣道："找你男朋友呢？"

唐茵揉揉脸："当然啦。"话音刚落，她就看到了对面的陆迟。在一群人中间仿佛与世隔绝一样，清冷俊秀。她伸出胳膊挥了挥，朝那边笑笑。

陆迟对着她轻轻点头，还没等他做什么动作，后面的两个人又议论了起来："哎，那个新生是在看这里吗？看我还是看你？"

"反正不是看你，也许是在看方铭和？毕竟他是女生心中的男神，哈哈哈哈。"男生说着拍了拍陆迟边上的人，笑着说，"方铭和，你看隔壁 S 大的小脸学妹正在看你呢。"

陆迟绷紧了身体，微微侧脸去看。方铭和肩膀被人一拍，扭过头要去看，正好对上旁边人投过来的眼神，忍不住朝他友好地一笑。陆迟抿着唇，冷着脸转了过去。

方铭和有点莫名其妙，伸手摸了摸鼻子，心想：自己这是被一个路人嫌弃了吗？

9

方铭和看向篮球场那边，两队的人他都认识。当然，他眼尖地看到隔壁学校队伍里多了一个不认识的女生，看来就是刚才两个同学说的小脸学妹了。她的确巴掌大的脸，而且有很漂亮的五官。

陆迟的余光看到方铭和正看唐茵那边，不由得沉了沉脸，整个人散发着不愉快的气息，而身旁的方铭和一无所知。

比赛开始后，欢呼声响彻整个体育场。陆迟以前没看过篮球赛，不太清楚，倒是室友会提一两句相关的，让他稍稍知道一点规则。

裁判吹哨后，场上的女生都动了起来。唐茵坐在长椅上，胳膊支在膝盖上看她们比赛，运球投篮，一切如行云流水。

随着时间的流逝，分数逐渐升高。等到第一节结束后休息时，她们的分数只比对面高了一分，相当紧张。唐茵给她们递水，仔细地听张媛分析，休息时间很快结束。

谁也没想到第二节快结束的时候出了状况，陆迟不太清楚那边发生了什么，只看到一个皮肤较黑的女生倒在了地上，表情有些痛苦。

裁判吹哨，比赛暂停。场下旁边的队友都冲了上去，整个体育场观众席忽然安静了，很快又躁动起来。

陆迟听见身后的人问："怎么了？林路平时挺疯的啊。"

"她上次就出现了问题，膝盖受伤，应该还没好。"方铭和主动开口，声音不大不小，"看来下一场要换人了。"看这样子也不可能打下去，而且以张媛的性子，是不可能让林路带伤上场的，肯定会换人。

S 大和 G 大友谊赛也不是一次两次了，因为学校离得近，有时候他们遇上了就来一场。不管是男生还是女生都有过比赛，所以对对方都十分熟悉。

S 大休息区，林路满脸懊悔："明明我上次去医院，那个医生说已经好了。"她这伤是不久前骑自行车摔的，后来去医院看了，有点伤到骨头。医生说养养就好，不会耽误比赛。可她刚才要跳起来的时候膝盖还是痛了一下，由浅渐深，让她忍不住倒在地。肯定是伤还没好全，幸好现在已经不疼了，不过还是让她心有余悸，最怕的就是以后都不能比赛了。

张媛看了一眼，心里真是倒吸一口冷气："今天教练她们不在，如果知道了肯定不会让你上场的，待会儿你就不要上去了。"两所学校的教练这会儿都不在，是在临走前安排这场友谊赛的。

林路也不硬撑："我知道，我会注意的。"

"其实也行，毕竟对面 G 大的没和唐茵打过，一开始肯定会措手不及，到时候就是我们得分的时候。"张媛自信地说，"林路你就在这里看着，当旁观者。"

她们这两个月来没和对方打过比赛，对于唐茵的存在，虽然没有掩盖，但也基本很少有人知道她的打法。

提到这个，张嫒觉得唐茵哥哥的技术肯定非常好，不然怎么会教出这么能打的妹妹，而且是强势进攻型的，有空一定要见识一下。

林路捏了捏膝盖，主动说："我当然知道，我就在这里看着你们赢了，唐茵加油！"她也想看看唐茵能打出什么样的成绩。

唐茵拍拍她的肩膀，扬着唇笑："你放心。我一定会打出好成绩的。林路姐，你好好休息。"

几个人笑着加油打气。新人被换上场，观众席上的不少人都不认识她。有些人心想，这难道是传说中的撒手锏？

陆迟仰头喝了一口水，看到唐茵伸手向他比了个"V"手势，看得出来她很自信，当然，她一向如此。

如他所料，身后两个上半场喋喋不休的男生又讨论起来："小脸学妹替换林路了，期待。"

"她刚才又看方铭和了呢，哈哈哈哈！还有那个手势，看起来真可爱。"

陆迟抿着唇，他很想让这两个人闭嘴，但理智让他做不出来，只是轻轻哼了一声，不再听他们说话。

方铭和不由得看了一下陆迟，他从一开始就觉得这人对自己敌意不小，尤其是每次同学提到那个新来的学妹时。

下半场比赛开始了，之前比分 S 大比 G 大落后一点点，原本林路的那个扣篮可以得分的，但她没有跳起来。

比分偏向 G 大，几个人都表情严肃。观众们依旧热烈地摇晃着手中的棒子，不少女生不懂球赛，有的是陪男朋友来的，有的是为了支持自己学校来的。

然而唐茵上场之后，G 大的几个女生都觉得自己快要眼瞎了。对方运球运了一会儿，球就不见了，再一看，在那个新上场的学妹手里呢，都快到家门口了。

前锋打得好好的，突然被对方盖帽，真的差点气死。各种打断，新上场的身体灵活得不像新手，还能在她们的进攻下给自己的队伍拿一个三分，比赛的风向已经变了。

S大的比分一点点地往上升，在很短的时间内追平了她们，还反超G大十分，看得观众席上的人都屏住了呼吸。

第四节的时候，G大几个女生气喘吁吁地凑在一起，齐齐地瞪着那边正和队友击掌的唐茵。

议论声传入陆迟的耳朵里，陆迟再度侧脸看了一下方铭和，对方正举着手里的矿泉水瓶和下面G大的女生示意。

S大的休息区那边几个人正坐着喝水聊天，他猛地站起来，拿起地上放的包和伞，从旁边的楼梯下去，再转到那边去，想必唐茵很想喝酸奶。

几个女生歪歪斜斜地坐在长椅上喝水，唐茵也灌下半瓶水。

她伸手和张媛碰上，只说了一句话："我也是S大的。"几个女生低声欢呼，打得真过瘾。

观众席上人来人往，只走了零星的几个，大多数还在等着待会儿的颁奖礼，啦啦队正在那边跳舞。

张媛看了全场，眼尖地看到一个人正走过来。她立刻看向唐茵说："咱们唐姑娘的小帅哥来了。"

几个女生纷纷拿掉脸上的毛巾，凑成一堆要去看。毕竟两个月以来，她们都只能看到一个背影。

唐茵听到这话瞬间转头，几米远的地方，陆迟正向着她这边走来，一步一步，像是迎接她的骑士。

唐茵舔舔唇："我先去了，待会儿再回来。"

女生们齐齐推着她："去去去，不然他恐怕要打死我们了。"

可真是爱起哄的一堆人，但唐茵很开心，放下毛巾便小跑了过去。随着距离渐近，唐茵把速度放慢。但她没想到，陆迟自己上前了一大步，伸手一捞，直接一把搂住她的腰。

唐茵虽然心里要放烟花，但和她一开始的预想还是有点差距的。难道不应该直接将她抱住，再来一个旋转，多么激动人心啊！

她开口问："陆迟，你……"没想到在她一脸茫然的时候，陆迟与她脸颊相贴，嘴唇贴近了她的耳朵，随后轻轻地咬住了她的耳垂。

唐茵几乎反射性地颤抖了一下，双手揪住陆迟胸前的衣服，呼吸加速。这不对啊，陆迟为什么突然这么大胆？

陆迟此时已经恢复了正常状态，和她正脸相对。唐茵微微仰了仰头，目光在体育场的观众席上环视一圈，最后稍稍扭头，又转了回来。

陆迟目光沉沉，伸手遮住了她的眼睛。被捂住的唐茵眨眼时，长睫毛刷在手心带来一阵痒，让他下意识地喉咙微动。

唐茵伸手去扯他的手，才碰到，就哆嗦了一下。刚刚耳边的酥麻变成了轻痛，陆迟又咬她！

唐茵忍不住开口询问："陆迟，你干什么啊？"

伴着耳边燥热的气息，陆迟的声音传到了她的耳朵里："不许看别人。"

唐茵拉下他的手，对上他垂下的双眸："你是不是又吃醋了？我明明只看你一个人了。"别人哪有他好看。

她微微仰着头，暗红色球衣外露出细细的脖颈，光滑白皙，像湖上的白天鹅，夺人眼球。

陆迟的鼻尖轻轻碰上她的鼻尖。

他收紧了手，握住盈盈一握的腰，心里唱叹一声，将她往自己这边提了一下，低头吻她。她的身体，软得像是没有骨头。

从轻柔到强势，不过一瞬间，很久以后，唐茵已经面色绯红。

陆迟将她的脑袋按在自己胸口处，抬头朝自己原本的座位处看了一眼，轻轻眯眼。良久，他声音低沉："只准看我。"

10

陆迟的声音很低，带起胸膛的振动，贴在唐茵的脸颊上，一声声，像划桨的船进入她的内心。

唐茵还是问："你怎么突然……"陆迟应该是很害羞的才对啊，以往亲她都是偷偷地。今天在大庭广众之下，她莫名开心极了。

陆迟缓了过来，突然有点不自然，眼神飘忽了一下，小声道："奖励。"
嗯，是奖励没错。

唐茵像是察觉了什么，没再问，只是笑着亲了一下他的脸颊："我刚刚
打得很棒吧？"

感觉脸上软软的，陆迟轻轻点头。的确很好，当时场上的欢呼声就能说
明一切。他身后的那两个人就跟解说员一样，嘴巴定在了她身上。陆迟忽然
低头，看了一眼她赤裸的胳膊，有点不舒服。

"唐茵，快过来，要领奖了！"身后传来张媛的呼喊。

唐茵从他怀里站直身子，捧着他的脸说："乖乖等着，我马上就可以和
你一起离开了。"

陆迟点头，等她过去后，慢慢地顺着边上的楼梯来到了观众席，随便找
了个位子坐着。

坐在观众席的无数人都目瞪口呆，那个学妹球打得这么帅，已经有了男
朋友，也这么帅！尤其看到两个人身高差刚刚好，咬耳朵讲话，还亲吻，怎
么都像是在撒狗粮呢！不少女生都掐自己的男朋友，真是没有人家一半好。

观众席上却有两个同学满脸尴尬，面面相觑。方铭和总算知道为什么自
己被一个路人这么嫌弃了。就这情况，没起来把他暴揍一顿都算好的了。

不过他没见过占有欲这么强的，刚才那一眼明显是看过来的。方铭和忍
不住笑了笑，突然感觉他挺好玩的。

颁奖也结束了，观众席上的人陆续离开。陆迟瞬间坐直了身体，盯着方
铭和的背影。

唐茵已经到了他边上，从他手里接过酸奶，小口喝着："待会儿去哪儿
吃饭？"打得这么累，要好好犒劳一下自己才行。

陆迟张嘴，想了想，自然地问："那个人是谁？"他伸手指向方铭和。

"哦，G大校队的，叫方铭和，和学姐她们挺熟悉的，应该早就认识了。"
唐茵说，"长得还挺帅的。"

说完后，良久她都没有听到回复。她察觉不对，歪头去看，陆迟低垂着眼，

薄唇抿成一条线，双手交叉放在膝盖上，不知道在想什么。

她放下酸奶，凑过去小声问："你是不是不开心啊？"

陆迟沉默了几秒，低低地应道："嗯。"就算在这些人面前无声地告诉他们，她是他一个人的，他还是不高兴。

唐茵自顾自地说着："那些人哪有你好看啊！我这个只看颜值的，当初高中就对你一见钟情了，你还没认识到自己那无与伦比的美貌吗？"

陆迟看着她一张小嘴喋喋不休，忍不住打断："如果有人……比我好看呢？"

唐茵愣了一下，然后笑了："可我就吃你这一款啊，晚上都梦你七八十回了。"她伸出食指按在他的唇上，印出一小块痕迹。

陆迟眨了眨眼睛，不知想到了什么，突然无意识地伸出舌尖，轻轻地碰了碰她的指腹。唐茵的心一颤，猛地收回手指，抱怨道："犯规啊，你有没有晚上天天梦见亲我啊？"

陆迟突然不说话了，过了一会儿，他才开口："该去吃晚饭了……你上次说想吃烤肉……"剩下的话堵在唐茵意味深长的眼神里，耳根处的微红逐渐泛上脸颊，带起一片红。

陆迟伸手扯了扯领口，突然有点口干舌燥。唐茵贼兮兮地搂住他的脖子，又凑到他的耳边："你是不是早就梦到过我了？"

陆迟的身体僵住，没说话，凸起的喉结随着吞咽的动作上下移动。

11

陆迟死活不开口，唐茵什么也问不到。再问的时候，陆迟就只盯着她看，一双眼睛湿漉漉的，把她看得心都动了一下，最讨厌这种诱惑了。

唐茵哼唧了几声，没再强求。她早晚会知道的，也不急于一时。

陆迟偷偷瞄她，看她放弃后，默默松了口气。

一月份的时候，期末考试周来了。外院是全校放假最迟的。距离过年也就二十天左右，学校其他学院的学生走得差不多了，而外院还有一门听力考试。

学校里的官方贴吧和论坛上都是外院的新生在刷帖子，对于这种情况，大一届的学姐学长们比较开心了，因为他们早一天放假，以前也是最迟的。

几天后，最后一门听力考试。唐茵顺利地做完试卷，提前交卷出了教室。陆迟等在外面，微微低着头看着手上的书，认真而矜贵。医学院早就考完试了，为了和唐茵一起回去，他在学校多待了将近十天时间。

不少考试出来的女生都将目光放在他身上，经过时小声地和同伴讨论着。没办法，外院的男生太少了，而且长相也就那样，哪有这位看上去诱人啊，眼睛美得不像话。

唐茵哼唧道："怎么不戴眼镜啊？"

陆迟收了书，牵着她："待会儿就要走了。"

唐茵与他十指相扣，抬着小下巴，心里偷着乐。这么多人惦记陆迟，但他早已经是她的了，让她们干看着羡慕去吧。

两个人先回宿舍收拾了一下，随后直接去了机场，晚上八点左右的时候就到了H市。陆迟先将唐茵送回去，而后自己回家。去年的新年两个人是一起跨年过的，今年还不知道会是什么样，唐茵倒是有点期待。

唐茵站在门口呆愣了几秒，突然说："对了，鹿野他们说要聚会，你不要忘了。"

陆迟点头："嗯。"

"那我先回家了，你也快回去吧。"唐茵说着，转身就要走，却突然被捏住了肩头。陆迟低头蹭了蹭她的鼻尖，轻轻啄了一下她的唇瓣。

被如此珍视，唐茵都忍不住脸红了。她顺势抬头咬了一下陆迟的嘴角，笑道："乖乖回去，不准和别的女生说话。"

"好。"陆迟轻轻一笑，带着冬日独有的凛冽。雪地里反射着月光，看得人心痒痒。等他消失在小区的路上，唐茵才推开院门，拖着行李箱，低头往里走。

除夕前，唐茵先和十四班的同学聚会了一次。时隔半年没见，很多人都有了不小的变化，让她觉得有点吃惊。虽然感情变淡，但一起喝酒气氛很容易就有了。

苏可西和唐茵也很久没见，两个人的学校又是天南海北，她和陆宇在同一所学校，在南方，看起来被晒黑了一点。

喝完一瓶酒，唐茵趁着出去吹风和苏可西闲聊。外面还飘着小小的雪花，落在脸上就化了，留下点点滴滴的水迹，还有点痒。

苏可西晃着杯子："我的日子可悠闲了，每次找你，你都和陆迟在一块儿，我哪敢打扰。"

唐茵笑："你自己难道不是和陆宇天天二人世界？"

苏可西脸红，突然转了话题说："陆宇现在和他妈妈两个人过，陆叔叔已经很久不和他们联系了，等于一拍两散了吧，我看陆宇挺开心的。"

她一直都知道他很难接受自己的身份，后来更是亲眼看到邱华和陆跃鸣在街上吵架。不过现在似乎一切都拨开云雾见月明了。

至于她和陆宇的事情，都要追溯到高中了。那会儿她一有空就去三中，陆宇天天都在她后头偷偷跟着，也不露面，这还是陆宇的兄弟和她说的。

唐茵和苏可西说了很多，感觉两人都变得成熟了。等聚会散时，不禁相视一笑。时间越久，越看得开。

苏可西最后忍不住跟她偷偷说："我跟你讲，陆迟看着清清冷冷的，脑袋里想得可多了，你看他看你的眼神，你小心被他吃了啊！"

这话她高中就想说了，每次别的男生跟唐茵说话或者有什么肢体动作时，陆迟就不对劲，还有那次当着全校人的面……要是能把唐茵锁在家里还不犯法，他肯定做得出来。

苏可西千叮咛万嘱咐："毕业前可不要乱搞。"

唐茵被她说得有点答不上来，最后默默地问了一句："陆迟真那样？"

苏可西当即点头："就差眼睛里发光了。那种不出声的狼，有想法又不说出口，是最厉害的。"

唐茵她被这形容吓了一跳。

除夕夜来得快，就像是一瞬间，整座城市都被焰火点缀，耳边全是鞭炮声。纵使房间里有空调，唐茵还是穿着厚厚的羽绒服，把自己裹成了个球，窝在窗边看着外面的焰火发呆。他们小区是不让放的，所以只能看远处的。

蒋秋欢推开门："茵茵，能不能出去买点饺子啊？"

还没到吃年夜饭的时候，刚才做饭的时候突然发现饺子少了点，不够数，不吉利。

唐茵扭头："行。"超市就在小区里面，也不远，她马上就能回来。

蒋秋欢给了她钱，摸了摸她的头："路上别摔了。"

唐茵应了几声，换了鞋就跑出了门。

小区里安静得很，但每家每户都亮着灯，看上去灯火通明，有着浓重的过年气氛。她从邻居家门口经过时，还能看到贴着的"福"字和对联，每家都不同。

也不知道今年跨年陆迟还会不会来找她，或者两个人还像上次那样，虽然有点重复，但只要在一起就怎样都行。

唐茵走了一路，想了一路，最后差点忘了买饺子。等她从超市里买完饺子回来，就看到了陆迟。

陆迟穿着黑色风衣，站在她家门口不远处的路灯下。暗色的围巾绕了不少圈，围住了他小半张脸。脸上的轮廓更加明显，一双眼睛亮亮的。

唐茵突然想到苏可西的那句话，要是被她看到现在的陆迟，估计就会直接说他眼睛发光了吧。可是他一点都不像狼，也不瘆人。她有点想笑，于是就笑出声了。

陆迟朝声音来源处看去，就看到圆滚滚的唐茵手里拎着一盒饺子。他的眼睛微微弯了弯，走上前去。

唐茵凑上前去亲了一口他的脸颊，陆迟任由她亲，等她站直了又低头，捧着她的脸去亲她的嘴唇。最后，轻轻一啄变成了深吻，等回过神来都不知道什么时候了。

唐茵摸摸嘴唇："幸好没肿，不然回去被我哥看到，又要给你记一笔了。"

陆迟的眸光暗了暗，没说话。

唐茵纳闷道："你怎么大晚上的过来了？"

陆迟默了几秒，小声道："想你了。"

唐茵差点以为自己听错了，看他耳朵边又有点红才确定没听错。她咧开嘴说："我也想你。不过你吃过年夜饭了吗？"

陆迟的声音有点闷："中午吃的。"有的人家早上天没亮就开始吃，有的中午吃，有的晚上吃，还有的半夜吃。唐茵以为他家也是晚上吃，没想到是中午吃。

她扬了扬手里的东西，小声说："我家还没吃呢，你要不要和我一起进去？"陆迟还没来得及拒绝，唐茵就笑嘻嘻地挽住了他，"丑媳妇也要见公婆，何况你长得这么好看。"

半晌，他点头："好。"

第十二章

爱你不长，一生为期

1

唐茵没想陆迟会是这种反应，他们现在才上大一第一学期，后面还有足足三年的时间，以陆迟的个性，大概毕业后才会同意，可没想到她现在就听到了这样的回答。

看她愣怔，陆迟伸手捏了捏她的手掌，觉得冰冰凉凉的，然后放进自己的口袋里。陆迟皱眉说："还没有买礼物。"

去别人家里总要带点东西，况且是去女朋友家里，最起码要给人家父母留下一个好印象。

唐茵毫不在意："没事的，我家不讲究这些。"而且她爸妈都认识陆迟，带不带礼物没什么关系。

陆迟却摇头，态度强硬："必须。"他垂着眸说，"那还是下次再来吧。"

唐茵瞪大眼，嘟囔道："好不容易呢……去超市买点吧，我妈他们真不讲究这些。"

陆迟摇头，在她额头上亲了一下："等你们吃过年夜饭……我再来。"

唐茵站在那儿有点无奈，又懊恼他别扭。他可真是重规矩，去一次又没什么事。

他放柔了声音，捧着她的脸，慢吞吞地解释道："我……想留个好印象。"

唐茵也不好强求："好吧，到时候你给我打电话。"

陆迟说："好。"看唐茵终于推门进去，他站了一会儿才转身离开。

唐茵推开门："妈，你的饺子。"

"怎么买饺子用了这么长时间？"蒋秋欢的声音从厨房那边传来。没过几秒，她便出现在客厅里。

唐昀顶着一头乱发从楼上下来，打了个呵欠，说："肯定是碰上陆迟了，我刚从窗户都看到了。"幸好陆迟没对她做什么，不然他肯定下去撵走他。

蒋秋欢狐疑地问："是吗？那陆迟怎么不进来坐坐？"

唐茵"嘿嘿"笑："他没带东西，我让他进来，他非不同意，说等我们吃过年夜饭再来。"

唐昀说："你以为人家都像你啊。"

蒋秋欢接过饺子，边走边说："那就让他待会儿再来，我们正好仔仔细细地看一看。"她女儿和陆迟的事闹得沸沸扬扬的，从高三到现在，她都没和陆迟说过几句话，有一次正式见面的机会也不错。

看两个人现在的态度，恐怕也能走到毕业。不过想是这么想，谁也预料不到以后的事情，蒋秋欢也只是想看看现在的陆迟是什么样子的。事关自己的女儿，她总得亲眼看看才能放心。

唐尤为也从楼上下来，好奇地问："谁要来啊？大过年的！"

唐茵凑过去说："你女婿。"

唐尤为点点头："哦，我女婿……陆迟今天要来？他怎么现在不进来啊，还在外面吗？"

看他终于反应过来，唐茵忍不住大笑。好一会儿，她才缓过来给他解释："陆迟说，等我们吃过年夜饭再来。"

唐尤为对陆迟的印象很好："一起吃顿饭也没什么，这孩子怎么这么倔呢？"不过也是，恐怕他是心里紧张吧。

见孙姨开始往桌上上菜了，他们便没再讨论，乖乖地去帮忙。唐茵趁机给陆迟发了条消息：爸妈都在等你过来，嘿嘿嘿。

她特地省了"我"字，反正以后他们就是一家人了，陆迟想跑也跑不了。没过一会儿，陆迟回复：很快。

唐昀敲她的头："还玩，吃饭了。"

唐茵瞪他，不客气地说："你失恋了，现在就来打扰我谈恋爱。"

唐昀语塞。

他真是要气成河豚了。

上桌吃饭前，春节晚会刚开始。为了热闹，唐昀打开了电视，从餐厅这边也能看到一点画面。虽然春晚节目看着很无聊，不过听着就很有人气。

桌上摆了很多盘菜，每一样都是家里人喜欢的，还都是有寓意的。唐茵在外面上学，虽然吃得也不错，但总是比不上家里的菜对自己胃口，今晚正是大饱口福的时候。

唐昀还摸出一瓶红酒来，兑着雪碧，趁机给每个人都倒上了一杯，吃完饭已经九点多了。

家里有空调，唐茵就没再穿厚衣服。她躺在沙发上看了一会儿春晚，摸着圆滚滚的肚子给陆迟发消息。

唐唐唐：吃完啦。

陆迟收了手机，回头说："妈，我去了。"

王子艳的手顿了一下，慢慢露出笑容："去吧，礼貌一点，别留下坏印象。"

等陆迟离开后，家里就完全静了下来。他们家的年夜饭只有两个人，桌上菜多却很冷清。陆迟不是多话的性子，王子艳自己也不会没话找话。一顿饭吃得很安静。别人家里都在欢欢喜喜过年，他们家只有两个人，勉强算得上欢欢喜喜吧。王子艳笑了笑，继续看春节晚会。

陆迟到唐茵家的时候，已经九点四十多了。外面的夜空被焰火照亮，五颜六色，伴着鞭炮声，过年的气氛很足。

唐茵跑到门口来接他，冲上去就是一顿亲。陆迟随她亲，后来才将她扒拉下来，耐心地问："不是要进去吗？"

唐茵回神，又踮脚凑上去亲了一口，她的嘴唇有点凉，倒是陆迟脸上是温热的，相差很大。陆迟的目光中带着缱绻，不易察觉。

唐茵随后点头："进。"院子里落了雪还没扫掉，踩起来发出"咯吱咯吱"的声音，响在爆竹声轰隆的黑夜里不算明显。临开门前，唐茵忍不住说："如果我哥给你脸色看，你别管他，他最近失恋了，脾气不好。"

陆迟乖乖应道："好。"他脑海里不禁浮现出很久以前那次的情景，想必她哥哥很不喜欢自己拐走了他妹妹。这也是人之常情，陆迟能理解。

不过，他低头看她开门时露出的雪白后脖颈，喉结滚动了几下，再若无其事地移开了视线。

唐茵扭过头说："这里有鞋。"说着顺手抽了一双棉拖鞋出来，陆迟听话地换上。

蒋秋欢和唐尤为都在沙发上正襟危坐，想看看半年不见的陆迟现在是什么样子了。陆迟随着唐茵往里走，突如其来地紧张。要是唐校长不满意他，唐茵是肯定拗不过的，以后也不会好到哪里去。他深知没有父母祝福的婚姻，基本都走不到最后。

唐茵拉着陆迟往客厅走去，正正经经地介绍道："爸、妈，这是陆迟，我男朋友。"唐昀咳嗽了一声，被她瞪了一眼。

陆迟将礼物放在茶几上，挺拔地站那里，不卑不亢地道："叔叔、阿姨，不好意思，今天打扰了。"其实两个人都认识他，也就做做样子。

没过一会儿，他们就恢复到了以前的样子，唐家人在家里都比较随意。

直到最后，唐尤为突然说："陆迟，你和我来一下。"说完，他就起身往书房那边走。

唐茵也要站起来，被蒋秋欢拉住："你爸要和陆迟单独聊聊，你去凑什么热闹？"陆迟看了唐茵一眼，示意她没什么事，随后就跟在唐尤为后面去了书房。

有什么好说的啊？唐茵想跟着去偷听，没走几步就又被蒋秋欢拦住了："小心被你爸发现，赶紧跟我去帮你孙姨洗碗。"

孙姨早上在家吃的年夜饭，然后就过来这边帮忙了，十分称职，蒋秋欢一般也会帮点忙。

"让我看看。"她跑去书房门口，贴着门发现真听不到任何声音后，才沮丧地去了厨房。孙姨正在洗盘子，看她进来，笑着说："茵茵怎么啦？"

唐茵立刻换上笑容："我来帮您洗碗。"

家里总共就几个人，碗不多，她边洗洗想，老爸到底要和陆迟说什么呢？

他肯定是满意陆迟的，毕竟陆迟性格好、成绩好，是大人眼中的好孩子，唯一不好的恐怕就是他的家庭了。

唐尤为自始至终知道陆家的事，当初他转学过来时就清楚得很，后来他父母离婚也动静不小。

不过陆迟倒是一直都很好，没有受影响。

碗洗完，陆迟终于出来了。唐尤为走在前面，表情很正常，两个人都很正常。唐茵看了半天也没发现有什么奇怪的地方。

沙发上的唐昀一骨碌爬起来，要拉着陆迟说话，却被蒋秋欢一巴掌挥了过去，赶回了房间。至于她和唐尤为，则是找了个饭后散步的借口去外面晃悠了，客厅只剩下陆迟和唐茵两个人。

唐茵终于忍不住问："唐校长都跟你讲什么了？"一想到两人背着自己说了悄悄话，她心里抓耳挠腮地想知道。

陆迟抿着唇，不告诉她。

唐茵伸手挠他，陆迟穿得比较多，挠了半天也没什么用，最后还是她自己主动放弃询问了。想了一会儿，她又凑上去说："要不要去我的房间啊？"

陆迟扭头，看她眼睛闪闪发光，不知道在打什么鬼主意，顿了一下，一时间没回答。

唐茵又朝陆迟坐近一点："放心，家里还有我哥那个电灯泡，我不会对你做什么的。"

陆迟哭笑不得。

他听出了欲盖弥彰的意思。

唐茵小声问："去不去？去不去？"

陆迟低着头，盯着她坐在那儿还一直不安分的手，心里想了想，终于应道："好。"

2

陆迟一进房间，就被天花板上那大大的海绵宝宝吓到了。他从来没见过谁家整个天花板上只画一个大大的海绵宝宝，还正对着床。

唐茵问："好看吧？"

陆迟说："好看。"他怕自己说出"不好看"三个字唐茵会不开心。当然，这天花板也不丑，就是太黄了。

唐茵跟在他后面，猛地将门关上，然后贼兮兮地说："现在就剩我们两个了！"

陆迟转身看她，觉得她兴奋得奇怪。

唐茵想得不多，直接就将他往床上一扑。结果没想到没够到床，两个人倒在柔软的毛毯上。

幸好地上还铺了一层毯子，饶是如此，陆迟还是忍不住闷哼一声。唐茵也没想到会这样，赶紧问："怎么了？有没有摔到哪里？哪里疼？"

说着，她就上手去摸。风衣太厚，啥也没摸着，干脆解开了陆迟的风衣扣子，把手伸了进去。陆迟衣服穿得不多，一只手摸进去感觉非常清晰。

他有点吃惊，磕磕绊绊地说："别……别摸了。"

唐茵心里急得要死，刚刚那一声她可是听得很清楚："你刚才都摔着了，我就想知道你哪里磕伤了。"

他不知道她是故意的还是无意的，但一只手在背后摸，人还躺在他怀里，任谁都难以自持。

陆迟握住她的手，低声说："别……我没事。"他动了一下，翻身要起来，结果被唐茵一把往地上一推，上半身又挨着地了。

唐茵把手拿出来后，终于想到了什么，笑着凑上去问："是不是忍不住了呀？"

陆迟别过脸不回答，唐茵也不再问。就他这种害羞的性子，肯定是不会跟她讲的，问了也白问，而且有些事说开也就尴尬了。

外面的脚步声打断了这种气氛，两个人都僵了一下，幸好脚步声没停在房间门口。陆迟从她身上起来，轻咳了一声，然后低声说："我该……回去了。"

唐茵有点不舍，她看了一眼柜子上的钟，快十一点了，等他回到家肯定都半夜了。时间的确不早了，她也不能强求，只得苦哈哈地说："好吧，我送你出去。"

两个人下了楼，蒋秋欢和唐尤为已经回来了。看他要走，口头上挽留了一下。

陆迟矜持地道谢，和唐茵一前一后出了门。

唐茵说："回去记得想我。"

陆迟忽然低头，在她额头上亲了一下，说："好。"

这句话她说过不少遍，每一次分开的时候总是要叮嘱一下。

3

大二下学期的时候，张媛和林路两个人因为毕业和实习要退出篮球队，所以队里办了一场欢送会，允许拖家带口。

用林路的话来说就是："你家医生眼睛都黏在你身上，当然要叫上他，不然晚上回去指不定就把我们灭了。"外院一枝花和医学院一根草的搭配，如今人人都知道，走在路上都能被人拍照。

唐茵只是问："你们都带吗？"

林路笑着说："当然啦，他们也算是送送我们吧，毕竟每次打篮球都能看到呢。"队里都是女生，女朋友打球赛，男朋友怎么敢不到？所以大家都是熟悉的，几个男生熟得都可以打牌了。

唐茵点点头："我问问他，如果他没事就来。"

张媛笑着说："知道他很忙，不来也没事。"医学生的忙碌她们都清楚，就连唐茵也每次都要去医学院那边找他，还经常是在教室里或者实验室才能看到他人。不过两个人到现在依然和谐相处着，让她们非常羡慕。

两人没有吵架过，也让她们不解。一开始都觉得有些小打小闹才是真正的感情好，可这两个人告诉她们，就算不吵架也可以过一辈子。因为陆迟总是娇惯着唐茵，想想就羡慕。

从张媛那回来后，唐茵给陆迟发了一条消息：今天晚上欢送会，你要不要来？

那边没回复，唐茵皱眉想了想，可能他是在实验室吧。现在陆迟待在实验室的时间越来越长，他的专业老师非常喜欢他，下课后也会多留他一下。

外面的太阳还没落山，下课时间，医学院里的学生很少，唐茵直接去了实验室所在的那层楼，果不其然看到了陆迟。

实验室里还有一个老师，年纪已经很大了，是被特聘回来的，唐茵每次听他的课都被会叫起来回答问题……一开始她还能答上来，后来就只能靠陆迟才行了。

老师收了东西，叮嘱道："你整理好之后把钥匙放在我的储物柜里，我明天会用。"

陆迟应道："好，老师慢走。"

唐茵在门口，也和老师打招呼："老师慢走。"

老师笑笑，对她说："小丫头又来找陆迟啊，是不是我放学又迟了？"

唐茵哪敢这么说，她只说："没有没有。"

等老师走后，她立马就进了实验室。里面只有陆迟一个人，桌上摆放着一些工具，都是需要处理的。

陆迟扭头说："你再等等。"他必须把所有东西收拾好了才能离开，老师将这件事交给他是器重他，更不能粗心对待，不过动作倒是快了不少。

陆迟穿着干净的白大褂，从衣袖里露出来的那双手，手指修长，白皙，骨节分明。

唐茵只觉得秀色可餐，舔了舔唇："我给你发消息你没回，我就直接来了。"

陆迟停顿了一下："我会快点的。"

他认真的语气逗笑了唐茵："你急什么呀，我又不着急，你慢慢收拾就是。"

实验室里的标本很多，唐茵一眼看过去感觉阴森森的，也不知道一些晚上上课的人是怎么听下去的，有很多鬼故事可都是以医学院为基础的呢。

东西收拾好后太阳已经消失了，只有一点点云霞在天空，映出一片火红色。陆迟走在她边上，说："我送你回去。"

唐茵挽住他："我就是来找你的，你送我回去做什么？今天晚上是队长她们的欢送会，她们都会带男朋友去，所以你要是有空的话，咱们一起去。"

说完这句话，陆迟点了头："好。"唐茵立刻凑上去亲了他一口。

晚上八点的时候，两个人到了 KTV 门口。本来是准备在外面吃饭的，后来决定直接把吃的叫到里面去，一边唱一边吃烧烤，最自在。

唐茵叮嘱道："今天不许喝酒。"

陆迟迟疑了一下，问："喝酒会有什么后果？"以前仅有的两次他都忘得一干二净，而每次问到这个问题唐茵都不回答，所以到现在他也不知道。

唐茵拖长了音，意味深长地说："以后你就知道了，反正今天不许喝。"

陆迟张了张嘴，还是说："好。"都听她的。

包间里已经来了不少人，几个男生坐在一起打牌喝酒，女生们则是在另一旁占据了话筒。房间里歌声与口哨声齐飞。灯光很暗，一时间陆迟也看不清人。

张媛从里面出来，拉住唐茵："小两口来了，来来来，让陆迟和他们男的在一块儿，你来和我们唱歌。"

只听林路的大嗓门在里面叫："唐茵来了！快过来唱上一首！"几个女生一下子起哄起来。

陆迟松开她的手，低头在她耳边说："你去吧。"唐茵的耳朵动了动，听话地点点头，叮嘱道："那你小心点，不许喝酒。"

张媛一把拉过她的手："还说什么悄悄话，赶紧过来，陆迟你和男生们一起玩吧，他们在打牌。"林路已经开喝了，她酒量不大，已经晕了，整个人又叫又唱，十分激动。

唐茵偶尔喝两口，更多时候是听她们唱歌。过了好一会儿，张媛才放开话筒，挤到沙发上说："咱们这儿待会儿还有一个人呢。"

唐茵看了一眼，队里的人都到齐了，还有谁？

"方铭和那贼小子，这次不让他出血不能走，看他上次把我们打成那样，气死我了。"林路叫道，前不久她们和方铭和的队打了一场练习赛，输得惨不忍睹。男生的体力远超她们，而且身高占优势。

张媛跟着说："坑他一笔，让他喝个几杯。"

话音刚落，包间的门就被推开了，方铭和高大阳光的身影出现在门口。坐在正对面的陆迟眼睛微眯，心情陡然下沉。

方铭和在包间里扫视了一圈，对上陆迟的目光，顿了一下，轻轻一笑："都到了？就缺我一个？"

　　张媛说："你还有脸说？"方铭和也不气，顺手拿过男生桌上干净的杯子："我自罚三杯，行了吧？"说完豪爽地干了三小杯。

　　包间里的气氛瞬间被这一举动弄上了高潮，唯有陆迟静静地坐在角落，一言不发。唐茵抿了抿唇，她不是太喜欢这个隔壁学校的学长，感觉他有时候特别奇怪。

　　人到齐了，就变成了一桌，唐茵顺势坐到了陆迟边上，从隔壁烧烤店叫来的外卖摆满了一整桌。方铭和坐在他们对面，和旁边人很快就聊到了一起。

　　陆迟兴致不高，他本来就喜静，而且周围的几个男生和他并不熟，只是点头之交。

　　唐茵小声说："下次不来了。"勉强拉他过来，最后还是自己心疼，也是受罪。

　　陆迟转了转眼珠，看到方铭和正看着这里，微微垂眼，应道："好。"

　　唐茵勾住他的手，两个人在桌子底下绕来绕去，一点也没被旁边疯疯癫癫的林路打扰。

　　玩了一会儿，她突然说："你知道上一次你醉酒后说了什么吗？是不是特别好奇？"

　　玩得太过火，筷子掉在了地上。方铭和谢绝了旁边人的酒，弯腰去捡，不出意外地看到两个人勾在一起的手，他又若无其事地起身吃烧烤。

　　旁边人问："怎么这么沉默？来来来，喝酒！"方铭和的视线划过格格不入的两个人，只觉得自己的眼睛快要瞎了。真是时时刻刻腻歪在一起，他们学校论坛上说得一点都没错。

　　陆迟夹了一块茄子放在唐茵的碗里，慢条斯理地问："说了什么？"他也很好奇来着。

　　唐茵搂过他的脖子，因为旁边有歌声，所以微微放大了声音，也不怕别人听到。她说："我特别……特别喜欢你。"

　　此时，恰好切换新歌，包间里很安静。耳朵尖的众人一起扭头看着这两个人，半响都没回过神来，直到音乐声再度响起。

连陆迟自己也一愣，这是他说过的话吗？不过现在显然不是疑问的时候。看他们都在看着自己，他索性搂住了唐茵的腰，嘴角扬了扬，轻声应道："我知道。"在别人的眼睛里，那就是妥妥地秀恩爱。

张媛先出声："喀喀，唐茵你告白也不要在我们面前好吗？欺负我说不出这种话吗？"

林路还不甚清醒："我刚刚听到了什么，唐茵你当着我们面居然说这么肉麻的话，该喝一杯！"她歪歪扭扭地拿来一个干净的空杯子。

其他人也跟着起哄，陆迟握着她手腕的力道微微加重，如墨的眼睛盯着她，又妖艳又诱人，眼尾稍扬，被灯光照得精致深邃。

唐茵这才反应过来，只能慢慢跟着应道："嗯，我错了，我不该说这么肉麻的话。"

她掐了一下陆迟的手心，不要脸，这话明明是他说的，怎么就变成自己说的了？

4

学校里的日子过得格外慢，但过上一段就会觉得时间飞快，让人吃惊。陆迟从理论知识学到实际应用，进了实验室，学了解剖和很多唐茵想不到的东西。

她偶尔去找他的时候会看到他穿着白大褂，从窗外往里看，他面上无一丝表情，认真地动刀子，然后缝合。所有的一切都是那么完美。

唐茵喜欢陆迟全心扑在医学上面的样子，矜持得让她移不开眼。如果给她时间，她能盯着看一整天都不嫌烦。

篮球队她已经退出了，学姐她们也都毕业了，里面来来去去都是新人，也让她没了多大兴趣。

唐茵没选择考研，而是打算实习。她找了一家跨国公司，在首都排名前几，以她的能力，足够在一段时间内转正。下学期实习结束，她果然转了正，当翻译。

学校里的论文答辩结束后，唐茵去实验室找陆迟。有同班的女生先出来，看到她都笑着打招呼："唐茵，陆迟在里面呢。"

她们和唐茵都很熟了，一开始她们都以为他们会很快分手。四年快过去了，两个人一点吵架的迹象都没有，这种现象都让她们觉得非常吃惊。而最令她们艳羡的是，陆迟对唐茵几乎百依百顺，不认识的人话都不说一句，更别提心怀不轨的人了。

至于唐茵，恐怕是她们见过最能撩拨陆迟的了，偶尔她们也能偷看到他脸红的样子。都说没有吵架的恋爱是走不到最后的，她们也觉得如此，可唐茵和陆迟两个人却打破了她们的想法。

唯一一次算得上吵架的，大概是陆迟不同意和唐茵在毕业前同居。结果第二天两个人又好好地一起吃饭了，她们都觉得这两人毕业后就会结婚。

唐茵对着她们笑笑，实验室平时是不准人进去的，她是趁着下课才能进去待一会儿的，不然绝对会被赶出来。

陆迟正在讲台上和一个中年男人说着什么，一双认真的眼睛澄澈透亮，像黑夜里的星星。不知怎么的，他突然抬头看了一眼门口这里，顿了一下。

唐茵靠在墙上，也不打扰，只冲他笑。

陆迟低头和老师说了两句话，只见中年男人也朝这边看了看，随后笑了笑，又点了头。唐茵不知道他们说了什么，猜想大概是陆迟要离开的意思。因为才点完头，他就脱下了白大褂。

陆迟刚到她边上，她就忍不住小声说："你认真的样子真让我着迷。"

陆迟没回答，只是走了一会儿，趁着楼梯口人少的时候将她抵在墙上，吻了下去。

他现在禁不起撩拨，过了一会儿，唐茵又来了兴致，说："我今年暑假没了，只好请了假，想先不回去，咱们出去旅游吧？"

陆迟想了想，应道："好。"他现在没什么事，旅游也没什么，就是为了放松放松，当然最重要的是她想。

见他应了，唐茵就高兴了。晚上回到公寓后就查可以去的地方，再加上前几天做的攻略，最后定在了南方。她选了地方，又查了天气，那边最热时温度也才二十多度，非常适合游玩。

她把攻略发给陆迟，然后把机票订了，省得赶上暑假旅游高峰期。唐茵盯着酒店看了好一会儿，决定订一间房。

刚订好，陆迟的电话就来了："酒店订了吗？"

"我刚订好了，直接入住就行。"

陆迟察觉有异，半晌后才开口，声音有些迟疑："你……是不是只订了一间？"

唐茵装作诧异地道："迟迟你猜对了，真聪明。"这还需要猜吗？她的心思一向就没掩藏过，从高中到现在，从没变过，她还睁着眼说瞎话，"酒店只剩一间房了，不订咱就得睡大街，你愿意吗？"

陆迟犹豫地道："还有其他酒店呢？"

唐茵说："都没了，没了没了。"怕自己的豪放把陆迟吓到了，她又补充道，"你要是不去，那就直接回家吧。"

她都这么主动了，陆迟再犹豫也不太好，只得轻轻呼出一口气，没再反对。

"那我挂了，晚安。"唐茵直接就挂断了电话，省得他突然反悔。

陆迟哭笑不得。

他也没干什么啊。

陆迟考试周结束后，两个人直接飞去了目的地。这边可以说是鸟语花香，和首都的闷热完全是一个天一个地，差别非常大。

酒店派车将他们接了过去，唐茵订的是一家人气非常高的酒店。只剩下了两间房，她真的是运气好才抢到房间的，第二天去看时一间房都没了。

房间是临海的，可以直接近距离观看海面。而且正好是突出在海上，还有阳台上可以看到日出。要不是有人退房，她恐怕也订不到这么棒的。

将行李放好后，唐茵就拽着陆迟去玩。这边被誉为旅游胜地可不是白说的，街头小巷都有自己独特的风格，令人沉迷。

道上基本上都是游客，不少女生偷偷对着唐茵和陆迟拍照，纷纷上传微博。唐茵特地穿了大裙摆的长裙，她个子高，优势尽显，在陆迟身边一点也不逊色，两个人根本让人生不出其他心思。

唐茵转了一圈后说："咱们还是先吃东西吧。"

陆迟也依着她，唐茵吃东西只是尝一下，最后都到了陆迟手上，被他吃了，他倒是一点也不嫌弃。

一条街很长，逛到头再回来天快黑了。唐茵也走得累了，搅了搅手里的奶茶，说："咱们回去吧，洗洗上床睡觉。"

陆迟眉毛微蹙，只是轻轻点了点头。

唐茵没听到他的回答，抬头去看，见他这样子，忍不住出声辩解："我很单纯的。"她真的只是说洗洗睡觉。

陆迟耳根微红，张了张嘴："是我想多了。"

唐茵指责他："本来就是你想多了，一天到晚想什么呢？一点也不健康，不和谐。"

见她说个不停，陆迟索性不说话了，等她说够了，累了，又递过去白开水。

唐茵终于心满意足："咱们回去吧，洗洗上床睡觉。"

这次陆迟乖乖应道："好。"

唐茵歪头看他，笑嘻嘻地说："这可是你自己答应的。"

陆迟哭笑不得。

回到客栈时天已经黑透了，陆迟让唐茵先去洗澡，他自己一个人坐在床上，也不动，不知道在想什么。

这间海景房只有一张床，浴室是玻璃的，虽然看不到里面的景象，可听着"哗哗"的水声，陆迟心里有些躁动。

他不应该答应唐茵。不知过了多久，唐茵从里面出来，穿着睡裙，细胳膊细腿露在外面，白皙又精致。

陆迟直接拿着衣服进了浴室，话都没说。唐茵盯着他的背影瞅了一会儿，最后勾了勾嘴唇。要是今晚这样还能让陆迟跑掉，那她就不用活了。

房间里的灯不亮，影影绰绰的，映出外面的海面，美不胜收。唐茵吹干了头发后就站在阳台上看海。海景房受欢迎是有道理的，尤其是这种直接在海面上的。

身后传来动静，唐茵转身倚在栏杆上看。洗完澡后的陆迟就像是她在雨中见到的人，滴着水，下巴绷紧，头发一缕缕的，刚擦干，有点乱，却诱人犯罪。唐茵感觉自己受不了了。

等陆迟吹完头发，她就进了房间，坐在床边，也不说话，就直勾勾地盯着他。陆迟的喉结动了动，闷声说："睡觉。"说着，他掀开被子，自己躺在一边，一动不动。

唐茵回过神来，可不满意了。长夜漫漫，睡什么觉啊，多没趣啊。她趁陆迟躺在那边还没反应过来，直接趴在他身上，去咬他的唇，然后又小声说："假正经。"

陆迟的下巴也被咬了一下，不疼，倒是痒痒的，带动了全身都发痒。他结结巴巴地说："唐……唐茵。"

唐茵忽然又回到了自己那边，关了台灯，冷静地道："关灯，睡觉。"

陆迟语塞。

房间内只剩下呼吸声，还有外面的海风。

良久，陆迟忽然翻身过去。唐茵迷迷糊糊的，都快睡着了，软着声音问："你在干什么？"这真的无异于一种刺激。

他吻了吻她的嘴角，看她还没醒的样子，就埋首于她光滑细腻的脖颈，轻轻地舔舐，如同世间的美味。

唐茵无意识地亲他，呢喃时带着颤抖的尾音，让陆迟忍不住凑上去吻她的眉眼。最终她还是闭着眼窝在陆迟怀里，昏睡过去。

透明的玻璃映出外面的海，岸边亮着无数的灯，海雾慢慢把窗外的景物变得朦胧，随着风一闪一闪地。海浪拍打着礁石，发出"哗哗"的声音，夜已过半。

5

第二天一早，唐茵起床发现身边没人了。她眯着眼摸了一会儿，没找着内衣在哪儿，索性直接把睡裙套上，反正今天可以休息。

她想了想，又去浴室洗了个澡，弄好后对着有点模糊的镜子刷牙，刷完牙就盯着里面的人瞧。

唐茵掀开睡裙的衣领，果然看到了印子，还挺明显的。她又想到当初和苏可西聊天，陆迟是不是狼她已经知道了，还知道他喜欢干什么。

手机振动起来，她摸出来一看，是苏可西发来消息。唐茵要把陆迟约出去旅游，之前和她提了一嘴，恐怕她是来问自己得手了没的，果然如此。

苏可西：小仙女，下凡了没有啊？

唐茵手指快速地动两下回复：你的样子有点蠢。

苏可西可不乐意了，她是冒着被陆宇发现的危险来询问的：什么时候领证啊？

唐唐唐：不知道。

苏可西正要回复，又看到了新发过来的消息。

唐唐唐：等我偷了户口本。

苏可西感慨了两句，看陆宇过来了，就没再打扰她。

唐茵收了手机，拨弄了一下头发。三年都没剪的头发已经很长了，乌黑乌黑的，散乱披在肩膀上，与白皙的皮肤形成了鲜明对比。她挠着头发去找衣服，衣服没找着，又坐回床上发呆。

开门的声音响起，陆迟放轻了脚步，手上拎着两份早餐。看到她醒了，他的脸蓦地变红，被头发遮住只露出一点点的耳朵几乎要烧起来。

他脖子上还有一个被咬出来的牙印，小小的。唐茵想起几年前上高中时干过的事，教导主任还让两个人做过检讨。也许今年回去可以去见见他，就是不知道他会不会欢迎。

唐茵回神，盯着不走过来的陆迟："你在害羞什么？"整个人都看过了，还害羞，虽然她昨晚没看到全部，而且忘得差不多了。

陆迟把袋子放在桌上，坐到床边，小声问："你还疼不疼？"

唐茵身上盖着被子，好笑地看着他，凑过去说："亏你还是学医的呢，这有什么，就是没力气。"

陆迟当然知道，但他就是想问，他怕她疼。

阳台一角晾着昨晚洗的衣服，飘来飘去的。唐茵终于想起自己要下床了，问道："你昨晚把我内衣甩哪儿去了？"

陆迟一愣："不知道。"他哪里记得这件事，在床边绕了一圈，最后在沙发上找到，被抱枕遮住了，唐茵又嫌弃了一番。

外面有海浪的声音，听着像是有节奏的歌声。看陆迟坐在床边不看她，她没换衣服，搂住他的脖子，把他拽过来就亲了上去。

陆迟几乎同时闷哼了一声，又想起昨晚的一切，他整个人都觉得燥热了起来，不用唐茵多撩拨，他顺手搂住她的腰……

许久，室内重归安静。冲完澡后唐茵摸出手机一看，已经十点多了。陆迟光着上身坐在床尾，头发乱糟糟的，精瘦的身体让唐茵眼睛发光，伸手摸了一把。

等他冲完澡出来，唐茵目光灼灼地盯着他。

陆迟耳尖微红，忙转移话题："我买了粥。"

唐茵顺着他的话说："那你喂我。"

"好。"陆迟也没拒绝。他们浪费的时间太多，粥快要凉了，幸好那个碗有保温作用。

外面的粥碗小，盛得也不多，不过十分钟就能喂完。吃完后，陆迟乖乖地把床单洗了，看到上面的痕迹，两个人的脸都红了。

下午的时候，外面突然下起了雨。听着打在阳台玻璃上的雨声，两个人要出门的计划被打乱，只能待在房间里。

唐茵盯着海面入迷，她偷了陆迟的衬衫穿着，很大，当裙子都可以，顺便发了一张照片给苏可西。

陆迟在房间里收拾东西，十分居家。

雾气氤氲着，大海的颜色成了她的背景，衬得她的皮肤越发白皙，黑发落在脸侧，格外好看。看到她穿的衣服，陆迟的眼神微暗，抑制住了自己的想法。

他走到她旁边站着，她凑上去亲了一口。两个人窝在阳台的躺椅上看风景，唐茵忽然开口："你之前跟我说了什么，就床上的时候？"

陆迟停顿了一下，别开脸不说话。

唐茵笑笑，也不追问，转头问："咱们什么时候去偷户口本？"

陆迟张了张嘴，她的思维跳跃，他半天都没缓过来。

6

说偷户口本自然是假的，过了好一会儿，唐茵说："我想回嘉水私立中学。"

陆迟说："好。"这边的天气自从下了雨就不怎么好，于是他们改签了机票，提前回了 H 市。

七月份，市里还是非常热的。一回来，唐茵就后悔了，真没在那边待着舒服。春暖花开，还能堕落地躺着指使陆迟干活。

大学和高中的放假时间不同，现在这段时间，学校里还在上最后一个星期课。巧合的是，第二天市里下了雨，下午就变成阴天了，虽然还有点闷，但已经算是舒服的了。

上课时间的学校，外面非常安静，人也见不着几个。

唐茵和陆迟打车去了那边，一路上开着窗。路过某个地方的时候，唐茵忽然扭过头说："还记得那次吗？我说你东西掉了时你的反应。"当时的陆迟既害羞又可爱，说话结结巴巴。

陆迟抬头去看，他记忆力一向很好，想到以前自己被逗时的反应，别开脸不回答。

唐茵倚在窗边对着他笑，皮肤细腻得能看到细小的绒毛，一双眼半眯着，露出墨色的眼瞳，像闪着光，清晰透彻。

她伸手过去捏陆迟的脸，笑着问："是不是我太好看了，你看呆了？"

陆迟没说话。

司机突然出声："到了。"

陆迟付了账，两个人一起下了车。站在熟悉的大门前，他们还有点恍惚，一转眼四年都过去了。

门卫室只有两个保安，唐茵还记得他们，他们自然也记得她这个祸害，于是在她过来的时候问："来学校看校长吗？"唐茵点点头。自然不是看他的，在家里都看够了，还来学校看什么？

保安过了一会儿才将两个人放了进去。学校对于人员的进出还是十分严格的，学生必须有老师签名的请假条才能出去，对于家长也严格控制进入。

两个人进到里面，唐茵问："咱们先去找班主任？"

陆迟低声应道："好。"来学校自然要去看班主任的，不然就白来了。

教学楼还是那栋教学楼，教室还是那个教室。

周成这学期带的不是零班了，而是高二实验班，下学期升高三，带零班需要花费的精力很多。他觉得最轻松的恐怕就是唐茵和陆迟那一届了，学习的事从来不用他操心。没想到在他想的下一刻，主人公就出现了。

"周老师。"唐茵和陆迟敲了一下办公室的门。

办公室门没关，可以看到里面的人，周成坐在最里面，正盯着一本书。

周成听着声音有点熟，抬头一看，忍不住站起来："唐茵、陆迟？你们两个怎么来了？"

唐茵笑说："放假了，就过来看看。"说起来，他们已经四年没回学校了，学校宿舍和教学楼都整修了，比以前要漂亮许多。

周成笑说："那可真是稀奇，我刚刚还在念叨你们俩呢！来就来，还带什么东西？"办公室有老师不在，他们就坐在那边和周成聊天。

周成当年是转调来的，但因为那届零班成绩相当出色，他自然也就有了说话的资格。现在整个办公室，他的资历是最老的。

寒暄了一个多小时，唐茵、陆迟便和他告别，周成也没再挽留。

出了教学楼后，唐茵就便把陆迟拉进了旁边的小巷子里，张嘴咬上去，自豪地道："别人都知道我们呢！"陆迟从喉咙里发出一道声音。

她轻轻地亲着，陆迟一开始还任由她动作，最后实在忍不住了，微微张开嘴，反扣住她。这边基本上很少有人过来，尤其现在还是上课时间，更没有什么人了。

两个人若无其事地从犄角旮旯里走出去，有点做贼心虚，毕竟这里还是学校。才走出去就碰上了教导主任。四年没见，教导主任一点变化都没有，他肯定是来巡查的。

教导主任一眼就看到两人，有点发愣："唐茵、陆迟？你们两个怎么回学校了？"

唐茵笑嘻嘻地说："放假了回来看看。"

教导主任狐疑，他可是记着唐茵向来在自己这里说一套做一套的。以前还顾忌着学生身份，现在恐怕什么也不顾了。

唐茵十分委屈："我真是来看班主任的。"教导主任可不敢让唐茵多活动，想着法子把两个人赶了出去，嘴上还说着让他们下次再来。

校门前依旧很安静，马路上一辆车都没有。唐茵踢着石子，心中感慨万千。陆迟忽然圈住她的手腕，低声说："明天……来我家。"唐茵有些诧异地睁大眼，片刻后开口说："你知道吗？你这是在引狼入室。"

良久，他才开口解释："我妈想见你。"

唐茵一时没回答，陆迟的妈妈给她的印象还停留在高中那一次，实在是太让她记忆深刻了。

她以前也会想，陆迟妈妈会不会很不愿意自己接近陆迟，她会不会是一个恶婆婆。

见她没说话，陆迟安抚道："只是吃饭。"

唐茵动了几下，忽然说："吃饭我也紧张，要见你妈妈呢！吃完饭从你家把户口本偷走吧。"

7

陆迟家换了新房子，王子艳将那栋别墅卖了，重新买了一套小点的。家里又没有老人，两个人住绰绰有余，更何况陆迟基本不在家。

她知道唐茵和陆迟的事情，也记得当初第一次见面，还有在民政局前的那一次。这次也知道他们一起回来，便特地请了假在家里。

儿子大了总要结婚，她想过无数次。从以前到现在，最后目光停留在那张传回来的照片上。平心而论，她很感激唐茵。

家里的装修从冷色调变成了暖色调，让人看着舒服了许多。她端正地坐在沙发上，等着他们回来。

唐茵和陆迟停在门口，唐茵有点紧张，小声地问："你妈妈会不会不喜欢我？"

陆迟说："不会的。"

唐茵松了口气，但还是紧张，毕竟是她把人家儿子拐走了。母子二人相依为命这么久，说不定他妈妈心里十分不快。

两个人一起进了里面。

陆迟拉着她："妈。"

唐茵装乖巧："阿姨好，我是唐茵。"

王子艳放下杯子，温柔地说："坐，站着干什么？陆迟你去泡杯茶。"她原本就很漂亮，自从离婚生活便无忧了起来，眉目里的苛刻也少了，整个人年轻了不少。唐茵轻轻一扫就觉得她比之前的状态好了很多。

她主动开口："唐茵是吧？高中时我见过你，以前问陆迟，他只说是同学，没想到他还瞒着我。"这个女孩她觉得挺好的，家里也不麻烦。

唐茵愣怔，回神想了想说："那时候真是同学，还没追到手。"他们是高中毕业了才确定的关系，依陆迟当时的性子，说是同学一点也不为过。

王子艳端起面前的茶杯，喝了口茶，慢悠悠地说："这小子是我看着长大的，我一看就知道，哪有整天把眼睛放在一个普通同学身上的？"

恰好陆迟端着杯子过来，听见这句话，耳朵一下红了。

唐茵在心里笑，以前他还强装淡定，现在被自己妈妈揭破了，原来他早就盯着她了。

陆迟轻轻叫道："妈。"

停顿了一下，王子艳笑着说："叫我做什么？我说的是实话。唐茵，我知道，高三那次肯定让你留下了不好的印象，怪我当时不太清醒，如果有不好的地方，我向你道歉。"

唐茵摇头："阿姨，您言重了。"当初那件事她只觉得心疼陆迟，对她并没有什么影响。了解到事实真相后，她反而觉得没什么。说到底，陆迟妈妈是有错，但她也是受害者。

闻言，王子艳点头："你们俩谈了很久吧？决定什么时候定下来吗？"她已经想开了，儿子大了，总要娶妻生子，她就每天在家带带孩子，或者是自己出去跳跳舞，都挺好的。比起以前担心这个担心那个，轻松多了。

唐茵看了一眼陆迟，陆迟将她的手按住，认真地道："想要先领证。"

王子艳看了他们一眼，没说话，起身上了楼。

"你妈妈干什么去了？"唐茵问，"是不是拿东西把我们俩赶出去？"

陆迟无奈地看着唐茵，不知道她在想什么。

没过多久，王子艳便拿着一本褐色的本子走了下来，说："这是户口本，你们的事你们自己决定就好，我不会反对的。"

唐茵瞪大眼睛，有点惊讶。她还想着要偷户口本呢，没想到陆迟妈妈直接就递过来了。看来是还挺满意她的，唐茵的眼睛弯成了月牙。

晚饭是陆迟做的，他在厨房里忙活，王子艳则拉着唐茵坐在客厅，平静地讲了她的曾经故事。

两家对于这件事都不反对，就一起坐到一张桌子上来谈。唐家对于陆迟这么优秀的人非常满意，除了唐昀心里有些嘀咕以外，蒋秋欢和唐尤为并不反对。

陆迟家里现在就剩王子艳一个人，蒋秋欢和唐尤为直接去了她家，省得她跑一趟。大人坐到一块儿，两个小辈就说不上话了。

唐茵和陆迟全程都听着他们讨论来讨论去，将婚礼的细节都定好了，才想到他们两个主人公。

陆迟还没毕业，所以婚礼放在明年。那时候正好唐茵毕业一年，也有了自己的工作，毕竟才毕业就结婚不太好。大人们考虑了现在小年轻的想法，决定让他们多相处一年，唐茵和陆迟全面面无表情地听着。

吃完饭后，三个大人又聚到了一起。后来他们实在忍不住了，提前离开，随大人们讨论去。从陆迟家里出来后已经是下午了。外面出了太阳，比起昨天更加闷热。

唐茵忽然说："陆迟，去民政局吧？"陆迟扭过头看她，话在嘴边没说出来，又被她抢过，"我带了户口本。"

唐茵笑得很开心，从包里拿出户口本，朝他扬了扬，阳光下的她光彩照人。

陆迟喉结微动，应道："好。"

他们去的时候不算迟，基本没人，就工作人员在那儿坐着。

等热乎乎的结婚证拿在手里，两个人都有点反应不过来。

唐茵先回神，一把拽住陆迟的衣领，猛地亲上去，然后说："从今往后你就是我的人了。"

陆迟没推开，只是说："你很早以前就这么说。"

唐茵说："但今天名正言顺了。"想起第一眼见到陆迟的样子，她只觉时间飞快，当初每天都在想着如何撩拨他，如今人已到手了。

她转头，看到陆迟皱着眉，心里"咯噔"一声。

陆迟似有感应，轻轻握住她的手，深吸一口气，皱着眉说："我好像……没求婚。"

唐茵说："那你现在求也不迟啊。"

陆迟想了想，说："你去里面，等一会儿。"

唐茵不知道他要干什么，乖乖点头，进了旁边的奶茶店，将结婚证拍了照片发朋友圈，一边回复，一边等着陆迟回来。她很少更新朋友圈，不过加的朋友不少，有以前高中的同学、大学的室友，还有现在实习认识的几个。

于春：哇，茵姐，真漂亮！

唐铭：哇，这么快结婚了，我要吃糖，糖呢？

鹿野：冒着被拉黑的危险前来祝福，陆迟居然一直等到现在，不容易不容易。

最后一个是近期正在实习的苏可西，她直接发消息：茵茵仙女下凡，求发红包。

唐茵塞了个一毛钱的红包给她，然后关了聊天框。很快，手机又振动起来，她点开一看，是蒋秋欢的消息：死丫头，什么时候把户口本偷走的？

唐茵回复：今天早上你还在睡觉时。

那边再没了回复，恐怕是去教训她老爸了。

唐茵刷着朋友圈，很开心，一时间忘了陆迟跑哪儿去了。等她想起来的时候，奶茶店就剩她一个人和老板了。

陆迟从外面跑进来，凌乱的头发昭示着他刚才的行动。

唐茵收了手机站起来，不怎么开心地问："你去哪儿了？怎么才回来？"

陆迟没说话，嘴唇抿成了一条线，默默地从口袋里拿出一个小盒子，轻轻地打开，转过去对着她。

唐茵一眼就知道是什么，没等她说话，陆迟已经开了口："嫁给我。"没有多余的话。

对上他亮亮的眼神，好像在那一刻，周围所有的一切都成了无关紧要的背景。唐茵脸上露出笑容，明媚张扬，一如当年自信的她对上内敛害羞的他："好。"

她自己取出戒指，套在手上，然后张开手指。尺寸正好，纵然时间紧，也是精心选的。

唐茵说："我从来就没有不愿意过。"

奶茶店的老板是个年轻小姑娘，送了他们两杯粉红色的奶茶，并说了"恭喜"。在她店里求婚成功，她看着也高兴。

从奶茶店出来，她几口就喝光了奶茶，将杯子丢进了不远处的垃圾桶里，顺便将陆迟的也喝完了。

刚走几步，唐茵和陆迟就遇上了一个熟人——刚打完篮球的苏洵。他和一群男生勾肩搭背地从对面走过来，一眼就看到了他们。一群男生大部分是以前学校的，有几个她不认识。他们看到唐茵，还记得以前的日子，乖乖地打招呼："茵姐。"

苏洵随后开口："茵姐、陆迟，你们怎么在这儿？你们不是在首都吗？已经放假了？"

学校从得到高考成绩的那天起，就公开表扬他们，录取之后更是宣扬了一番，基本上这边的人都知道他们去了 S 大，国内最好的大学，在全世界也排得上名次。

唐茵看了一眼陆迟,笑着说:"我和他刚从首都回来,在家待几天再回去,你现在怎么样?"

听见这话,苏洵笑了笑,脸上还有汗水,显得阳光硬朗:"我现在生活惬意啊,放假半个月了,和他们打打球。"他成绩还算不错,高考发挥良好,上了一所好学校,也在北方。

陆迟嘴唇抿着,一直没说话。

苏洵说了一会儿,要请他们喝东西:"这么久没见,正好后面有家奶茶店,咱们去喝点吧?"

陆迟轻轻咳了一声,一瞬间,其他人一起将目光放在他身上。

唐茵轻笑了一下,与他牵着的手划了划他的手心,对苏洵说:"你一身汗,还是回家洗澡吧。下次有时间整个班一起聚会。"他们才从这家奶茶店出来,她还喝了好几杯,再喝就要常驻洗手间了。

苏洵的目光突然落在她的手上,转了方向应道:"好,下次有机会。"

一群人越过他们去了马路对面,有一个男生问:"她就是你们口中的茵姐?长得怪好看的。不过刚才怎么突然不聊了?"

苏洵笑了一下,说:"人家老公不乐意啊。"

几个男生都愣住了:"老公?"

苏洵说:"我看到唐茵手上的戒指了,应该是陆迟求过婚了,要么就是他们已经结婚了,反正是定下来了。我可不敢打扰,我可还记得以前的事呢。"

旁边的人立刻围着他,他将以前轰动全校的事情绘声绘色地讲了出来。那可是他们那三年以来记忆最深刻的一件事,惊艳了整个高中时光,毕生难忘。

"那……那么大胆?"

苏洵扭过头,哼道:"想不到吧?还有你更想不到的呢。"

占有欲那么强的人他也是第一次见,偏偏唐茵次次都依着他,两个人也真是天生一对,刚好。

夕阳下,拎着篮球的青年逐渐走远。

唐茵戳了戳陆迟:"人都走了。"

陆迟动了动嘴唇，没说话。良久，他微微低头，精致的五官沐浴着金色的光芒，像闪着光，耀眼得无与伦比。

　　他圈住她的手腕，用了点力，却又不怎么重，声音低低的："不喜欢。"

　　唐茵伸手捏住他的鼻子，仰头就凑上去轻轻一碰，随后与他对视，低声说："我心里可是只有你，你还不清楚吗？"

　　突然刮过一阵风，把她的头发吹起来，横在两人中间，模糊了视线。

　　唐茵眨眨眼，一个重重的吻落在唇上。

　　陆迟右手托住她的后脑勺，她浓密的黑发遮挡住他修长的手，唇齿间是浓郁的奶茶香，又腻又甜。

　　唐茵揪住他的衣服，微仰着头，难以抑制地张开嘴。陆迟的动作强势激烈，像是要打上他的记号。

　　良久，他离开，手搂在她细细的腰上，头搁在她的脖颈处，鼻尖萦绕着一股清香，轻声说："我们已经结婚了。"

　　唐茵被他的声音蛊惑，依偎在他的怀里，很久以后心跳才恢复正常，突然说："如你所愿。"一如当年令她难眠的夜晚。

　　黄昏时的柏油马路上，依旧有不少车来来往往。路旁是一棵棵法国梧桐，树叶随着风打在一起，被夕阳照上，显出别样的光彩。垂下来的葱白手指上，戒指反着光，亮眼夺目。

番外一

> 甜蜜日常段子

1

春天最后一个月，唐茵迷上了"狼人杀"。

每天晚上都和人"开黑"，从六人局一直玩到十二人局。其间有输有赢，甚是好玩。

但今天不知道怎么回事，她一直输，玩了十局，一局都没赢过，每次都很快被人戳穿。

对面那个跟她玩的贼厉害。

又输了一局后，坐在旁边的陆迟听到背景音乐声，随口说了一句："又输了啊？"

唐茵一下子炸了。

陆迟听她一直说一直说，等她说够了停下来才开口："不是说好不跟我生气的吗？"

唐茵说："我没说过。"

"你今天早上才说的。"

"没有，就是没有。"

"好吧。"

陆迟没再和她争，胳膊一伸就将她的手机拿了过来，将她按在自己胸膛上："这一局肯定会赢。"

唐茵将信将疑，还是听了他的话，窝在他怀里。

后面果然连赢。

2

圣诞节那晚，唐茵磨着陆迟去看电影。

吃了一大桶爆米花，出来后，两个人去洗手间洗手。

南方的冬天很冷，从暖气十足的房间里出来，冷风就直直地往衣服里钻。

陆迟搓了搓手，放到嘴边呵了一下。

唐茵第一次见到他这么接地气的动作，笑得不行："你是不是很冷啊？快放进我的口袋里！"

陆迟没说话。

从电影院的大门离开后，唐茵才听见他裹在风里的声音："我怕牵你的手时冻着你。"

3

最近小区楼下多了一些流浪猫。

冬天天一冷，它们就跟着楼里的住户挤进楼道里，三三两两窝在一起取暖。

猫咪的颜色、种类都不同，有大有小。

唐茵看上了一只鸳鸯眼的小白猫，想往家里带。

"不行。"陆迟严厉否决了。

第二天下楼时，唐茵就发现那只小白猫不见了。

她很生气，和他冷战，足足一星期没有说话，随后跟着客户去了国外担任随行翻译。

半个月后，她终于回了家里。

她忘了带钥匙，按了门铃半天也没人。正要打电话给陆迟时，面前的门开了。

眼前的场景吓了她一跳。

陆迟头顶上趴着一只白色小猫咪，屁股对着她，听到动静，慢慢地揪着他的头发转了过来。

鸳鸯眼的。

大概是有点痛，陆迟的表情有点难以言表，委屈地道："站在门口做什么？把你的猫弄走。"

4

陆迟去了国外出差。

他们两个人的工作需要经常去国外进行交流，要么她出差，要么他出差，一年有几个月是没人在家的。

唐茵和小白猫在家里孤独又寂寞。

陆迟在家的时候，不许小白猫爬上床，怕脏。

现在他不在家，唐茵就一人独大了，晚上把小白猫搂进怀里，放到陆迟睡觉的那边，第二天早上，小白猫总会在陆迟的枕头上坐着。

没过几天，她和陆迟打电话，被问及这件事，她回道："没有没有。我不会让它上床的。"

陆迟不信，狐疑地道："视频吧。"

唐茵沉默了，一边用脚把小白猫揉下去，一边开了视频，转过去给他看："你看，没有吧。"

对面的人没出声。

唐茵有点紧张，就听见视频里芝兰玉树般的人开口说："枕头上有猫毛。"

唐茵连忙凑近去看。

这下才反应过来，她气道："视频那么模糊，你能看见猫毛？陆迟你学坏了，开始诈我了。"

陆迟说："你不听我的话。"

唐茵自知理亏，换上一副笑脸："我下次不让它上来了嘛。"

"算了。"陆迟松了口。

养都养了。

5

陆迟的医院来了个新护士，很没有眼力。

唐茵对此很不开心。

任谁的老公被别的女人缠着都会不开心，偏偏陆迟还得带她，免得手术时出错，那就麻烦大了。

她一生气，陆迟就察觉到了。

但一连三四天他都没找到是什么原因，郁闷的同时得主动道歉："别生气了。"

唐茵都快消气了，但还是臭着脸。

"对不起。"

"你知道错哪儿了吗？"

陆迟当然不知道，只能转移话题："我唱歌行不行？"

见他一副小可怜的模样，唐茵哪里还记得生气是什么东西。

6

唐茵要去国外两个月。

以往最长也就一个月，陆迟自己在医院比较忙，两个人又隔着时差，往往唐茵起床了，陆迟这边还是凌晨。

两人已经很久都没有好好说过话了。

晚上回酒店后，唐茵照例打开微信看他的留言，没想到看到了一小时前的语音。

陆迟甚少发语音给她。

唐茵点开，心想他不会是出事了吧。

语音里小小的声音传出来："我想你了。"

7

苏可西结婚，唐茵去当伴娘。伴娘裙由自己选，唐茵比较纠结，既不能抢风头，还要美美的才行。

后来唐茵看中了一款抹胸裙，素净而不妖艳。

陆迟探过头："不好看。"

唐茵换了一条露背裙："这条呢？"

"不好看。"

"要不这个吧？"

"不好看。"

连着好几次，唐茵终于不耐烦了："问你哪件你都说不好看，平时怎么没见你这么挑。我看你要选哪个！"

在她的注视下，陆迟反倒没动静了。

唐茵终于觉出了什么，问："是不是不想我穿这些比较露的？"

陆迟的耳朵红了红，低声道："嗯。"

8

小区里有人要结婚了。

新娘子一家就住在他们楼下，新郎来接新娘子的那天早晨，那户人家起早在楼下放鞭炮。

唐茵迷迷糊糊地动了动。

陆迟睁开眼，反应迅速地捂住她的耳朵，一挂鞭炮结束后又轻轻地拍了拍她的背，小声哄着。

早就醒来的唐茵又睡着了。

白天，楼下上来送喜糖，关上门后，唐茵突然提起这事，说："你居然还会哄我。"

陆迟随口应了一句，其实压根儿不记得了。

那大概是他本能的反应吧。

9

听说要抓住一个人的心就要抓住他的胃。

虽然唐茵觉得陆迟的心被自己抓得很牢，但还是觉得自己应该学会做点菜，于是下载了一个厨房APP。

从那以后，家里开始天天有同一道菜。

陆迟每次都会说："挺好吃的，进步了。"

吃了足足两个月，陆迟也没抱怨，唐茵觉得自己的厨艺还不错。

过年去陆迟家，她决定露一手，陪陆迟妈妈去菜市场买菜时，直接伸手去拿。

陆迟妈妈惊讶道："茵茵你喜欢吃这个吗？"

直到今天，唐茵才知道陆迟以前最不喜欢吃的就是这些菜。

回去后，唐茵问他："你不喜欢吃为什么不和我说？"

她还以为他喜欢吃，一直做那道菜。

陆迟碰了碰她冻红的鼻尖："以前不喜欢，现在喜欢了。"

她喜欢的他都喜欢。

10

医院里住进了一个漂亮的小姑娘。

追她的一个男生每天带着一束花去表白，在病床前给她念外国的情诗，每次都被陆迟进来检查打断。

男生对他很不满。

知道这件事后，唐茵乐不可支，也要求陆迟向自己表白："你都没给我念过什么情诗。"

陆迟问："你想听多少首？"

唐茵答："一首就可以了。"

"好吧，你等等。"

陆迟装模作样地打开手机，对上唐茵灿若星辰的眼睛，慢条斯理地说："唐茵，我爱你。"

这应该是她最想听的情诗了吧，他想。

番外二 ○
糖罐诞生记

　　唐茵出差回来后，同事苏然陪着她去拔牙。下午人还挺多，她们排了一个小时队，进去后医生看了两眼，拿着工具，叮嘱道："经期不能拔牙，怀孕不能拔牙，确定现在可以吗？"

　　苏然转过头："你经期好像早就过了吧？"女生间这点不算是秘密，她和唐茵从实习开始就在一起，加起来都差不多三年了，经期的事情基本很清楚。

　　唐茵忽然眉心一蹙："我这个月还没来。"

　　苏然也皱眉，她记得唐茵一向很准的啊，就往她身边凑了凑："迟了十几天……反正不在经期，可以拔牙的。"

　　"迟这么久还是去查一下比较好。"医生打断两人，严肃地道，"这种事情不能乱来，怀孕前三个月拔牙，麻醉很容易导致流产。"

　　苏然拽过唐茵："谢谢医生，那我们下次再来。"

　　妇科那边也在排队，苏然将她按在那里，去医院对面的药房买了一样东西，然后递给她，叮嘱道："去吧，小心点。"

　　唐茵没说话，拿着东西进了洗手间。她出来后，苏然蹭了过去，一脸紧张。

　　唐茵感觉自己声音都有点飘："两条杠。"

　　苏然一下子紧张起来："你现在累不累？要不咱们打车回去吧？我记得陆医生在这家医院，你要和他说吗？"

　　"嗯。"妇科查到的结果也是有了。

　　苏然轻轻地挽着她的胳膊说："那我们直接过去吧，等你见到人了我再走，不然我可不放心。"

唐茵也没否定，苏然的性子固执，轻易改变不了她的决定的。

陆迟的科室人少，但一台手术可能要几个小时。

外面的天色已经暗了，苏然得赶车回家，于是叮嘱道："我就先走了，你一定要小心啊，现在怀宝宝了，不能乱跳了。"

唐茵也被她无微不至的关心弄得心里暖暖的，乖乖地点头，苏然这才满意地离开，上车后消息又发个不停。

唐茵去了陆迟的办公室，果然，他的位子上没人，看手机备忘录，里面写着的确有手术。她在那儿趴了一会儿，睡意就来了，索性眯着眼睡觉。

陆迟回来的时候她还在睡，头发遮住了露出来的半边脸，跟着呼吸一动一动地。他轻轻拨开，看她小嘴微张，想亲下去，后来盯了半天，还是没打扰她。

也许是动静不小，唐茵被吵醒了，小声地撒娇："陆迟，背我回去啊。"

陆迟刚换下衣服，扶住靠过来的她，轻声应道："好。"他半蹲着，将她背起来，起来时唐茵在迷糊中还不忘拿着单子，袋子发出"哗啦啦"的声音。

回到家后，陆迟将她放在床上，自己去煮粥。等晚饭弄好，回房一看，唐茵已经醒了，乖乖地坐在床上。她突然这么安静，陆迟还真有点不适应，思索着是不是自己哪里没做好。

见他有点忐忑，唐茵忽然忍不住笑了。她拍了拍自己边上："过来坐啊。"

陆迟在她边上坐下，等着她发话。

唐茵将他的脸转过来，认真严肃地叮嘱道："从今天开始，你不许再对我这样那样了。"

陆迟呆了一下，意识到她讲的是什么，耳朵又开始发热，被她的手捏住。他犹豫着开口："是不是我……"陆迟一下子陷入了自己的思维中，难道是他平时太不节制了？

唐茵看他一副委屈的样子，实在忍不住，凑上去亲了一口，和他正对着脸，然后慢吞吞地说："我怀孕啦。"

陆迟又呆了几秒，声音有些飘忽："真的吗？"

"物证都在，你还想抵赖？"唐茵把单子递给他，"肯定是上个月，我就十几天没回家你就急得要死，没做措施……"

　　陆迟听着她数落的声音，但目光定在单子的结果上，感觉耳边不断响起声音——他要当爸爸了。

　　唐茵看他在那儿愣了半天也没个反应，心里"咯噔"一下，万一惊喜过头出事了可就不好了。

　　陆迟侧过脸看她，黑黢黢的眼睛里似乎闪着微弱的亮光，深邃得像黑夜。他突然圈住她的手腕，将她抵在床头，亲了过去。

　　唐茵先是愣神，被他带到沉迷，之后又反应过来，推开他，眼睛迷蒙得像是盛了一个湖。她气喘吁吁地说："你现在不能亲我，万一擦枪走火，你肯定刹不住车。"她摸了摸肚子。

　　陆迟很久才找回自己的声音："好。"

　　那她刚刚还凑上来亲……

　　怀孕这件事真不简单，唐茵的孕吐反应还挺大的，稍微闻到点不对的味道就会反胃，吃错了还会吐，夜里还很容易醒。

　　陆迟经常半夜起来煮粥，下一些清淡的面，时间一长，唐茵没瘦，他反倒更瘦了。

　　蒋秋欢带着孙姨在这边住了两天，教了陆迟不少方法，总算是让她胃口好了不少。等五个月的时候，一切都恢复了正常。

　　随着月份变大，唐茵的腿开始肿胀抽筋，经常需要陆迟给她揉捏按摩才会好。她自己都觉得怀孕简直是受罪，再不想生第二个。

　　不过这段日子比起之前孕吐要好很多，她渐渐吃得也多了，胃口也变好了。

　　陆迟所在的医院很忙，假很难请，要请假只能等到唐茵快到七个月的时候。多亏了唐茵平时锻炼，孕吐好了后，身体也没什么大毛病，还可以挺着肚子出门。

　　有时候晚上她一个人出去散步，就会逛到第三医院那边，然后过去等他一起回家。科室里的人基本都认识她了。

有一次唐茵去的时候，戴着口罩的陆迟才出手术室，只露出半边脸，艳丽无双，鼻梁高挺。唐茵着迷地看着，这可是她老公。

陆迟走过来，蹲在她旁边问："有没有难受？"

唐茵乖乖地回答："没有。"

陆迟放心了，眉眼微弯："那……回家。"

他换了衣服，扶着唐茵出了医院。两个月前他们为了方便买了一辆车，虽然公寓和医院离得不远，但是唐茵怀了孕，还是需要的。

快到小区外面时，唐茵突然摇下车窗，闷声说："我想吃辣条。"

陆迟以为自己听错了，重复了一句："吃什么？"

唐茵扬高了声音："辣条！"

陆迟："为什么会想吃这个？"

唐茵委屈地说："你是不是不爱我了？连一袋辣条都不买给我吃……"

陆迟急忙开口："没有，我去买，你别乱跑。"他下车去了小区对面的超市，看着琳琅满目的辣条，最终拿了一袋看起来不怎么辣的，超市的阿姨还多看了他几眼。

回到车里，他将袋子拆开后递过去，温柔地哄道："买来了。"

唐茵忽然说："迟迟，我突然不想吃了。"

陆迟说："好，那我们回家。"他把袋子放到一旁，怕她待会儿又要吃。

等晚上躺在床上的时候，唐茵捏了捏他的手心，闷闷地说："我今天是不是很娇纵？"

陆迟说："没有。"

唐茵凑过来："那你今天为什么没亲我？"

陆迟呆了一下，没搞懂这两件事之间有什么关联，但还是听话地在她嘴唇上啄了一下。

唐茵又扭了扭身体："迟迟，我想……"

陆迟知道她的意思，脸有点发热，出声打断她："你之前要我……"

唐茵被他将了一军，不满地哼了一声，掀起被子，背对着他关灯睡觉。

陆迟在心里叹气，默默地躺下。

夜里迷迷糊糊的时候，他发现唐茵又贴到自己身边来了。房间里亮着小夜灯，她脸都皱成了一团，哼哼唧唧地，肯定是腿又不舒服了。

他摸着黑起来，小心地给她捏腿。将近半小时过后，总算是看到唐茵眉目舒展，像个娃娃一样。

陆迟小心地躺下，决定下次再也不让她怀孕了。

几个月后，唐茵生下一个男孩，因为用力过猛，生完就睡了过去。被推出来的时候陆迟猛然上前，将护士和医生都吓了一跳。

医生是认识陆迟的，取下口罩说："没事没事，母子都很好，陆医生你别这么紧张。"

陆迟紧张得嘴唇都干了，压根儿就没听到他说的是儿子还是女儿。

唐茵是凌晨醒过来的，睁眼就看到陆迟盯着她，眼下还有青黑，显然是熬夜了。

陆迟结结巴巴地问："你……你饿不饿？"他已经不结巴很多年了。

唐茵被他逗笑，不敢笑得太用力，晃了晃头，问："孩子呢？"

陆迟皱眉："孩子好好的。"他的手攥着唐茵的手。

唐茵顺手挠了一下他的手心："你这什么表情，宝宝以后嫌弃死你了。"

陆迟只好哄道："他很好。"

护士将孩子抱来，小宝宝闭着眼睛，皱巴巴的一张脸，真的特别小。

唐茵却觉得自己儿子怎么看怎么漂亮，肯定和自己一样好看，要不然就和陆迟一样好看。

陆迟接过护士递过来的孩子，心里又涌上一种奇怪的感觉。他刚才只是在外头看了孩子一眼，就一直在病房里陪她了，现在自己亲手抱到感觉真不一样。

唐茵觉得心都要化了，声音软软的："咱宝宝取什么小名好？"

陆迟犹豫了一下，摇头。

唐茵盯着睡得正香的孩子，忽然想使坏，碰碰小脸："我看……干脆叫糖罐算了。"

陆迟愣怔，疑惑道："糖罐？"

唐茵认真地解释："是啊是啊，你是醋罐子，我姓唐，儿子叫糖罐，多好。"

他竟无言以对。

唐茵觉得自己是个母亲了，温声说："听说母乳喂养的孩子会聪明，糖罐可以试试。"

陆迟的脸色一下子不好了，过了好久，他才闷声说："这些都没有科学依据……我是医生。"所以该听他的。

虽然如此，出院回家后，糖罐就开始闹夜。唐茵还是经常迷迷糊糊地爬起来喂他，陆迟就坐在她旁边瞅着。

几个月大的时候，他接管了糖罐，从此小宝宝远离了妈妈的怀抱，吃奶粉。

糖罐一天天长大，他觉得爸爸的眼神有点吓人。听说以前连母乳都不给他吃，尤其是听幼儿园同学提起来的时候，他觉得自己就像是从垃圾桶捡来的。

他同桌是个女孩，经常炫耀自己爸爸最爱她，妈妈最爱她，晚上还给她讲童话故事，哄她睡觉。

糖罐很不服气，所以当天夜里，他偷偷开门摸进了妈妈的房间。

唐茵还没睡，看到他探头进来，笑着朝他招手："小糖罐儿，快过来。"闻言，糖罐立马推门进来，跳上床，钻到妈妈旁边的被窝里，露出的小半张脸兴奋得通红。

陆迟从浴室出来就看到一个黑溜溜的小脑袋，看到他出来，糖罐又往被子里缩了缩，挤到唐茵边上，抱着她的大腿不肯放。今晚可别想把他赶走。

陆迟也没说话，抿着薄唇，关了灯在他旁边躺下，沉声说："睡觉。"

房间里黑黢黢的，糖罐忽然开口："爸爸，你为什么不给我讲睡前故事？你是不是不爱我？"

陆迟哭笑不得。

这句话听着怎么这么耳熟？

唐茵笑出声来："迟迟，快给你儿子讲故事。"

有妈妈撑腰，糖罐就更觉得自己今晚最厉害，重复问了一遍："爸爸，你讲不讲？"

　　陆迟说："讲。"他舔了舔唇，从床上爬起来，摸出手机，搜索出童话故事，放轻了声音给他念。

　　很快，小孩子就没声音了。

　　唐茵压低了声音："好像睡着了。"

　　陆迟真是松了一口气，扭过头就看到灯光下如夜美人一样的唐茵，凑过去亲了一下。

　　"爸爸，你为什么不亲我？你是不是不爱我？"小糖罐压根儿没睡着，睁着一双黑亮的大眼睛，紧紧地盯着陆迟，疑惑地连连发问。

　　唐茵忍不住笑出声来："快亲他。"

　　陆迟僵了半天，最后捧着娃娃的脸亲了一下，关灯睡觉，再也不干什么了。

　　小糖罐做了一夜美梦，天亮后醒来发现，他躺在自己的小床上，瞬间瘪了嘴。